那些少女 没有抵达

Everything
She Fails
To Achieve.

吴晓乐 著

北京联合出版公司

雅众文化 出品

"你必须准备好沐浴在你自身的烈焰之中;
如果不先化为灰烬,你怎么可能重生呢?"

——尼采《查拉图斯特拉如是说》

"Ready must thou be to burn thyself in thine own flame;
 how couldst thou become new if thou have not first become ashes!"

——Friedrich Nietzsche, *Thus Spake Zarathustra*

1

吴依光进修教育学程时，王教授不止一次提醒：老师和学生相遇时，年龄与经验的落差是注定的，但那绝不表示老师可以为所欲为。小孩出生得比我们晚，但他们对世界的理解不一定比我们少。老师的职责不只是传递知识，也要懂得为学生营造环境、让他们发展自己。百年树人说的就是这件事：时间。台湾杉，鲁凯族称为"撞到月亮的树"，能长到超过七十米，原先的种子不过一小片指甲大。老师这个职业，最不可或缺的就是想象力，站在讲台上，注视着底下每一张青涩的脸颊，他们，未来，都有可能做到你年轻时做不到的事。

吴依光成为老师以后，偶尔会猜，是怎么样的事呢？比吴依光早一年考到正式教职的林，她等到了。电话里，林的声音无比雀跃，仔细听还有泫然的鼻音。林说，时间一到，她就守在电视机前，看着那个女孩，额际满布汗珠，一拍一拍，想方设法把球击到对手难以应付的位置。女孩读书时，时常为了集训而请假，林记得女孩递来假单，手上的护腕跟青筋。林永远不知道要跟女孩说什么，即使是最基本的，问候近日比赛的结果，林都怀疑是一种僭越，她根本不懂羽球。林往往只是盖章，说，加油。女孩是个有礼貌的人，她会说，谢谢老师。即使林教的国文，女孩读得很差，她还是敬林，作为她的老师。女孩在这届奥运摘下银牌。林说到一半哭了起来，她告诉吴依光，王教授是对的，再给她下辈子，下下辈子，她都去不了奥运，可是，她可以说，她教过女孩。她好骄傲。

吴依光倾听，在必须回应时，给予一两个肯定的语助词。半晌，林想起她还要打给其他朋友，这才挂上电话。吴依光站起身，走进厨房，洗掉水槽里的盘子跟餐具。午餐吃意大利面，谢维哲煮的，说煮有些夸大，无非把意大利面煮熟，沥水，倒入适量橄榄油，拌上两人都喜欢的罗勒青酱。他们试吃了好多品牌，才挑到彼此大致满意的味道。谢维哲烫了母亲寄来的冷冻透抽，吴依光放进嘴里咀嚼，意想不到地美味，见妻子喜欢，谢维哲又夹了两块放进自己盘子，说，剩下的都给你吃吧。吴依光没有拒绝，或者以有些撒娇的口吻说，别这样，你也一起吃。她跟谢维哲不是那种关系。她说，谢谢，并且要求自己享受每一口来自他人的好意。

稍晚，吴依光跟在谢维哲身后，拜访母亲跟父亲。桌上的菜肴一如往常地难以下咽，母亲这几年执着管控盐跟油的摄取，她料理青菜的手法，让它们尝起来像落叶，清蒸鱼肉则是胶状白开水。谢维哲神色正常，几乎算得上愉快，仿佛这些食材本来就应该这么处理。他随和地回应岳母的每一个提问跟试探。吴依光打量着父亲，吴家鹏这几年迷上了登山，才结束一场三天两夜的旅行，他的眼皮略沉，进食的节奏缓慢，像是即将睡着。吴依光才这么想，吴家鹏冷不防抬起头，询问谢维哲，怎么看待电动车？那是人类未来的趋势吗？油车终究要被淘汰？吴家鹏喜欢跟谢维哲聊世俗认为父亲会跟儿子聊的话题：车、手表与投资等等。吴依光跟谢维哲结婚后，偶尔，看着两人的互动，怀疑父亲大概想要一个儿子，可惜他没有，吴依光是独生女，她问过母亲，为什么不再生一个？母亲说，有你就够了。很多年后吴依光才意识到这句话有两个解释的方向，一个指向满足，一个指向忍受。她没有追问母亲的"够了"属于哪一种，哪一种答案都不是她有办法承受的。

看着墙壁上的石英钟，吴依光玩起"默数六十秒"的游戏，分针一指到十二，她低下头，数数，一、二、三，数到六十，她抬眼，分针在十一又多三格，她快了两秒。吴依光又玩了好几次，然后她听到自己的名字。母亲瞪着她，眼神微愠，她说，你都没有在听我们说话。吴依光清了清喉咙，问，你们在说什么？谢维哲说，你妈问，我们最近还有在试吗？吴依光哦了一声，挑眉，眼珠直视桌面，母亲在问孩子的事。她点头，说，有吧，我们有在试。

母亲不会接受其他的答案。

母亲依旧瞪着她，仿佛看久了，就能读出些什么。须臾，母亲说，时间也晚了，你们差不多要回家了。谢维哲喝光碗中的冷汤，说，谢谢妈煮了这么好吃的晚餐。吴依光没有说话，她相信母亲这个晚上够尽兴了。回家路上，坐在副驾驶座的吴依光望向窗外，出门时，雨势疏疏的，此刻转成倾盆大雨，豆大的雨滴暴砸车窗。谢维哲叹气，说视线变得好模糊，他就要看不清前方的道路了。即使是埋怨，谢维哲的口吻听起来也好有礼貌、好善良。

谢维哲是母亲为她挑的对象，母亲说，结婚就是要找像谢维哲这样没什么脾气的人，即使吵架，他也会让你。母亲是对的，谢维哲会让她没错，但母亲没有猜到，有一天谢维哲遇到了一个自己不必让的人，他会选择对方，而不是吴依光。

吴依光往右一倾，脸颊贴上冰凉的玻璃，她告诉自己不能再想下去，那不会产生任何结论，她命令思绪掉头，折返至几个钟头前她跟林的对话。

吴依光承认，林，在她的心头植入了一个意想，她是否也会等到那么一天，为着学生的成就而口齿不清、热泪盈眶？吴依光觉得好难，她并不擅长期待，从小到大，她学得最好的一件事，莫属如何摁灭胸中的希望。希望是头狡诈的狼，起初，它小小的，如幼犬般天真无辜，你忍不住宠它，把它抱在怀里，感受它的体温跟起伏，深信你们得以和平共处。接下来的日子，你受不了诱惑，喂养它，满足它，它也依循世界最不假思索的逻辑——恒得到能量者，必然扩张。狼夜夜抽高、长肉，牙齿跟爪子也在睡梦中尽责地发育。于是，有那么一次，你发现到，即使是儿戏的拉扯，你都能被弄到喷溅一地的血花。有些人并不气馁，持续驯化自身的希望，直到希望懂得倾听他们的指令，吴依光没有，她放手，让这只狼走远。吴依光是这样理解的：即使这只狼没有恶意，也会因为辨识出她本质里的懦弱，而决定伤害她。

至于母亲，她是前者，她的愿望多半都能实现。她的狼听她的话。

2

礼拜五下午，日光迤逦，照映出悬浮飞舞的细小颗粒。天花板的灯发散冷冷白光，讲台上的年轻作家穿着宽松的连身洋装，比吴依光在网络上搜到的照片还年轻。

作家有些紧张，她说自己不是第一次对着一群老师说话，不知怎的今天就是格外紧张。吴依光观察着作家的玫瑰金细框眼镜，不忘保持微笑，她暗忖，作家必然考量过自己白皙的肤色在穿搭上的优势，玫瑰金的饰品，有些人穿戴起来只显得脏。

吴依光喜欢玫瑰金，一度跟谢维哲商量，不然别买钻戒了，钻戒的背后有太多难过的故事。这个提议，两位新人的母亲不约而同投下反对票。母亲蹙眉，说，你别在这个节骨眼自作主张。吴依光想，也对，何必如此。她最后要了一颗小小的，不怎么起眼的戒指。谢维哲的母亲，芳，不无怜惜地捏了捏吴依光仍搁在台面上的手指，细声说，这么漂亮的手，戴戒指多好看，你确定不要大颗一些的。吴依光说，这样就好了，我是老师，得低调。母亲没再吭声，她退后一步，双手抱胸，环视银楼内的摆设。这家银楼是谢维哲的母亲选的，母亲有自己属意的银楼，但她没有主动提起，她说，结婚这件事还是要看男方怎么处理。芳表现得比吴依光预期的还要好，她投入、慎重、化简为繁、时时征询女方的意见，她说，儿子什么都好，就是不细心，她这个母亲不敢松懈。结了账，众人步出银楼，谢维哲把信用卡收回皮夹，他有一张藏不住心事的脸，这秒钟，他一脸舒坦，仿佛庆幸着预办事项又能划掉一个项目。倒是芳，嘴上挂着浅笑，双眼却又隐约透着某种忧愁。至于母亲，她走在前头，吴依光看不着她的表情。她跟上母亲的脚步，几分钟后，他们在停车场道别。

吴依光尚未扣紧安全带，母亲的声音冷冷地自左侧切进，玫瑰金不适合你，我们家的皮肤算白，但有些偏蓝，跟金色不协调。我也不喜欢你挑的那颗钻戒，好小家子气，谢维哲家不是没钱，你何必为他着想。吴依光说，跟钱没关系，我喜欢那颗。

母亲再也没吭声，她紧握着方向盘，指节泛白。

日后，吴依光独自回到银楼，询问是否能再看一看那只玫瑰金戒指。销售小姐是同一位，照样梳着一丝碎发也没有的完美包头。她认出了吴依光，抿嘴一笑，说，吴小姐，我就有预感，你会回来。戒指再次穿进吴依光的无名指，吴依光跟小姐凑近了看，懂了母亲的意思，戒指是好看的，但不适合她。

她还是摘下戒指，跟小姐说，结账，刷信用卡。

婚宴那晚，吴依光笑脸盈盈地端着喜糖，跟谢维哲一齐目送宾客离场，谢维哲的父亲喝了好多杯，他给妻子搀着，走近两人，拍拍谢维哲的肩膀，说，你要好好对人家。语讫，他打了一个嗝，吴依光闻到腐坏的气味，谢维哲的舅舅跑过来，从另一侧握着姊夫的臂膀，他要谢维哲别担心，自己一滴都没沾，他会将姊姊、姊夫送回家。谢维哲鞠躬致谢。吴依光视线一抬，找着了母亲，一位妇人圈着母亲的手腕，不知道在说什么，母亲掩着嘴，眼睛笑成细细的月牙。母亲没有看到方才那一幕，吴依光的心头一轻，说不上理由，她觉得自己有责任保护谢维哲与他的家人，免于母亲的检视。吴依光是被母亲看着长大的，她比谁都清楚那有多难受。

盘子因糖果一颗颗被取走而变轻，小腿倒是越来越重，仿佛全身的倦意往下沉淀，吴依光的双脚在婚纱裙撑的遮蔽下，调换了几次重心。母亲来了，跟父亲一起，吴家鹏的眼中有碎碎的泪光，他看着女儿，又看向谢维哲，你们以后就是一个家了，要彼此扶持，知道吗？吴依光沉默，貌似犹豫地，点了点头，倒是谢维哲，他似乎感应到空气之中弥漫着某种紧张，他笑得有些用力，说，知道了，爸爸。

母亲瞅着吴依光，这也是她的才华之一，她仅凭眼神就能制造出"场域"，以现在来说，吴依光猜想，谢维哲再怎么迟钝，似乎也感知到，世界上，有些事他一辈子也无法介入。吴依光的脖子冒出几颗小疙瘩，饭店的空调太冷了，她刻意不去抚摸，不去把那些疙瘩按回肌肤底下。在母亲下一个动作之前，不动声色是最好的策略。

母亲笑了，那笑有几分诚恳，她说，快回去休息吧，我想你们一定很累了。

他们确实好累。一个小时后，吴依光跟谢维哲先后步入飘散着装潢气味的新家。谢维哲瘫在沙发上，手贴着额头。

吴依光走入主卧室，扶着母亲送的桃花心木梳妆台慢慢坐下，对着镜子撕掉假睫毛，卸下珍珠耳环，她从皮包内翻找出那只豆沙色软呢小盒，小盒里，躺着那只不受认同的玫瑰金戒指。她拉开抽屉，把小盒推入最深处，仿佛小动物藏着最心爱的事物，也像是人类埋葬着什么。

何舒凡以手肘推了推吴依光，吴依光自神游中回返，何舒凡示意吴依光望向讲台，作家正带着期盼地注视着她。作家很快地读出了吴依光的分心，她尴尬地以指尖刮过脸颊，说，我再解释一次好了。吴依光又是感谢，又是自责，她很少这样，让私生活的烦恼渲染到工作，她归咎**全是百合的错**，那个女人的现身的确是一记狠狠的痛击，表面上，她无动于衷，内里的墙却在层层剥落。

吴依光不安地侧身寻找谢老师的身影，谢老师坐在角落，板着脸，冷笑，没有错过吴依光的失态。不久前，吴依光与谢老师在走廊上对到眼，吴依光微笑，解释自己正要去校门口迎接作家。谢老师打量着她，嘴唇掀了掀，说，今天的研习我会去。吴依光才要说些什么，谢老师又打断了她，反正我要退休了，我无所谓，苦的会是你们，不是我。谢老师始终没有隐藏她的立场，她认为新课纲是整合了天真跟鲁莽的可悲产物，老师们该做的是抵制，而不是迎合。

吴依光寄出研习通知的当天，谢老师径自走到吴依光的位置，说，你邀请的作家，我去找了她的书来看，翻了几页，写得实在不怎么样，你为什么不找更优秀的作家？谢老师介绍了几本她心目中的经典。吴依光事后按着谢老师的名单查询，一半以上没什么在写了，其中一位，吴依光倒是找着对方在社群媒体的发文，吴依光读了几篇，一股厘不清的烦躁笼罩着胸窝，她把文章转给何舒凡。何舒凡滑了几行，笑出声来。她说，这位作家，就是文笔好一些的谢老师啊，难怪谢老师喜欢他。吴依光追问，到底哪里像？何舒凡沉吟半晌，忍笑回应，你不觉得他们都很讨厌现在吗？吴依光睁大眼，现在？何舒凡点头，神情透露着澄澈、了然，以及愉快，对，就是现在，仿佛恨不得回到过去。虽然我也不是百分之百接受新课纲，不过，再怎么说，还是不能邀请讨厌现在的人来谈论现在啊。吴依光吐出一口长气，赞叹，你好聪明啊。

何舒凡拍了拍吴依光的手背，换上了严肃的神情，她说，依光，你没有义务讨好每一个人，那是不可能的。

这句话刺痛了吴依光，她也知道她没必要让每一个人开心，不过，一直以来，她都是这么做的，这成了惯性，讨好比不讨好容易。

为了这场研习，吴依光付出好几个钟头，跟讲师邮件往返，确认时程、主题和简报。谢老师认定吴依光已决心向新课纲输诚，然而，吴依光自知，她是"疏离"。报道写着，九成的工作会在未来十年被人工智能取代。与其说吴依光接受新课纲，毋宁说，吴依光不认为自己有什么资格，得以幸免于时代。

不过，假设谢老师质疑吴依光不在意"老师们"作为一个集合名词的命运，吴依光也会同意。她不像谢老师，一说到"老师"，就近似反射地交错使用一些道德的、宛若从匾额借来的语汇，好比说，春风化雨、有教无类之类的。吴依光把"老师"视为一份工作，不具有使命的成分，她不追求荣耀，也不打算承担荣耀附随的暗影。

她跟谢老师的差异是如此地鲜明，吴依光说服自己，这次我是研习的总召集人，我得演好我的角色。

谢老师在最后一刻才踏入教室，吴依光上前招呼，邀请谢老师坐在自己跟何舒凡右方的位置，谢老师身子后仰，以手势婉拒吴依光，她快步走到最角落的位置坐下。吴依光喉头泛起酸液，何舒凡又猜中了，她预测谢老师即使来了，也会使出一些手段，让其他老师明白，这算不了什么。台上的作家一手握着麦克风，另一手抓着线，不安地看着吴依光。吴依光打起精神，接过麦克风，完成了开场。

回到座位上，应该打起精神倾听，回忆却不请自来，带走了她的思绪。

谢老师大概在嘲笑我吧，吴依光克制自己不要这么想。何舒凡察觉到吴依光的挫折，她提出问句，把众人的注意力拉引至自己身上，作家头一偏，解释，是。留着齐耳短发的实习老师艾波接着举手，抛出另一个问句，作家想了几秒，回应，不是，作家加上一句补充，这位老师，好险你没有创作，否则我可能要失业了。艾波发出爽快的笑声，再次举手。有了何舒凡跟艾波的示范，吴依光会意过来，规则是就作家给予的情境，进行合理化的诠释。她举笔抄下投影片的那行字"认识到自己思考的边界，也认识到别人思考的边界"，何舒凡也抄写了同一句话。艾波玩上了瘾，哀求作家提供更困难、更意想不到的情境，作家照办。这一回，跟谢老师立场相近的刘老师也举起了黝黑、精实的手臂，加入这场游戏。

吴依光跟何舒凡交换了眼神，何舒凡以唇语诉说，你可以放心了。吴依光点头，从上午就隐隐跳动的太阳穴缓下来了。

结束时，吴依光邀请所有老师移动至讲台，跟作家进行合照。作家放下她小口小口、吞到一半的热茶，熟练地移动到中央。谢老师带上椅子，往后门走去，每一步都踩得很用力。吴依光目送谢老师挺直的背影，有一秒钟她联想到母亲，她好像一直在重蹈覆辙。何舒凡在她耳边低语，拜托，别去管谢老师了，这场研习你办得超棒的，刘老师也来合照了。吴依光嗯了一声，举起手机，数到三，她按下荧幕那颗白色的圆点。画面里，包括刘老师，都笑得挺开心。

吴依光那时并不知道，也不可能知道，再过三十八分钟，她的一位学生就要结束自己的生命。吴依光眼睛眨也不眨地看着那张照片，心想，这一次，我做得并不差。

3

确认作家搭上出租车，吴依光回到教师休息室。何舒凡把剧本卷成筒状，双眼无神地发呆。明天是英文话剧竞赛，她跟学生约定，在她参加研习的两个小时，学生们得把台词、走位，练习到毫无破绽。吴依光问，你不是该去专科教室，跟学生会合吗？何舒凡耸了耸肩，哀叫，累啊，这算加班，又没有加班费。话虽这么说，何舒凡仍从椅子弹跳起，做了个鬼脸，她一边拿剧本敲打后颈，一边朝着门口移动，说，为我祈祷吧，依光，六点半以前能够收工，我发誓，下一届我绝对要推掉。

吴依光定定地看着何舒凡，不忍提醒，何舒凡去年也说过一模一样的话，刹那间，她有些懂了为什么何舒凡的学生都好爱她：她对学生付出了本分以外的感情。青少年分辨得出这样的感情，他们似乎也明白，本分以外的事物相当罕见。

吴依光瞄了一眼谢老师的座位，没人，刘老师的座位也是。她拿起桌上的玻璃罐，倒出小把胃药，没有细数，五六颗吧，一口气放进嘴里。甜苦的味道在口腔缓缓漫开，吴依光咬碎它们，一颗接着一颗，就她所知，没有人像她这样吃药。何舒凡第一次目睹时，不可置信地瞠眼，说，不觉得恶心吗。吴依光说，不会，我很小的时候就这样吃，当成糖果。

她对何舒凡撒了谎，她不是当成糖果在吃，她就是想让自己恶心。她早早就发现，折磨自己所带来的美妙奇效，你会比这么做之前更有信心，只要你想，你可以控制自己的感觉。

吴依光闭了闭眼，谢老师的背影淡了几分，她吸进一口气，享受肋骨一根根被撑开，身体其他部位随之而来的悸动。她稍稍恢复了体力。高叠的周记被吴依光挪到眼前，她翻到最近的页数，**那件事**之后，每一本周记吴依光读得都很仔细，抱着赎罪的心，谨慎考虑每一字句未尽的含义。她不想再犯一样的错。

吴依光曾跟何舒凡谈过自己的改变，何舒凡摇了摇头，眼神透露着"可以理解，但不赞成"的想法。何舒凡说，青春期的女孩，最喜欢使劲戳弄小得可怜的伤痛，好制造更多戏剧，如果少女们的发言全数当真，一一放大检视，不到一两年，你的内心就会超载、麻痹，甚至是崩溃。何舒凡顿了顿，又说，王澄忆不是你的错，你已经尽到一切的本分了。很久以前，我也想说，自己要抓住每一个冲向悬崖的小孩，等我考过教师甄试，就放弃要当什么麦田捕手[1]的中二想法了，这个年代的老师，不要摔进悬崖就不错了吧。吴依光认同何舒凡的每一句话，然而，也像过往每一次何舒凡给予提醒的情境：她貌似恍然大悟，却不采取任何行动。吴依光一度纳闷何舒凡怎么还没有离弃自己，角色对调的话，她有很高的几率会疏远对方。跟何舒凡日益相熟，吴依光摸

---

[1] 出自小说《麦田里的守望者》。麦田捕手站在悬崖边，看守在麦田里游玩的孩子们，防止他们坠落悬崖。本书注释均为编者注。

索出答案，何舒凡可以接受吴依光即使认为一件事是对的，却没有去做。这跟母亲截然不同。母亲会以各种手段命她服从。母亲不会放过她。

吴依光阖上第十二本周记，她起身，来到走廊，扭开洗手台的水龙头，渴望清凉的水液带走久坐的倦怠。黄昏的阳光斜洒在操场上，排球场上有五位女孩，其中三位一来一往地把球拱过球网，另外两位坐在一旁看着，外套披在肩头。吴依光听到鼓声，乐队正在对面三楼的才艺教室排练。吴依光抓着栏杆，伸展僵硬的后背，听久了她注意到鼓皮的反馈拖沓，仿佛敷衍着鼓棒。学生们使用的乐器，多半是前面几届的学姊留下来的。上个礼拜，何舒凡导师班的学生选上乐队队长，她的父亲是知名建设公司的总经理，主动表达为学生更新乐器的意愿。何舒凡转述时，双眼闪烁微光，她说，乐队成员逐年递减，来参加的都是有心人，值得更好的乐器。

吴依光听到上气不接下气的尖喊，她转身，两名学生正对着自己奔来，定睛一看，是她的学生，其中一位是方维维，副班长，她也听懂了女孩们含在嘴里的嚷嚷，老师，老师，吴依光才考虑着要纠正她们，走廊禁止奔跑，女孩们脸上的惊恐阻止了她，那表情果断地传递着：比违反校规严重数倍的事情发生了。

方维维嘴里吐出一句话，吴依光先是感受到巨大的轰鸣，下一秒，连同鼓声，吴依光什么也听不到了，她原地聋了。吴依光曾经从书里学到，原子弹从三万英尺坠落时，地面上的人先是看见炽白的光，再来就瞎了。方维维说的话也有这样的效果，差别在于不是作用在视觉，而是听觉。吴依光看着方维维的双手凌空乱舞，嘴唇闭合又倏地分开，鼻翼到颧骨一片泛红，然后，方维维急急流下眼泪，那滴眼泪启动了没人得以厘清的机制，吴依光又听得见了，方维维说，苏明绚好像从清夷楼顶楼掉下去了，一楼那边围了好多人。

清夷楼是学校最高的建筑，整整有七层楼。

自七楼坠落，存活的几率有多少？

4

之后，吴依光的记忆屡屡反复地回溯到这一天，自她阖上周记为起点，再次播放，吴依光强迫自己检视每一个当下"不够理想"的反应。像是，她的内心更情愿相信跳下去的是锺凉，而非苏明绚。缘由十分可笑，纯粹是前者她可以解释，后者她不能。吴依光目睹太多次锺凉木然地坐在教室，像是若眼前有一颗结束生命的键，她会不假思索地按下；至于苏明绚，成绩中上，人缘颇佳，周记多半是分享她深深迷恋的韩国偶像，有一两次，苏明绚提及她对成绩的担忧。不过，几乎每一位女孩的周记，都出现过这样的焦虑，其华女中是地区的第一志愿，成绩决定了人与人为何在此相遇，没有人会遗忘这个最基本的设定。

对一位老师而言，哪项罪行更可鄙，不相信一位学生的自杀？还是相信自杀的"应该是"另一位学生？无论如何，上述两项罪行，吴依光都触犯了。

听清方维维的话，吴依光经历一番用力，终于发出了声音，你确定是苏明绚吗？方维维以手背抹去泪水，吸了吸鼻子，应该是，我不敢看，可是，有人说应该是明绚，发型、身材都很像，手上也戴着明绚常戴的绿色手链。吴依光盯着地板，悄悄握紧拳头，某种被狠狠捉弄的痛苦从四面八方包围着她，怎么会这样，她这段时间那么尽心地守着锤凉，担忧锤凉有丝毫差错。出事的却是苏明绚。

维维，你说明绚是在清夷楼那边对吧。吴依光问道。她思索着路线，同时，懊悔如蚕群，小口小口嚼食她的心，研习一结束，她为什么不直接回家？改周记也不差这半个钟头。如今，她该怎么反应？清夷楼靠近侧门，有些家长从侧门接送。方维维口中的"围了好多人"，有很高的比例是家长。消息恐怕是流传出去了。

吴依光盯着女孩们，不远的未来，她们，或许受到要求，或许是她们自己也想要，总之，她们会一次又一次描述这一个小时她们经历了什么。而她，吴依光，很不幸地，被学生们找到，时间轴上多了她的角色。女孩们会怎么介绍她的出场？悲伤到语无伦次？失声痛哭？大概是人们最想看见的，偏偏她办不到。吴依光的眼神渗入恐惧，她意识到，审判她的流程早已正式启动。

方维维的呜咽惊醒了吴依光，老师，怎么办。女孩的脸又红又湿，像颗泡烂的西红柿。吴依光越过女孩们，往楼梯间疾步走去，心跳是前所未有的急促，经过二楼的校长室，吴依光顿然想起，校长今日北上参加会议，有人通知她了吗？

刘校长有一双温柔的眼睛，肌肤光滑，微笑时会露出完美适中的贝齿。初次见面，刘校长穿着千鸟格纹外套，卡其色长裤，尖头珍珠白高跟鞋。她握着吴依光的手，说，吴老师，您好，坚定，温暖。吴依光闻到淡淡的香味，融合了橙花、玫瑰、茉莉，或许还有少量的檀香木。何舒凡查过刘校长的背景，在伦敦取得英语教学的学位，回到台湾，一边教书，一边取得教育政策与行政学的博士学位。

吴依光迫使自己不能停止这些无谓的想象，一旦画面中断，恐惧就会追赶上她，说服她变得懦弱、自私，她说不定会抛下两个学生，躲回自己的住处，不计后果与代价。她甚至想起了校长室门口的那棵金橘。何舒凡说，金橘树是上一任校长的就职礼物。校工非常认真地照顾它，不忘给它剪枝，按照季节搬动到有足够日晒的位置。金橘树经年活得神采奕奕，结出一颗颗漂亮的果实。吴依光曾在受指派打扫校长室的学生桌上，看见几颗偷摘的金橘。课堂上，那女孩会以笔，或尺，拨弄那几粒果实，看着它们在桌面上亮橙橙地滚动，吴依光被女孩脸上那含蓄、保守的笑容给深深打动。她缺少这样逗自己开心的天赋。

刺耳的鸣笛声逼得吴依光停下脚步，方维维啊了一声，问，是救护车来了吗。吴依光迷失了，假设苏明绚被救护车载走了，她还有必要去侧门吗？吴依光片刻拿不定主意，只好沿着既定的路线，只是放慢了脚步。

苏明绚的确被载走了，只有地上的一大摊血，以及吴依光不愿去细瞧的什么，证实她曾倒在那儿。瞬间的撞击该有多痛？一名穿着蓝色夹克的中年男子对着那摊血举起手机，一名穿着制服的女孩上前，对着男子一顿咆哮，这有什么好拍的？你有没有同理心啊。男子脸色一沉，怒瞪女孩，转身走掉。

吴依光猜想，男子还是会上传他的照片，人们也会一边读着"这张照片可能含有血腥暴力内容"的警告，一边按下

"正常显示照片"。

有人轻点吴依光的手臂，何舒凡也来了，何舒凡的目光绕到吴依光身旁的女孩们，几度流转，才犹豫不决地投到吴依光身上。她低声问，我才想说有没有人告诉你。

两位女学生如寻求庇护的小动物，倾向何舒凡，方维维口齿不清地呼唤，舒凡老师。接着，她宛若被解除了禁令般，悲泣了起来，另一位女学生，手指挑去眼眶滚落的泪水，另一只手握着何舒凡的手腕，悲伤又亲昵地喊着，舒凡，舒凡，怎么会这样。吴依光跟何舒凡眼神交会，吴依光率先别过头。何舒凡太善良了，到了这个节骨眼，她竟然为了女孩们更依赖她，而对吴依光感到抱歉。

吴依光口袋里的手机震动了起来，学务主任。她咬牙，按下通话键，许主任的声音比平常低沉，他问，你知道……吴依光不想再听任何人复述，急忙打断，主任，我知道。许主任又问，吴老师，你现在人在哪里。吴依光回，我还在学校，侧门。许主任顿了顿，交代这通电话的目的，苏明绚被送往距离约莫一公里的公立医院，他再过两个十字路口就要到了。许主任试探地问，吴老师，你会过来吧，学校已经通知苏明绚的妈妈，她在半路了。吴依光听见自己的声音，平静，没有感情，主任，我会去的，我是班导，我不可能不去。许主任嗯了一声，好，我这里绿灯了，待会儿见。

吴依光停放好机车，五六米的距离认出了许主任。他斜倚着福斯银色休旅车，一手抓着手机，一手凌空漫无方向地甩动。这是许主任焦虑时的招牌动作。他曾在一次会议分享过,就读国中的儿子特爱模仿这个动作,他气得半死又无计可施。

吴依光挺直背脊,把自己带到许主任眼前,许主任眼角一瞥到吴依光,干咳两声,草草挂断电话。送到医院前就没有呼吸心跳了,其实,不用医生讲,我看现场也知道,身体都那样了怎么可能活。许主任余悸犹存地说着,眼神飘忽不定。吴依光有点同情许主任,他看到了苏明绚最后的样子。许主任又呢喃,有必要选择这样的方式吗?十七岁,这么年轻,有什么问题,说出来都可以解决的。吴依光不发一语,她深谙自己必须站在这里,但她什么也不能做。许主任流了不少汗,衬衫底下的内衣轮廓依稀可见,他伸手把黏在额头的几绺湿发拨开,喉结滚了滚,有些结巴地问,吴老师,你知道这位学生为什么要自杀吗?

吴依光眨了眨眼,想挤出只字片语,实情是她一无所知,但她好怕这个答案会惹火许主任。她最后一次看到苏明绚,是午休时间。苏明绚一如往常,陪着锺凉把全班的作文从教室搬到吴依光的桌上,那沓纸很轻,一个人也能负荷,但青春期的女孩们做什么事都是成双入对的。锺凉站定,从睫毛底下觑着吴依光,她在等,等吴依光给她一点关怀,几句问候,吴依光很配合地说,你们最近过得好吗?

她说你们,眼中却只有锺凉。

任何人在她的位置,都会这么做,锺凉的手腕有美工刀划过的痕迹,苏明绚没有,她文静,有礼,且普通。锺凉没有回应吴依光的问题,她说,老师今天的衣服很好看,我很喜欢。吴依光低头端详身上穿的抹茶色雪纺衬衫,说,谢谢，网络买的而已。吴依光想起苏明绚尚未说上半句话，她询问苏明绚，你呢。苏明绚眉头一抬，似乎有些不知所措，但她很快恢复镇定，不疾不徐地说，还好，就跟平常一样。

吴依光很少这样近距离和苏明绚说话，这才留意到，苏明绚的颧骨星落着点点雀斑。吴依光有雀斑，母亲也有。吴依光国二那年，问过母亲，雀斑会消失吗？母亲从电视荧幕转过头，反问，你想要雀斑消失吗？皮肤够白的人才会长雀斑，皮肤白是好事。母亲的说法让吴依光跟脸上的雀斑相安无事了几年，直到高二，一位同学把自己的遮瑕膏借给吴依光，金色外壳，外观跟唇膏没两样，同学转出零点几公分的膏体，为吴依光示范，她说，你就是对着雀斑，好像在涂胶水，点、点、点，雀斑就消失了。优雅的香气沁入鼻子，像祖母的房间。女同学把镜子放在吴依光掌心，吴依光一看，哇，她的脸此刻如瓷器般光滑。吴依光很想跟同学买下遮瑕膏，但她不确定这个举止是否会惹恼母亲。母亲讨厌不好好打理外表的女人，但她更讨厌为了外表耗尽心思的女人。身为母亲的女儿多年，吴依光发展出一个策略：不确定，就不要做。

吴依光问，明绚，我也有雀斑，你喜欢雀斑吗？苏明绚这回想了几秒，不无谨慎地回答，小时候不太喜欢，现在好像都可以。

都可以，青少年典型的答案。

许主任又问了一次，语气中的亲和少了一半，他的耐心正在流失。吴依光歪着头，她可以如实交代雀斑的对话吗？说不定这也会惹火许主任。但，这样日常、毫无重点的交谈，不也佐证了苏明绚那时没有异状吗?

中午我见过苏明绚,她陪锺凉拿作文给我,我们三个人有小聊几句,苏明绚看起来很正常,主任可以去问锺凉。几经考虑,吴依光这么说。许主任嗯了一声,再问,苏明绚是个怎样的学生,成绩啊,人际啊,有什么状况?跟父母的关系怎么样?吴依光一一答复,成绩大概都在第五名、第六名那儿。在班上有几位好朋友,至于家庭,她没有特别说过什么。许主任蹙眉,不是很满意地追问,这样说不就是什么征兆也没有?这怎么可能,吴老师,你再认真想一下。踌躇了几秒钟,吴依光低头致歉,许主任,对不起,我在来的路上也一直在想,无论我怎么想,还是没有答案。

许主任睁大双眼,嘴唇动了动,半响,他肩膀一垂,有气无力地说,吴老师,我相信你是真的想不到,可是记者不会相信这样的答案的。

吴依光胸口一刺,她问,记者?许主任干笑两声,说,其华女中,一年内两个学生这样走掉,记者舍得放过我们吗?吴老师,我知道这样说很过分,不过,请你再想一下好吗?任何蛛丝马迹都好。许主任匆匆摇头,几滴汗水喷出,他吞了吞口水,说,现在的媒体跟酸民[1]最喜欢拿学校开刀了,我们又是第一志愿,难免被拿着放大镜检视,我没有要恐吓你,但你那句,再怎么想还是没有答案,有点危险啊。

吴依光这才想起,这是其华女中一年以来的**第二件自杀**

---

[1] 台湾网络用语,指喜欢对事情发表尖酸刻薄言论,而不在乎事情对错的网民。

事件。

展开其华女中的校史，悠久、华美、灿烂，众多产业的领袖，或者他们的另一半，即毕业自其华女中。多少父母用尽资源，处心积虑，就是为了让女儿挤进这扇窄门。

吴依光也是其华女中的学生。

十一岁那年，母亲给她报名以"严格"出名的补习班。母亲推估，若以其华女中为目标，五年前就得预先练习各式刁钻、灵活的题型。吴依光如此走过来，她的学姊也是如此走过来，而在身份转变成老师之后，她相信讲台下的女孩们也经历过和她一模一样，为了穿上这一身制服而如履薄冰的日子。

如此风光的门楣，一年内溅上两枚血渍。难怪媒体受召唤而来，而许主任迫切需要一个说法，给其华女中撑出一个被原谅的空间。

吴依光绞着手指，延长对回忆的搜索，过去一个星期，不，一个月，苏明绚有哪里不对劲吗？成绩，人际，苏明绚的周记，有谁在周记里写到苏明绚？不，她找不到任何可以被称为警讯的成分。仿佛直盯着一张白纸，久了只看见模糊的残影。

但，谁没有影子呢。

许主任的吐气越来越沉，他双手环胸，不停地来回踱步。突然，他打住脚步，眼神反映恍然大悟的清澈，他说，吴老师，说不定你是对的，学校没问题，是家庭有问题，十七岁，动不动就跟父母有心结，可能发生什么事，一时激动就做出傻事了。

吴依光默不作声，她知道这个说法会让接下来很多事容易许多，包括她的人生，但，她没有悲伤到听不出来，这个说法对苏明绚的父母来说有多残忍。

一声嘶哑的呼唤自他们身后响起，吴依光跟许主任转过身，苏明绚的母亲李仪珊，她一脸惨白，眼周至鼻子一带肿起、泛红。她擤出一些鼻水，手上的卫生纸早已烂皱。吴依光递上一包全新的卫生纸，李仪珊双手接过，说了一声谢谢，紧接着，她颤抖地问，为什么你们站在这呢，是不是明……明绚她……

许主任抓了抓后脑勺，勉为其难地说道，苏同学还在抢救中，只是医生说，情形没有很乐观。李仪珊身子一晃，她又问，她……是从几楼跳下来的呢？许主任咬牙，据实以告。下一秒，李仪珊发出尖锐的悲鸣，吴依光从未听过如此绝望的呐喊，这个女人残存的希望被粉碎了，豆大的泪珠夺眶而出，李仪珊不可置信地摇头，痴痴地问，明绚，从那么高的地方跳下去，你难道不害怕吗？

李仪珊喊着女儿的名字，拖着脚步，朝着急诊室门口走去。

我们也过去吧，不管怎样，总是要面对的。许主任这句话更像是说给自己听的。

李仪珊在电话里告知丈夫女儿的死讯，苏振业已搭上高铁的排班计程车，估计二十五分钟后抵达医院。李仪珊颓坐在青绿色塑胶椅上，虚弱地垂头，小声低语，明绚，我的宝贝，你怎么舍得不要妈妈了。说着，眼泪又成串滴落。

许主任频频透过讯息，向刘校长更新状况，刘校长一到急诊室,她拉了拉外套,小跑步来到李仪珊面前。她蹲低身子,右手轻放在李仪珊的手背上。明绚妈妈,您好,我是其华女中的校长,明绚在学校里……做出这种事,我们也非常地难过,对不起。刘校长重复着最后一句,背影看起来像在忏悔,也像在央求着什么。

李仪珊空洞的双眼涌出更多泪水,她的话语越来越含糊、难以辨识,吴依光专注倾听,才听清楚李仪珊在说什么。她说,没有了,校长,我的女儿。什么都没有了。

吴依光的胸腔因情绪的翻涌而无端抽痛了起来,对,终于,她看清他们失去了什么。从今天起,这个世界上,再也没有苏明绚了。

刘校长稍事安抚了苏振业、李仪珊,她走到吴依光和许主任跟前,语重心长地说,晚上好好睡,这只是个开始。刘校长的睫毛膏脱落至眼睛下缘,发丝蓬松凌乱。她再次抓紧外套,仿佛想争取一点温暖。窗外夜色比平常深沉。吴依光慢吞吞地走回停车区,坐在椅垫上沉思。从医院返家,要认真清洁身体、衣物,洗去沾染的病毒细菌,这是基本常识。不过,此刻笼罩吴依光的,不是可以轻易洗去的事物。她想,我不能就这样回家,我至少得等身上的阴影褪淡。

吴依光跟谢维哲从来没有谈过,但,婚后,两人之间莫名形成了良好的默契,不跟对方交换心事。王澄忆那次,吴依光借着洗澡的水声,痛哭整整半小时,踏出浴室后,她好讶异谢维哲不知道什么时候走入主卧室。两人对望,吴依光预期谢维哲会说些什么,但谢维哲只是看着她,吴依光只好找了个借口,又躲回浴室。

有一段时间,吴依光注视着谢维哲在她面前看电视、倒水、读邮件、把笨重的被单挂上晒衣架,险些要问出,你那天有听到我在哭吗?但她一次也没有问。

吴依光慢慢懂了谢维哲与他们的婚姻,他们的身体流着一样被动的血液。

吴依光发动了机车,加入急躁的车流,如一颗石头给河川推着走。挟着凉意的晚风拂上她发烫的脸颊,吴依光想,我只剩下现在这不到两公里的路程是自由的,手机里躺着三通未接来电,全是母亲,母亲也留了好几则讯息。说不定母亲气得跑来她跟谢维哲的住处,谁知道,母亲不是没做过这样的事。一个念头悄悄地溜进吴依光的脑海,仿佛一只瓶中信经过漫长的漂流终于上了岸,吴依光,王教授的预言,也在你身上印证了,林的故事里,有一枚奥运银牌,你的故事则是这样写的:十七岁那年你也非常想自杀,你没有做到,你的学生做到了。

老师这个职业,最不可或缺的,果然是想象力。

5

吴依光弯腰脱下鞋子，动作跟动作之间都刻意拖延了几秒，好让沙发上的谢维哲有充分的时间，坐直，换一张表情。你吃了吗？吴依光走到客厅，问道。谢维哲指了指餐桌上红白相间的塑料袋，说，今天我跟研究生聚餐，打包了鱼汤，你可以喝。吴依光道谢，将塑料袋拎到厨房，抽掉红色细绳，姜丝跟葱片衬托着雪白的鱼片，吴依光倒出鱼汤，一手撑着流理台，站着喝了起来。她既渴又饿。她为了下午的研习而紧张到反胃，索性不吃午餐，换句话说，她整整十二个小时没有进食。

吴依光囫囵吞下鱼片，她的胃迫切需要固体的食物。谢维哲来到厨房，看着吴依光手上的碗公[1]，抬起一边眉毛，问，你很饿吗？吴依光抽了张卫生纸，擦掉嘴角的汤汁，又拿起筷子戳弄碗里的鱼片，说，今天，有一位学生从顶楼跳下来了。

谢维哲问，是你教过的学生吗？

吴依光点头，是我导师班上的学生。她看向谢维哲，就像过去几个钟头，女孩们、许主任、刘校长看着她，她不愿

---

[1] 客家话对碗的俗称。

意错过谢维哲的反应,她迫切想知道,除了何舒凡以外,是否还有人会发现,她也是这件事的受害者——她的心彻底碎了。

谢维哲倒抽一口气,问,你今天这么晚回来,你去哪里了。吴依光回答,医院。谢维哲又问,学生的爸妈也去了吗?吴依光点头,对,妈妈先到,爸爸在外县市工作,搭高铁赶回来的。校长说要有心理准备。谢维哲一愣,准备什么?吴依光仰头把鱼汤喝得一滴不剩。她说,这是个好问题,我也不知道。

谢维哲想了两秒,又问,你爸妈,呃,他们知道了吗?吴依光耸肩,我还没有看她传的讯息。吴依光弯腰,拉开冰箱冷冻柜,半颗裹着保鲜膜的高丽菜、三颗洋葱、分装成小袋的鸡肉,母亲之前快递送来的鲈鱼旁边是要价不菲的滴鸡精[1]。吴依光歪着头,以肯定语气说道,你妈来过了。她抬起脚底板检查,好干净。吴依光吸了一口气,鼻腔染上淡淡的薄荷味,芳还使用了地板清洁液。

吴依光没听芳说过一句她有多在意她的儿女,她只是安静地做事。新家装潢完工,谢维哲试探地问,能不能留一把钥匙给他的父母。吴依光同意了,一来是,购屋时,谢维哲父母坚持头期款与装潢由他们支付;二来,说是父母,吴依光猜想,实际上造访的只有芳。谢维哲的父亲曾经十分在意儿子人生的大小动静,直到几年前,一场几乎夺走性命的大

---

[1] 台湾及闽南地区的传统食品,用隔水蒸的方式萃取出鸡肉的精华与营养,对孕妇、做月子的产妇、幼儿健康都有良好的滋补功效。

病，令他从此看淡许多事。他如今主要的时间都花在赏鸟，家庭群组有数百张他上传的摄影作品，有趣的是，他最常拍摄的主角是一点也不稀奇的麻雀。

吴依光猜想，芳即使拿了钥匙，也不会打扰到她。她的直觉是对的，芳就像童话里默默为人类分担琐务的精灵，吴依光不曾在家中撞见芳，她只能从透净的窗户、冰箱里的食材，以及清空的垃圾桶，推测芳曾经来过。芳不会进去主卧室，吴依光在主卧室的门板做了一些记号，芳的来去不曾动摇那些记号。

母亲也造访过几次，宛若稽查人员，东张西望，手指滑过家具表面，窗户也不放过。末了，她看着指腹，评分，我还以为你对家事并不在行，但你做得还不错。吴依光跟谢维哲交换了一个心照不宣的苦笑，全是芳的功劳。

吴依光流产之后，冰箱里多了一箱滴鸡精，吴依光喝完一箱，芳又摆了一箱。吴依光请谢维哲转达，不希望芳再破费下去。谢维哲说，就让她送吧，她喜欢你。吴依光不再坚持，她不是那种被拒绝了一次，会再提起的人。她只是很困惑，芳打算什么时候连本带利地讨回。她等了好久，才领悟到，芳，这位她称之为"婆婆"的女人，说不定是吴依光在这段婚姻最神秘的收获。芳付出，但芳不会把自己的付出兑换成数落他人的筹码，她更不会频繁地确认夫妻俩是否够感激。芳就只是付出。

吴依光最终下了个自己也想推翻的结论：**或许，有人是这样当母亲的**。

对此，谢维哲的说法是，芳原本不是这样的，但在丈夫跟恶疾搏斗的几年间，芳也变了很多。她依然对谢维哲抱有一些期待，但她放弃的期待更多。

这样的好事绝对不会发生在吴依光身上。

吴依光轻抚着腹部，鱼汤下肚，她好多了，但她还是饿。她又微波了一包滴鸡精。手机响起，她在托特包内捞了一会儿才找到手机，她想，大概是母亲，没想到是另一位母亲，锺凉的。锺太太声音很轻，仿佛旁边有她认为不适合听到对话内容的人。她问，吴老师，你看班级群组了吗？小孩们好像吓到了，锺凉一回家就躲到房间里，我叫她出来吃饭，她也不要，我很担心。老师去回一下好吗？

微波炉发出哔哔声，吴依光肩膀耸起，脸贴着手机，按下开关。她把滴鸡精端到餐桌，香气沿着她的路线弥漫于四周。吴依光步入书房，点开通讯软件，班级群组内有数百则未读留言，吴依光伸手把门带上，滴鸡精要冷了，但她喝不了了。

吴依光老早注意到，班级群组内的留言迅速堆叠，她刻意视而不见，计划星期六再做回应，不过，有人等不及了。

吴依光羡慕锺凉，她拥有母亲好多的呵护。才十几年前，人们并不认为小孩也会心痛，他们嘲笑忧郁的小孩，说，你懂什么？你甚至不必为自己的开销付钱。

吴依光刷着荧幕，不意外是方维维开启了话题。大家，你们看到明绚的新闻了吗？方维维附了一张"橘猫捧着脸哭泣"的贴图，已读人数二十九人，八成的学生。吴依光是第三十个。她慢慢读过每一则留言，悲伤、绝望、不可置信，有人说她在补习班看到讯息,哭了起来,把老师跟其他学生给吓傻了。吴依光清点名字,遍寻不着锺凉,无论在任何地方,锺凉都把自己藏了起来。

吴依光转开台灯,打起草稿,半晌,她意识到自己不断重复着一个动作:删掉每一行她才输入的句子。像是,这件事来得很突然,但还是请各位同学先保持冷静,不要有太大的情绪起伏。吴依光低声朗读这句话,每念一次,这句话听起来就越加轻浮,她怎么能够期待,甚至指示学生们伤心的程度?像是她能够建议锺凉,哭个三十分钟,就不要再哭了,走出房间,坐在餐桌前,乖乖把母亲精心烹煮的晚餐给吃光吗?

想到一半,一位同学放上苏明绚最后一次在社群更新的照片,一只连锁咖啡店的外带纸杯,附上一行字:**读数学的副作用,咖啡因中毒。**

发布于凌晨一点,距离她被判定死亡不到二十个小时。

七十六个人喜欢这张照片。

6

小五升小六的暑假,吴依光班上的吕同学死掉了。

死掉了,就是那个年纪的语言。

吕同学相貌清秀,身材颀长。有他登场的球赛,围观女孩的呐喊如夏日蝉鸣般不绝于耳。吴依光捂着耳朵,静静走远。吴依光对吕同学没什么恋慕,她只是讶异吕同学可以跑得这么喘,又流了一身的汗,却不觉得辛苦。

假期第三天,吴依光写完了作业,伸长脖子期盼着从美国回来过年的梅姨,与她两个吵得要命的表妹,乔伊丝跟爱琳。母亲嘱咐,见着梅姨,接下来十二天,一句中文都不许说。除非,母亲加强语气,你遇到了非常紧急的状况。

电话响起的晚上,是假期第十天。梅姨坐在电话旁,自然地接起电话,她听了两秒,把电话交给吴依光。另一端是班长,他告知了吕同学的死讯。吴依光回了一句英文,你一定在开玩笑,班长微怒地说,你不要闹了,我打电话打了一个多小时,我很累,也很烦。班长按照座号通知,男生的部分结束了,吴依光是女生的第一位。言下之意是他的任务只进行了一半。班长顿了两秒,想起什么似的继续说明,班导要求全班同学开学之后,合写一张送给吕同学家人的卡片,再找一天前往吕同学家慰问。不待吴依光反应,班长仓促地说，反正卡片一定要写，要不要去吕同学家你慢慢考虑，我要打给下一位了，先这样。

吴依光挂回话筒，爱琳的身子斜向她，手上仍握着黄色跳棋。爱琳说，怎么了。爱琳说的是英文。吴依光说，我有一个同学死了。吴依光回了中文。爱琳认识的中文字汇有限，但她听得懂死这个字，她的脸浮现了一抹不属于孩童的忧伤。她侧过头，询问母亲，姊姊有个同学死掉了，怎么办。梅姨收起望着姊妹三人玩跳棋的愉悦神情，她走过来，握住吴依光的手腕，柔声问，宝贝，你还好吗？你一定很难过。梅姨向来称女孩们宝贝。日后，吴依光回忆起这个场景，就想起那声宝贝，她感激梅姨以非常严肃的方式，允许她心痛，即使她只是个孩子。

接下来几天，吴依光不可抑制地被死亡的意象纠缠着。她怀疑，假设所有同学拒绝回到校园，吕同学是不是就能在某个神秘的空间永远地活着？那年的九月一日，教室格外安静，有人低头玩手指；也有人像吴依光一样，睁大眼睛，左右顾盼，若寻找到另一双睁大的眼睛，就传递讯号，**你也在想同一件事吗？班上有人死掉了**。班导踏进教室，同学们屏着呼吸，以眼神目送她走上讲台。

班导描述了吕同学的最后一天：他跟着父母、妹妹前往游乐园。父亲跟妹妹不敢玩海盗船，母亲陪他，本来他有些害怕，没多久，他模仿四周的人，放开双手，兴奋尖叫。船身静止时，吕同学赶着要去跟父亲、妹妹会合，一个踩空，他自阶梯摔落，额头撞上金属栅栏。跟在后头的母亲赶紧把他搀起。吕同学笑着说，没事，他好好的。一家四口又玩了几项设施，直到返家，吕同学才说，他太累了，没什么胃口，想回房间睡觉。吕同学一阖眼，再也没有醒来，原因是大脑出血，医生说，病程发展如此迅速的例子并不常见。说完，班导眼眶一红，说，我很高兴很多同学都愿意去吕同学家，跟他父母说几句话。

吴依光这才得知多数同学都同意去探视吕同学的家人，她没有。她找着了班长，说她也要去。吴依光记住了集合的时间与地点。

晚上，母亲一回家，吴依光跑至玄关，说，我想去吕同学的家，班上好多人都去了。母亲看她一眼，不冷不热地说，你想去就去吧，只是我看不出来这么做有什么意义。吴依光反问，外公过世，我们不是也做一样的事情？母亲蹙眉、摇头，几分无奈、几分挖苦地说，你怎么可以拿外公跟同学比？外公是亲人。

吴依光的外公比外婆多活了五年。

外婆过世时，吴依光基本上被保护着，母亲藏起了许多信息。等到外公那次，母亲认为是时候让吴依光了解"死亡"。她说，这是所有人注定的结局，外婆也是，只是那时吴依光才六岁，她不得不形容外婆是踏上一场"旅行"。吴依光问，死掉的外公去哪儿了？母亲回答，比现在这个世界更美好的地方，没有痛苦，也没有任何你所能想到的烦恼，只有宁静跟安详。吴依光混淆了，她说，既然他们去了这么好的地方，你跟梅姨为什么要哭？母亲深吸一口气，以罕有的温柔语气说道，那个地方虽然很美好，可惜有一个缺点，你再也不能跟家人见面、说话，无论他们有多想你。我跟梅姨会哭，就是为了这个。吴依光思考了几秒，又问，如果是这样，那就不美好了，我宁愿活着。母亲脸色一沉，她抬手，说，好了，我要忙的事情很多，先说到这儿。吴依光几乎没有见过母亲不忙的时刻，会议一个紧接着一个，晚上十点、十一点，仍有人打电话给母亲，只为了确认一些数字、时间和人名。

见母亲耐心似乎耗尽，吴依光把她的问题吞回肚子，她想问：如果我死了，去了那个美好的地方，你跟爸爸会哭吗？吴依光不晓得为什么十岁的自己很在意答案，也许每个小孩都经历过这个阶段，忽然察觉死亡不仅会造访那些长满皱纹的亲戚，也会降临在自己身上。吕同学的猝逝证实了她的想法没有错，这就是死亡。

从学校正门口出发，经过四个街区，转弯，向右看，静巷深处的那栋别墅就是吕同学的家。外墙红白相间，屋顶倾斜，大面积的窗，前院种了几株郁金香，童话故事般的家。吕同学的母亲站在玄关，双手交握，以沙哑的声音招呼着大家。班长双手递上卡片，结巴地说，这是全班同学给吕同学的祝福。六页西卡纸，打洞再以麻绳绑成册，同学们不仅写了字，还找出十来张吕同学入镜的照片。班导说，她没想过同学会如此重视这件事。吕同学的母亲浅浅微笑，眼神闪逝伤痛，没有如众人预期地立刻打开卡片来读，她把卡片交给一旁的丈夫，后退一步，邀请大家上楼看一眼儿子的房间。她说，儿子若知道今天有这么多同学来看他，必然会很开心。

一位时常在放学后留下来跟吕同学打球的男孩吸了吸

鼻子，吴依光不敢细看男孩是不是哭了。窄小的空间难以消化这么多访客，同学们推攘着剥掉鞋子，门厅的斜织地毯被踩得反复移位，等吴依光站上了客厅的木地板，她环顾一圈，有一面墙壁停放着钢琴，钢琴上方高悬着十字架。吴依光没有逗留，持续前行，吕同学的房间在三楼，吴依光的视线被一颗颗后脑勺挡住，她拼命踮脚尖，看见一张迈克尔·乔丹的海报，她眯眼，还想看得更多，同学们又挨挤着转身，说，下去吧。

回到一楼，有些同学脸上浮出了迷路般心神不宁的神情。吴依光猜想自己也差不多，她想离开了。人与人之间飘升着她不知怎么形容的诡异气息。吕同学的母亲双手托着白色长盘，请大家享用她昨夜烘烤的饼干。同学们眼睛转啊转，你看我、我看你，慢慢咽下那些嵌着碎果粒的略湿面团。吴依光咬了一口，很是喜欢，趁着没人注意，她拉长手又拿了一片，放进口袋。吕同学母亲幽幽倾诉，他们是有信仰的家庭，信仰让他们在灾难降临时，不至于失去方向。医生也说吕同学没有经历太多的痛苦，从中可知，吕同学必然蒙受了某种恩典，他在另一个国度里也是幸福的。

吴依光舔掉拇指上的糖粒，寻找着梦梦的身影。梦梦跟一位女同学手牵着手，安静地倾听。吴依光知道梦梦在躲她，她也知道，梦梦不会原谅。那年暑假，发生了两件重大的事，一是吕同学的死讯，一是母亲把她跟梦梦绘制的漫画撕碎，扔进垃圾筒。她们画了十三页，再两页就完结。漫画月刊的征稿期限是三月。

梦梦不止一次勾勒得奖时的场景，她告诉吴依光，那天，我们两个人都要穿着最美的衣服上台。为了给作品加分，梦梦独自搭上公交车，到几公里外的漫画专卖店买网点跟压网刀。采买的钱是吴依光负责的，她从吴家鹏的皮夹陆续抽出钞票。网点纸很贵，且比她们估计得脆弱，她们扯破了好几张才掌握诀窍。

梦梦说，关键在于不可以去想网点纸的价钱，否则手会一直抖。

梦梦的父亲成天烂醉如泥，母亲则没日没夜地兼了三份工，支付全家花用，梦梦底下是两个弟弟。梦梦有读书的小聪明，也有艺术天赋，她的父母两个都不在意，梦梦的母亲说，她只希望梦梦早日去赚钱，分担她的劳苦。

梦梦说，画漫画可以贴补家用，她也不至于跟母亲一样悲哀。她喜欢漫画。

梦梦一家住在三楼，一楼是间漫画出租店。老板约二十五六，身材胖大，黑眼圈极深，梦梦私底下给他取了一个绰号，熊猫，灵感来自《乱马二分之一》。梦梦没多少零用钱，她的小技巧是，走进出租店，读三十页，再背着双手，若无其事地离开。第二天她再次造访，拿起同一本漫画，小心地翻页，照样三十页，切忌贪多，然后她转身离开。有一天，梦梦走进租书店，熊猫叫住了她，梦梦以为她即将得到警告，没想到熊猫提议，别人一本是五块，她的话只收半价，两块半可以吧。梦梦心算了一下，早餐从奶茶改喝红茶，就可以坐在租书店的沙发，惬意地看上两本漫画，她同意。偶尔熊猫也纵容梦梦把一两本漫画带回家，价格照样以两块半计算。

梦梦的漫画画得这么好，熊猫是第一个要感谢的人。

吴依光的第一本漫画《青柠檬之恋》，就是梦梦借的。两人的座位碰巧划在隔壁，梦梦大方地分享。本来，吴依光对恋爱的理解就是白雪公主、灰姑娘、小美人鱼，诸如此类的童话，男女主角对上眼，就一往情深。《青柠檬之恋》说的却是一对青梅竹马朦胧而苦涩的感情，男女主角为着琐碎的误会而渐行渐远，直到其中一方意外逝世。这样的情节深深扯痛了吴依光的心，等她回过神来，她也对漫画上了瘾。梦梦说，吴依光可以把漫画拿回家看，如此一来，她就不必翻得这么着急。吴依光摇头，说母亲会把这些漫画撕烂，她若有其事地做了一个撕书的动作，示意这不是玩笑。

梦梦好奇地挑眉，说，你家管得这么严啊，哎，我本来还很羡慕你呢，你去过美国，我妈说，美国是有钱人在去的。吴依光捡起漫画，任由这句话逸散于空气，她不知道怎么回应梦梦，应该说，她不知道怎么回应梦梦又不伤到梦梦。

吴依光跟着梦梦在课本的余白，画了几张脸，多半是《青柠檬之恋》男女主角的笨拙仿拟。梦梦看了，惊喜地邀请吴依光加入她的投稿计划。放学钟响，吴依光问梦梦，她只有少少的时间画图，梦梦接受吗？唯恐梦梦拒绝，吴依光又急忙地加上一个条件，有幸得奖的话，奖金全归梦梦，她很清楚这部作品主要是梦梦的心血，她只希望自己的名字能跟梦梦一起被刊登在月刊上。

梦梦沉吟半响，说，她认为吴依光是她的朋友，朋友是不能独吞奖金的。闻言，吴依光眼睛一热。梦梦又说，总之你尽量，没时间画图，就陪我想对白跟分镜。稿子进展到第十页，吴依光确信这部作品会得奖，且很高概率是首奖，手上的稿子远比去年首奖作品优秀。吴依光日渐不安，这么出色的作品，她的参与太薄弱了。一日，吴依光提议，梦梦休息一天，漫画稿由她带回家，加工细节。梦梦问，你父母发现了怎么办？吴依光举手发誓，她会用尽手段保护这部作品。

那晚，母亲端着削好的苹果，走进吴依光的房间。母亲从不敲门，吴依光的耳朵早被训练得很是灵敏，她听得出那经过计算的脚步声，快一步把漫画稿压在参考书底下。她面不改色地对母亲说，明天有数学考试，我先读书，待会儿再吃。母亲的眼周浮肿暗沉，雪白的衬衫跟窄管西装裤尚未换下，她没有多想，放下那盘苹果，轻轻把门带上。隔天，吴依光兴奋地跟梦梦分享自己如何警觉，几乎是聪明了。

梦梦也笑了，她说，你妈妈没想象中可怕嘛。

吴依光又将稿子带回家，两次、三次，第四次她松懈了，抱着睡衣跟浴巾踏入浴室之前，忘了将漫画稿收进衣柜。母亲轻易地从书桌取走了全部的稿子。吴依光小跑步到客厅，一眼认出餐桌上那些碎成片片的纸页，她双脚虚软，摇头，喉咙滚出她自己也不明白的哀鸣。母亲坐在餐桌前，瞪着她，手指在餐桌上有一搭、没一搭地敲打着。吴依光痛苦地甩动身躯，跺脚，仿佛不这么做她就要被眼前的打击给撂倒在地。她说，你怎么可以这样，这是我跟朋友一起画的。母亲冷静地说，我知道，封面有写她的名字，你去跟你的朋友说，要画漫画可以，但她找错朋友了。吴依光直视着母亲，这一秒，占据她身体的是全新的感受——愤怒，她攥紧拳头，咬着牙说,你知不知道这些是要拿去投稿的。母亲耸肩,蔑笑两声,说,你以为我不知道你这阵子都在弄这个?你们两个才几岁,懂什么爱情?还画接吻,恶心死了。母亲做了个反胃的表情,说,好险我阻止了你们,拿这样的东西去投稿,不丢脸吗?你好好反省吧。

母亲起身,回到主卧室,吴依光没有时间同情自己,快步上前将那些纸片拣起,查看,她哭得脸颊湿透,内心仿佛被凿穿一个孔。

吴依光恨不得闯进主卧室,暴徒似的翻箱倒柜,将母亲的鳄鱼皮名牌包、珠宝、首饰一件件往窗外扔,但她清楚自己做不到,她承担不起母亲教她付出的代价。她抬头,望向始终坐在餐桌一隅、目睹一切的吴家鹏。吴依光泣不成声地问,你为什么不帮我?我朋友一定会很生气。吴家鹏眼神一低,十指交握,不是很果决地说,我也觉得你才十一岁,画这样的爱情漫画,好像太早了。

得知漫画稿被撕毁,梦梦沉默了好久,才有办法说话。她说,吴依光,你好没用,我就知道,我有预感不应该相信你的。吴依光没有还口,梦梦说得对。

考试结束,座位又换了。两人再也没有互动。

吴依光又瞄了梦梦一眼,好嫉妒梦梦身旁的同学,她怀念跟梦梦相处的时光。吕同学的母亲询问大家能不能跟随她一同祷告。梦梦合掌,闭上双眼,吴依光也跟着其他人模糊地念诵。想到吕同学在房间里孤独地停止呼吸,灵魂脱离躯体,说不上为什么,吴依光的内心渗进一丝无以名状的羡慕。吕同学去到一个没有人联络得到他的美好所在,悲伤则悉数留给家人。吴依光又看了一眼吕同学的母亲那哀痛逾恒的面容，内心升起叹息，啊……若今天死去的人是她，母亲会流露这样的表情吗？是的话，她要怎么做才能亲眼目睹这一幕呢？

盘子里的饼干一片片被吃掉，果汁也被倒得半滴不剩，来到告辞的时刻。班导语调比来时轻快，她说，跟吕同学的妈妈说再见。同学们整齐挥手，顺服地展示离情依依。吴依光的鞋带掉了，她弯下腰，利落绑好，生怕自己被遗留在这座弥漫着寂寞忧伤的美丽别墅。吴依光跟上一位呵欠连连的男同学，厚重的外套让他的颈项闷出湿亮的汗液。隔壁的女同学们泪痕半干，低声不知说些什么。一群人行至转角，吴依光回头一望，吕同学的母亲垂着头，以指尖抹去眼泪，那姿态让吴依光联想到受伤的动物，鹤之类的。吕同学的父亲握着妻子肩膀，脸上满是泪水。看来，虔诚的人也有承受不住的日子。吴依光此生首度有了"这些大人好可怜"的心情，在此之前，她相信孩童跟大人的差异在于，只有孩子才无法拒绝命运，大人不然，他们强壮得足以反抗。

老师很难过，这件事让我的心好痛。吴依光一送出讯息，立刻关掉手机。

7

隔天,吴依光是被市内电话的铃声给吵醒的,她坐起身,发现自己在书房的沙发床睡了一夜,她抓起扔在地板上的眼镜,推门走向客厅。谢维哲一头乱发地从主卧走出,两人互看一眼,谢维哲率先停下脚步,这个不起眼的小动作,显示他对于电话是谁打的,已有定论。吴依光接起电话,是吴家鹏,她猜错了,她以为是母亲。

吴家鹏的语气称不上友善,怎么昨天你妈打给你,你都不接?你妈紧张到一整晚都睡不着,现在,她的脾气也上来了,你待会儿打电话跟她解释。

吴依光没好气地反问,爸,你打这通电话,就只是为了要我去跟妈说话?吴家鹏安静几秒,不无尴尬地说,我当然关心你,不只我关心你,你妈也关心你。不然怎么会一直打电话给你呢?

吴依光按了按眉心,问,你们是怎么知道的?吴家鹏回,你上电视了,你跟一个胖胖的男生站在医院的门口,记者都拍到了。

吴依光的背脊一凉,是谁通知记者的?记者是否捕捉到她应付许主任的蠢样?

母亲加入这场对话,看来她一直守在旁边。她问,如果我们没问,你打算拖到什么时候才告诉家里?吴依光回,我有很多事要处理,我处理完就会告诉你们。母亲又问,跟你说话的是谁,不是校长吧,我记得你们是女校长。吴依光削去自己声音里的任何情绪,她说,妈,我现在不想谈这个,我说过,等我处理完——母亲打断吴依光,再次绕回原点,说,我觉得这件事很严重,我现在就要确定你知道自己在做什么。吴依光的眼球后方传来阵阵刺痛,她几乎是哀求了,妈,让我休息一下好吗?

然后,吴依光听见,话筒另一端,母亲下达了指令,换你跟她说吧,你告诉她,我们之后再打给她。吴依光对着话筒说,谢谢,我听到了,她毫不留恋地挂上电话。

想象母亲此刻的眼神,冰冷、抽离、神秘,仿佛只要她愿意,她可以读取你所有的想法,你怎么做都阻止不了。这是吴依光犯错时母亲的惩罚手段之一,她会命令吴依光站好,她要以那居高临下的眼神审判她、细数她的过错。

母亲很少揍她,她相信无能的人才会选择暴力。吴依光曾试图说服母亲,我宁愿被痛揍一顿,也不要你以那样的眼神看着我。母亲的回答是,那正是她要的效果,她说,你最好记住这种耻辱的感觉,提醒自己不要再犯错。

谢维哲走近,试探地问,你爸?他的脸颊略带湿气,头发倒是抚顺了,在吴依光和父母说话时,他完成了盥洗。吴依光望着丈夫,没来由想推敲,在百合面前,谢维哲是否也这么矜持?他是否会放纵自己的发尾乱翘?吴依光深谙自己不应该如此挂念丈夫的外遇对象,吊诡的是,唯有想着百合,她才能暂时忘记"吴老师"的身份,她才能从"苏明绚为什么要自杀"的缠念中得到片刻的释放。

她迎上谢维哲关心的眼神,问,你怎么会猜是我爸?谢维哲的眼神闪过一丝仓皇,须臾,他才吞吞吐吐地说道,我想说这个时间打来,不是你妈,就是你爸,可是,如果是你妈的话……谢维哲打住,吴依光以眼神示意他说下去,谢维哲瞄了地板一眼,口吻颇有破釜沉舟的况味,如果是你妈的话,你现在应该会更不开心。

吴依光定定地看着谢维哲,为什么两人的对话不曾铭心刻骨,谢维哲依然摸透了她跟父母的关系有多么扭曲?她不认为,人会花心思去厘清自己一点也不爱的对象。既然如此,他是同时爱着她也爱着百合吗?

吴依光跟谢维哲初次见面,身边都跟着自己的母亲,同行的还有莫阿姨。莫阿姨跟两家互有来往,也是促成双方认识的桥梁。

出门前,吴依光仍做困兽之斗,她挖苦地说道,若谢维哲有莫阿姨形容得这么优秀,为什么年近四十仍需要透过长辈的介绍来认识女性?母亲转述莫阿姨的说辞,谢维哲个性内向,不太懂得怎么搭讪女生,之前好像也没什么恋爱的经验。说完,母亲加上自己的评价,我听了就觉得这样的人很适合你。

吴依光没有蠢得去追问,为什么这样的人适合自己,她听得出这段话的底下蛰伏着某种翻旧账的兴致。她放弃挣扎,说,我们走吧。

踏进餐厅,吴依光找着朝他们挥手的莫阿姨,莫阿姨示意吴依光在谢维哲面前坐下，吴依光照办。莫阿姨又催促，你好歹跟人家自我介绍一下吧。吴依光半推半就地抬眼，看向谢维哲，令她惊讶的是，她看到一张紧张、仍试图表达友善的脸，这就是吴依光对谢维哲的第一印象：他们是同类。

他们不擅长让人失望，哪怕是陌生人。

莫阿姨说，年轻人见面，第一餐最好吃下午茶。茶，饼干，蛋糕，都是可以咬一下、啜一口再放回去的吃饮，不影响聊天。语落，绑着马尾、身形瘦弱的服务生端着盘子走来，她突然失了重心，盘子一斜，艳红的草莓自雪堆般的奶油坠落，所有人的视线跟着那颗草莓在桌面上滚了一圈又一圈。草莓停在吴依光的面前，服务生慌张地跑来，捡起，鞠躬道歉。莫阿姨啊了一声，说，怎么这么不小心，会补一份新的蛋糕吧？吴依光觑了谢维哲一眼，谢维哲寻常地回视着她，没有受到惊扰。吴依光低头，瓷杯里茶汤清澈如琥珀，她抚着杯身的指尖发烫，眉心却随之一宽，她找到第二个共通点：他们不在意别人犯的错。吴依光偏着头，眯细了眼，她好讶异，这么短的时间，自己就不排斥谢维哲了。

始终寡言的芳说话了，吴依光谨慎地谛听这位相貌平凡的妇人。芳说，我们家这个儿子，从小就不喜欢说话，长大后也一天到晚窝在实验室里做研究，如果他说话有哪里不周到，请吴小姐多多包涵。母亲接腔，这样很好，我不太喜欢能言善道的男生。吴依光脑中浮现了一个身影，她质疑，母亲是否在指涉那个人，都是好久的事了。

谢维哲仍是安然地微笑，他坐在一群女人之中，像个懂事的小孩，既不吵闹，也不发呆，像是随时都能接受别人的使唤和差遣。吴依光的视线投向莫阿姨，她端起茶杯，小口小口啜吸，眉眼不无功成身退的得意：她给双方都找来合适的人选。

8

还有约莫一成的学生没有读讯息。几乎全是吴依光默默归类为住在"温室"的学生，她们的手机，一回到家，就会被没收。小时候，吴依光的家里没有第四台[1]，母亲认为娱乐不是令人变笨、就是变得邪恶，或者以上皆是。十几年后，相同的论述卷土重来，差异在于第四台换成了"网络"。想到这些学生还活在苏明绚并未死去的世界，吴依光想，"温室"为他们封存了一个和平的周末。

吴依光曾这样提醒学生：有些作业的解答会公布在班级群组，没有社群账号的同学，再找时间联络小老师[2]。稍晚，吴依光接到一位家长的来电，对方的语气饱含怨怼，她质问为什么吴依光要求学生加入班级群组。吴依光婉转解释，她没有要求，只是建议。女人不怎么领情，她进一步埋怨，吴老师，当初听到班导是你，我就觉得不是很适合，你太年轻，又没有小孩，你不能理解现在小孩需要什么，不需要什么。

---

[1] 自20世纪70年代至90年代，台湾民间在当时依法成立的三家商业电视台之外，私营的各种地下电视台统称为"第四台"。1994年起，台湾省政府发放有线电视系统业者许可证，故"第四台"在台湾也成为有线电视的代称。
[2] 由学生担任，协助老师督促、辅导同学完成作业。班级内通常会有几名小老师，类似于大陆学校的班干部。

闻言，吴依光身子一热，胸口随之起伏，女人不打算给吴依光说明的空间，她留下一句话，介于请求跟警告，你是班导，我希望你考虑一下，不禁止学生使用网络会导致多少问题。说完，女人径自挂断电话。

吴依光只能看着自己的手心，喃喃自语，不是这样的，你说颠倒了，正因为我没有小孩，我才更明白小孩需要什么，不需要什么。

吴依光困于这样的命题很久了，她常在杂志、谈话性节目，看着人们胸有成竹、侃侃而谈，成为父母之后，他们如何更包容，更能辨识生命任何细小幽微的征兆，以及，更加完整，孩子的到来让他们看清往昔浑然不察的匮乏。

吴依光对于这样的见解始终怀抱着本能上的质疑，她想，父母这个身份也会悄悄地在另一个层面形成暗影。有些人因此忘却他还是人子时，生怕被控制、被定义、被错误解读的恐惧。

隔天，与何舒凡餐叙。吴依光不由自主地还原自己跟女人的对话，更精确地说，是女人单方面的宣示。何舒凡凝视着吴依光，镜框后的双眼如湖泊，闪熠着细碎的光，她问，你想跟学生对质吗？吴依光摇了摇头，说，不，这么做，一点意义也没有。我只是好纳闷，这些人没有想过，这样子跟我说话，我以后看到学生本人，要怎么心平气和？学生也是，她就不害怕这么糟糕的谎言直接被拆穿吗？何舒凡把切成小块的羊小排放进嘴里，好一会儿，她反问，如果学生很清楚呢？其华的学生都不笨，说不定她很清楚自己的谎言很快就会被识破，既然如此，问题落在她为什么要这样做。

吴依光呼吸一紧，等着何舒凡说下去。

何舒凡穿了件高领蕾丝边衬衫与牛仔短裤，脚上踩着墨绿色绑带凉鞋，与她在学校的穿搭可说是天壤之别。吴依光跟日常并无二致，米白色衬衫与卡其色直筒长裤。

说到穿衣，吴依光没遇过比母亲品味更好的女性，工作、日常和度假，她都有自己的独到的审美与执着。谢维哲也说过，第一次见面，返家之后，芳对于吴依光母亲手上的腕表与衬衫依然念念不忘。吴依光告诉谢维哲，分别是 Chanel 跟 Stella McCartney。谢维哲哦了一声，说他只听过前面那个牌子，吴依光无所谓地耸肩，她说，我认识那些牌子，但我不会买。那不是我想追求的人生。

吴依光没有说出口的是，我不想变得和母亲一模一样。所有见过两人的人，都会说，她们的长相是一个模子印出来的。吴依光可以抵抗的只剩下穿着。

何舒凡苦笑，说，从你的描述，这位家长对自己非常有自信，我猜，她平常在家里也是这样发号施令的角色。合理吗？吴依光思索半晌，点头。何舒凡吐出一口长气，轻轻按着额际，说，依光，这些话，我不是以同事的立场，而是以朋友的立场说的。我们在学校修了很多理论，但我当老师这么多年，反而觉得最重要的一件事教授们都没说，那就是，老师这工作要做得长久，一定要时不时同情一下自己的学生。以你的例子来说，学生在干吗呢？把老师的话改成对自己有利的形式，再说给家长听，幸运的话，父母退让，学生拿到上网的权利，不幸的话，就像你遇到的，父母数落老师，老师考虑要不要去兴师问罪。可是，不能上网跟惹怒老师，哪个更烦呢？

何舒凡喝光杯中的气泡水，语速越放越慢，每一年，看着学生，我越来越相信，我再怎么做也无法完全地理解他们，我是上个世纪的人，这注定了我和他们在很多话题永远不会形成共识。就像现在，我跟你可以这样，面对面、看着彼此的眼睛说话，我不认为我们的学生喜欢这么做。他们更倾向隔着一层媒介说话。现在的学生的友情多半是在我们看不到的网络、一则一则讯息堆起来的，白天我们看到的那些互动，更像是过场跟幕后花絮。回到这位学生，她一回到家就不能上网，换句话说，她只能在过场跟幕后花絮经营人际，她大概觉得，自己活得比其他人辛苦吧。

吴依光咬了咬牙，问，没有同情之外的选项吗？

何舒凡又倒了一些气泡水，说，我遇过跟你很像的情形，那时，我很严肃地教训那位学生，问她为什么要这样利用我？那位学生竟然跟我说，如果我的话有人听，我干吗用老师的名字呢。然后，我笑了出来，对，笑出来，啊，可恶，还真的是这样。我现在可以谅解了。他们的确犯了错，不过，我也同情他们，好可怜，自己想要的东西，却得借别人的名字才能得到。我不跟你计较了。听起来好像有点自欺欺人，不过，我宁愿这样，这么做我的内心平静多了。

半响，吴依光说不出话来，某个程度上，她心知肚明何舒凡是拐着弯劝哄她就此放下。何舒凡做到了。吴依光再次想起这位学生，心中的芥蒂的确淡了。

另一方面是，何舒凡对那位学生的描述，屡屡让吴依光联想到自己。

她也是没有声音的小孩,她想偷的岂止是名字,而是别人的人生。

好可怜。

9

十岁,吕同学过世前一年,吴依光内心升起一个困惑:为什么她的父母是眼前的这对男女,而不是其他人呢。世界上明明有形形色色的人。

吴依光不晓得其他小孩是否也有相同的困惑,她只晓得,拥有这个困惑的她,说不定哪一天会受到惩罚。没有人明确告诫一个小孩不应该拥有这样的想法,吴依光仍从日常生活、辞典里的成语、电视上的广告、美术课同学们蜡笔画的房子,红屋瓦,田字形的窗,手牵手的大人跟小孩,朦胧地拼凑出一项认知:如果一个小孩没有在家庭里感到幸福,那一定是那个小孩的问题。即使只是在心底静默地,来回拨动这个困惑,她也感到亏欠,似乎对不起谁。

吴依光之后回首,迟迟领悟,人跟命运的关系,就像鱼跟水,鱼明明彻底浸润于水中,却对水的存在不怎么上心,非得等到有日,水浊了、温度不对劲了,鱼才会温暾地想,今天这水,真是怪啊。吴依光对父母的困惑,也是她发现"命运"的过程。她怎么会是这对父母的小孩,而不是其他父母的呢?

名叫吴依光的人,她的命运的毛病是,她爱母亲,但她不喜欢母亲。

今生这命运，真是怪啊。

即使知识青涩，吴依光也依稀感应得到，命运不是她可以拒绝的事物，她只能以孩童的程度去与命运共处：想象眼前的一切都是阴错阳差。如同童话，公主的生母不幸病逝，国王新娶的后母妒恨与自己没有血缘关系的公主，国王被烦琐的国事弄得分身乏术，忽略了他寂寞的小女儿。有一天，仙女找到可怜兮兮的公主，将她用力抱入怀中，说，你并不属于这里，跟我走吧。届时，公主必然得克制着内心的激动，礼貌地说，谢谢你，可是我不能这样一声不吭地离开，我得回去跟那个女人说再见，终究我也跟她生活了这么多年。

后母会怎么反应？她是否会惊愕、尝到被背叛的苦涩滋味？是否会握住她的手腕，呵斥，你不能说走就走，你是这个王国的公主。另一个吴依光更着迷的幻想是，后母悔恨地掉下眼泪，哀求公主继续待在她身边。而公主故作沉思，心中早有定见，她会保持优雅和风度，说，王后，你这样挽留我，我很荣幸，不过，过往你的行为，我并不认为你是真心诚意享受我的陪伴，我决定跟仙女展开新的生活。

公主自然是吴依光，后母则是母亲。

吴依光感受不到爱的时刻，脑中就会自动浮映王国、公主、后母和仙女，一幕幕的画面令她重拾希望，她在心中朗诵，王后，我特地来这里跟你告别。

学期初，吴依光举手，自愿担任副班长。在此之前，她当了一学期的班长，也是那届的班级模范生。说是选拔，实际是导师勾选，并未经过学生投票的流程。朝会，各班模范生排队上台接受表扬，掌声如海潮般袭来，摄影师站在司令台正前方，指挥学生们准时微笑，那时是底片相机，每个快门都不得马虎。

母亲看了看奖状和相片，发表评语，你以后拍照，嘴巴不要张那么开，很难看。吴依光点了点头，她也觉得自己的笑容很丑。母亲又问，一个年级有几位模范生？吴依光想了一下，答，十七个。母亲没有再问下去，吴依光了解母亲，这反应表示她认为这不算什么。一个年级十七个人，一间学校有上百位班模范生，一座城市有上百间国小。跟母亲的成就比起来，连零头都称不上。

吴依光学过一年的珠心算。母亲说，这对考试有助益，其他学生还在土法炼钢地进位，吴依光早已推进至下一题。某个晚上，母亲要求吴依光在算盘上，从一打到一百，吴依光推得指腹发疼。母亲说，你记住从一到一百有多辛苦了吗？吴依光甩了甩手，说，记住了。母亲沉吟片刻，又说，记住这感觉，这就是竞争。在我的年代，一百个考生，不到一个可以进入最好的大学，你必须超越九十九个人，直到你成为第一百个，也就是最好的。

母亲抵达了这么困难的终点，看看自己，班级模范生的身份，只是侥幸被老师所眷爱。吴依光把奖状跟照片收起。母亲安静下来，不知道工作的哪个环节又勾住了她的思绪，经验提醒她，这时候最好别打扰母亲。吴依光轻手轻脚回到房间，从书包里倒出考卷，在老师红笔划出的空格，订正错字。

晚餐，吴家鹏满脸倦意，大概又度过了他时时挂在嘴边的"好长的一天"。母亲双手叉腰，守着炉子上滚沸的汤。吴依光重提自己拿到的奖状和照片，吴家鹏哦了一声，他撑开眼睛，脸上恢复了一点生气，他伸手横过桌面，在吴依光的头顶轻拍两下，说，你做得很好。接下来，他又倒回椅背，以筷子夹起肉丝，送进嘴里。吴依光的心揪起，抽痛，她几乎想拜托父亲，再一次，再一次赞美她，虽然她没有追过九十九个人，但她也没有搞砸。这一秒，她又想起了他的王国。仙女怎么来得这么晚呢，我再也不能跟我那疲惫的父王跟阴晴不定的后母相处了。

似乎有谁回应了她的呼唤，仙女出现了。

副班长的职责是点名，记录迟到与缺席的同学。导师把吴依光唤到跟前，叮咛她，转学生，三十一号黄同学，上学时间延后至七点五十。吴依光没说话，暗忖，怎么这位同学享有特别待遇呢。隔天，七点四十分，黄同学仍未现身，吴依光阖上点名簿，盯着壁上的石英钟，四十二、四十三、四十五分，啊，身材细瘦的女同学从走廊另一端慢吞吞地走来，一位妇人扶着她，肩上挂着书包。女同学一走近，吴依光发现对方面无血色，嘴唇带青。她问，三十一号吗。黄同学紧张地看了吴依光一眼，气若游丝地说，是。妇人揉了揉女儿的后脑勺，弯腰，飞快地啄了一下，然后她说，宝贝，今天也要加油。这幅景象从此烙印在吴依光的脑海，年复一年，她在不同的场合，校园、萧瑟的街道、东京的咖啡厅、梅姨在美国的家，只要她看见特别亲爱的母女，她就会想起这一刻，她眼睁睁看着，意识到自己深受辜负。

过了一个星期，导师神秘兮兮地说明了黄同学的病史，她患有先天性心脏病，动过四次手术，一度中断学业，是以，她的年龄比所有人都大上一岁。黄同学的父母为了治疗女儿的恶疾，散尽家财，学校免除了黄同学的部分学杂费，家长会也发给急难救济金。班导语气一转，要吴依光保密，无论是黄同学的病情，或者家境，班导担忧有些同学拿来做文章。吴依光未置一词，只是眼神闪烁。

黄同学让吴依光明白，有些小孩身有残缺、无所事事，仍得到至好的爱。吴依光又撞见几次，母女俩的亲吻、拥抱和安慰。一股古怪的情绪在她的心中蔓生，她问自己，黄同学不需要王国，她的现实已足够美好。

段考结束，运动会紧跟在后。母亲远赴欧洲出差，为期十天。晚餐，吴家鹏让女儿做主，吴依光请吴家鹏外带意大利肉酱面。吴依光手持叉子、卷动过硬的面条，眼角瞄到吴家鹏不小心把肉末甩到了餐桌，他抽了两张卫生纸，没有沾水，敷衍地揩掉。若母亲在家，这个随便的动作必然会逼得她抓狂。吴依光后知后觉，父亲也跟她一样，因母亲的缺席而比平日更加自在。她陷入犹豫，眼前说不定是个好机会，她有许多问题想问父亲，比方，为什么他们只生一个小孩？为什么每一次梅姨宣布要带着两个表妹回来，母亲就会异常焦躁、神经质？更令她摸不着头绪的是，等母女俩在机场接应梅姨一家三人，母亲又会恢复从容。她会一把取走即将从乔伊丝或爱琳肩头滑落的提袋，捏捏两位外甥女的脸蛋，问候出发时的天气、航程是否经历了乱流。两个小女孩如麻雀般说个不停，一个才说完，另一个就忙着接上，中间穿插着梅姨没什么威严的提醒，说中文，你们答应到台湾就要说中文了。

吴依光没有采取行动,她担心父亲会转述给母亲听。但凡与女儿相关的事物,吴家鹏向来是交给妻子拿捏主意。他曾半正经、半玩笑地说过,生儿子我还知道要怎么管,女儿我就派不上用场了。小女孩的心思太细腻了。

吴家鹏询问女儿大队接力的棒次,他有些歉意地说,他清晨无论如何都必须去陪一位客户打高尔夫,他会努力赶上女儿的竞赛。吴依光嗯了一声。内心不抱期望,以诺言来说,母亲的更可信。母亲不轻易答应,一旦答应,就会全心全意做到。

晚上八点半,最迟不超过三十五分,远方的母亲打来电话,多半是询问吴依光作业的缴交情形与考试分数。挂上电话之前,吴依光会说,妈妈,晚安。有一两个夜晚,时间搭不上,母亲前一晚预告,明天就不打给你了。吴依光很矛盾,她既喜悦摆脱了那些管控,又禁不住对着窗外街灯晕染的黄光,思念起母亲。

她的人生中,经历了好几回这样,迷蒙的,难以定义的深邃感情,对象全是母亲。

体育老师给体弱的黄同学编了个意想不到的轻松差事:趣味竞赛的评审。运动会当日,教室后方叠满学生家长送来的数箱饮料、饼干跟水果。吴依光的父母捐了两箱进口苹果汁。吴依光翻找着黄同学一家的捐赠,她什么也没找着。吴依光咕哝,黄同学真好命,什么便宜都占去了。

一转身,黄同学的父亲碰巧映入眼帘。他穿着褪色的运动夹克，矮小，黝黑，说话时一嘴凌乱的黄牙，脖子上挂着一台笨重的相机，他亦步亦趋跟在妻子身后，时不时举起相机，东拍一张，西拍一张，仿佛对眼前所见兴致盎然。

吴家鹏果然来迟了，他小跑步进教室，运动外套挂在手上，上过腊的皮鞋微微发亮。一见到吴依光，吴家鹏叹气，我想了想，还是回家冲个澡。吴依光别过头，背对父亲，半个小时前，竞赛结束了，吴依光追过两名选手，吴家鹏什么都没看到。

黄同学出现了，她才结束评审的工作，脸颊泛红，粗喘着气，双眼晶亮，仿佛对自己很是满意。黄同学的母亲小心地以手帕吸取女儿额际的细汗，她的父亲从保温瓶里倒出一些什么，递给女儿，黄同学咕噜咕噜喝完，把杯子送回去，甜笑，说再来一杯。黄同学的父亲又倒了一杯给女儿，他从口袋里摸出一把糖果，剥开蜡纸，递给女儿。黄同学没有接过，反而是抓走父亲其他的糖果，塞进口袋。黄同学的父亲抬手，弹了女儿的额头一下，说，再吃这么多牛奶糖你要蛀牙了。黄同学的母亲打断，说，我们去拿比萨吧，老师说有家长送来了好多比萨。

这一家人从衣着到每一个动作，都散发着穷酸的气息，吴依光却像是受诅咒似的，不能移走视线。听到比萨，她看向父亲，吴家鹏加订了十盒比萨跟五桶炸鸡，作为迟到的赔罪。两三位同学拿了比萨，特地走到吴依光面前，说，谢啦，副班长。吴依光看着黄同学拿回三份比萨，一家三口吃得沉醉尽兴，一会儿吮掉手指的酱汁，一会儿交换口味。吴依光认为自己该采取一些行动，她起身，走过去，几乎要脱口而出,你是不是习惯了别人为你付出?想到黄同学倏地停止那愚笨的微笑,吴依光心跳加速,双脚兴奋地颤抖。突然,黄同学抬头,直视吴依光,她举起比萨,说,副班长,谢谢你爸爸送来的比萨。好好吃。真的好好吃。

吴依光点了点头,接着,她躲进厕所,在窄小的空间,吴依光按着胸口,流下眼泪,两人眼神交会的刹那,吴依光看清了她的渴望——她好想变成这家人的女儿。

这个认知让她脑中一片空白,吴依光不得不落荒而逃。

10

送出那则讯息，周末两天，吴依光再也没有拿起手机，一次也没有。

星期六，吴依光瘫倒在沙发上，好长的时间，她动也不动。谢维哲熬的粥她没碰，她没有胃口，只喝得下一点水。傍晚，谢维哲结束与其他教授的餐叙，回到家中，他坐在地板上，问妻子需要什么。吴依光说，我什么也不需要。不过，你可以坐在这儿陪我一下吗？谢维哲说，当然没问题。吴依光问，你不觉得奇怪吗，我昨天还可以走路，吃东西，现在什么都办不到。我在想，礼拜一是不是请假好了？我自己都快倒下了，要怎么安慰三十几个学生呢。谢维哲不发一语，似乎在评估代价。吴依光拍了拍丈夫的肩膀，说，我开玩笑的，你别放在心上，我很清楚我的责任。闻言，谢维哲的脸色增添了一抹忧悒，他轻声问，有什么是我可以为你做的？

谢维哲跨过了线。

倾听心事，为彼此分忧解劳，从来不是这段婚姻的基础，这点，吴依光不曾混淆，否则百合是怎么介入的？不过，她很感激谢维哲这么问了。吴依光轻声细语，我希望接下来几天你什么也不要问，把我当成透明的也行。在学校我要回答的问题够多了，回到家我只想要平静。然后，不介意的话，传一封讯息给我爸妈好吗？说明天我们要去找前辈请教之后该怎么做，当然，这是说谎，我哪里也不会去。但他们必须知道我有在做事，才不会像之前那样，直接跑来这儿监督我的一举一动。吴依光以手臂挡住自己的眼睛。不敢去看谢维哲的反应。她也跨过了线，这是她第一次向谢维哲透露对自己父母的畏惧。她向来掩饰得很好，但她现在没有力气继续伪装。

谢维哲说，好，放心，我待会儿就去传讯息。

吴依光没有过问谢维哲在讯息内说了什么，她只能从结果判断，谢维哲成功安抚了父母。她得到了一个安静的星期天。何舒凡在管理室放了一个纸袋，里头是一盒生巧克力跟一张纸条，纸条写着，再怎么悲伤，巧克力还是甜的。吴依光前后读了两次，典型何舒凡的风格，她取出一块生巧克力含在嘴里，何舒凡是对的。

星期一，吴依光穿着米色衬衫，黑色长裤，现身在学生面前。两位"温室"学生们睁着双眼，一脸难受，看来她们才刚被告知苏明绚的死讯。也有几位女学生眼眶泛泪，嘴里含着呜咽，说，老师，我的心也好痛……

她们在回应吴依光传到群组内的讯息。吴依光食指抵着嘴唇，不让学生们说下去，她望向司令台上的刘校长，说，先听校长说话。

近年，不少高中废除朝会。刘校长接受采访时，说，不考虑跟进，其华女中的朝会已减为一个月一次，不至于占用学生时间。此外，她认为朝会有凝聚向心力的功能。

吴依光不禁想问，刘校长会后悔去年执意要延续朝会吗？这一次的演说，比去年坠楼的杜同学更难。杜同学是从自宅顶楼纵身一跃，而苏明绚选择的是校园。刘校长不能仅止于诉说自己的不知所措与悲伤，她还得进一步地，像工人们抛磨地板，尝试消除苏明绚血迹般，消除学生对于这所学校任何不祥的联想。

刘校长的开场制式，沉稳，上个礼拜五，我们失去了一位同学。底下学生一阵骚动，窸窣的交谈此起彼落。老师们纷纷起身控制秩序。刘校长拖了几秒，才又说下去，我说过很多次，其华女中是一座花园，你们，每个学生，都是这座花园里独一无二的小花。我们都知道植物必须要照到阳光才能生长，但，你也知道，不可能每天都是大晴天，就像最近，时常下着雨……

学生们不知不觉露出抽离、茫然的神情，有些人发起呆来，也有些人低头私语。吴依光看得出刘校长的言语没有打动她们，这些女孩是社群原生代，很懂得推敲言论背后的模板与设定。以她们的用语来说，现在，刘校长是用"大账"在说场面话，她们想听的、想看的是更私人的"小账"，如果校长有的话。

吴依光轻叹，再过不久，她也要以班导的身份走入教室，抚慰学生们的忧郁。学生们会忍受刘校长的行礼如仪，却不会以相同的标准对待她。吴依光在书房自言自语一整夜，只为找出最适切的说法，她很清楚，不能像在许主任面前那样，一再地回答不知道。学生们不至于责怪她，但学生们会对她感到失望。

失望，正是吴依光最难以负荷的情绪。

校长的演说结束了，微风拂过，吴依光手心一冰，她的掌心浮满了细汗，她不是会流手汗的人。她想逃。吴依光猜，有拒学症的老师不比学生少吧。频繁请假的孩子，一届随着一届增加了。最普遍的说法是，不快乐的校园生活逼走了孩子。吴依光也曾打过电话，询问学生不来上课的理由，那些父母的声音听起来很是苦恼，也有父母很是愤怒，说这样的询问太晚，也太消极了。

吴依光幻想，假设有一天，她从校园逃跑，就像此刻，她想要趁着所有人不注意的间隙，悄悄地翻墙，再也不回来。学校是否也会打给她的父母，以温暖、诚挚的口吻说，请你的子女回到学校吧。母亲又会怎么说呢？吴依光模拟着母亲的语气，抱歉给你们添麻烦了。这个孩子，我就知道，没有人盯着，她什么也做不到。

学生们不一会儿全到齐了，包括吴依光以为会请假的锺凉，只有一张座位是空的。

距离上课钟响还有四分钟，第一堂是地理课。

各位同学早安。吴依光开口，三十几道视线立刻投向她的脸颊，她手背上的汗毛根根竖起，吴依光调整呼吸，接着说，校长担心刺激到同学的心情，没有讲得很清楚，不过，你们也大概知道发生了什么事，我想要稍微谈一下……这件事。

剩下三分钟二十秒。

吴依光咽了咽口水，说，我们都认识苏明绚，跟她聊过天，还一起去了毕业旅行。老师看了一些报道，我不知道你们是怎么想的，但我对她的回忆不是那样的。记者写了几百字，不代表他们了解苏明绚，对吧？我接下来要说的话，你们听了也许会难过，这很正常，我们跟苏明绚之间是有感情的。我们上学期读过白先勇的《树犹如此》跟袁枚的《祭妹文》，里头都描写到一个主题，重视的人过世了，该怎么走下去？两位作者写出自己的悲伤。我不会说你们不要太难过之类的话，我反而觉得，有时，我们应该要感到难过。

学生们的目光没有丝毫偏移，她们屏息等候下一句。

吴依光瞧了一眼苏明绚的座位，这么说并不精确，世界上再也没有这个人，主体消失了，没有任何一件事物是"她的"，而是她留下来的，她使用过的……再过几天，必然得重新安排教室的位置，以免这空掉的座位令人触景伤情。

剩下一分钟五十秒。吴依光放缓语调，切入正题。上个礼拜五，第八堂课结束没有多久，苏明绚从顶楼往下跳。有些同学那时还在学校，应该有听到救护车的声音。医院很努力地抢救苏明绚，但是，人没有救回来，她伤得太严重了。

教室后方有人举起了手，吴依光一时半刻竟想不起那位学生的名字。

女孩问，老师，为什么会这样？

预料中的问题。

有些同学转头望向走廊上走动的人影，吴依光确定她们仍在全心全意地倾听。教书这几年，吴依光归纳出一件事，单凭眼神推敲学生们的心事，好容易失准。有时，越是在意的事情，她们越是故作无心。

钟声响起。吴依光眨了眨眼，说，我想先跟同学们承认一件事，我不知道苏明绚为什么要这么做，我想了两天，一点头绪也没有。她似乎没留下任何线索。

地理老师握着马克杯，出现在门口。

吴依光环视着每一位同学，说，各位同学，下午第一堂国文课，辅导主任会来跟大家说几句话。我们到时再继续。

吴依光匆忙地赶到另一间教室，一站上讲台，同学们停止鼓噪，看着她，没有掩饰眼中浓重的好奇。吴依光苦笑，说，我知道你们想问什么，之后再谈好吗？

这一班的学生们不认识苏明绚，对她们而言，问题的核心不是苏明绚为什么自杀，而是为什么有和她们一样年纪，生活条件差不多的女孩，决定结束自己的生命？这个问题更抽象，也更困难，背后指涉的是，怎么样的生命不值一活？

好不容易熬到下课，吴依光回到休息室，迫不及待想见到何舒凡，她需要有谁给她一些安慰。何舒凡不在，桌上有张便利贴：许主任请你一有空，立刻去找他。

吴依光做了几次深呼吸，才向前一步，跟背着双手，对着操场发呆的许主任打招呼。许主任的视线在吴依光的五官逡巡了一会儿，才问，跟班上的学生说过话了吧？

吴依光照实回答，第一堂课之前，有说了一些，下午辅导主任也会来班上。许主任点头，又说，接下来两个礼拜是重点观察期，要密切追踪每一个学生的心理动态。他停顿几秒，又问，你考虑写一封信给班上吗？也给学生父母一个交代？

吴依光看着许主任，嘴巴半张，不知怎么反应。

许主任叹了口气，说，看你这样，你没有这个打算吧。那你目前为止做了什么？

吴依光承认自己在班级群组发了一则讯息。许主任眼睛一亮，伸手，说，我要看。意思是，他要吴依光交出手机。

吴依光身体不自觉地向后退。

见状，许主任侧过脸，碰了碰阳台脱落了一小角的瓷砖。他说，吴老师，现在是紧急状况你懂吗？对你来说，苏明绚是第一个自杀的学生，对我这学务主任来说，是第二个，杜同学即使是在家里跳的，有些人也算在我头上。我这两天给你挡了很多记者的电话，你不知道吧？如果再有第三个，我干脆辞职回家喝西北风好了。

吴依光感觉有什么在胸口炸开。她觑了许主任一眼，不敢轻举妄动。许主任扒了扒略显稀疏的头顶，加强语气，吴老师，我是腹背受敌，我要担心记者下的标题，又要想尽办法防治苏明绚的事在学生之间起了示范作用。你也学过，这种事会传染的。我也不想跟你这样说话，好像学生自杀我都不在乎、不心痛，只在意名声。不过，不同的位置有不同的立场，班级群组是你的隐私，我尊重，但，你也要为我着想吧。

吴依光还是没有交出口袋里的手机。

她感到挫折。

吴依光就读其华女中的时候，身旁的同学相当迷恋发送简讯。价格按则数计算，女孩们尽量敲满字数。吴依光的讯息却很短。母亲给了她一部二手手机，键盘不灵敏，要输入一行字，吴依光得花好多力气。另一个顾虑是，母亲定时抽查她跟同学的讯息往来。吴依光说，我都读到其华女中了，你还要怕什么呢？母亲说，我怎么知道有没有像梦梦那样游手好闲的同学呢？吴依光闪躲了好几次，有一天，讯息发不出去，原来是电信费没缴。母亲故意的，这是吴依光逃避抽查的处罚。

吴依光索性告诉同学，我不喜欢传简讯，有什么想说的，不能直接用说的吗？

她宁愿被视为不合群的人，也不愿透露实情。

如今，许主任也要看她的手机。

许主任抿了抿嘴，好声好气地说，你还记得T高中的事吧？哎，我们这几个月跟T高中真是同病相怜，只是现在镁光灯又落到我们头上了。

闻言，吴依光打了个冷战。许主任碰了两次软钉子，才翻开T高中这张底牌，他礼让过她了。吴依光递上手机，许主任在荧幕上滑了一下，尴尬地说，你还没解锁。吴依光咬牙输入一组数字，背过身。她不想要眼睁睁看着一个许主任埋首读取她发出与接收的每一则讯息，她认为这之中具有某种不言而喻的残忍。

T高中的事，说是老师最害怕的梦魇也不为过。

死者是一名高二的男学生，据称他当时坐在教室外的女儿墙，跟几位朋友戏闹。上课钟响，学生们纷纷往教室移动，几秒后，走在最后的两位学生说他们听到东西坠落在地的闷响，几乎是同一秒，尖叫声自一楼扩散。男学生从四楼"掉"下去了。

男学生当场没了呼吸心跳。

学校坚称是意外，理由是男学生几秒钟前还跟几位玩伴拉拉扯扯、有说有笑，新闻媒体也如此跟进。殊不知，不到二十四个小时，一家网络媒体刊登了男同学事发前三天，上传至社群的文章，乍看是流水账的生活记录，有一句话却格外引人注目，**想到要去学校就很忧郁，上学有什么意义呢**。该网络媒体摘取这句话作为标题，文章一上架，短短半天就累积数百人留言和转发。有人分享自己的经验，也有人标记了教育部跟民代，说不要只在乎少子化，也要抽空看看被生下来的孩子是否幸福。

T高中再次声明，男同学的家长也认定孩子的死是一场意外，请外界停止不必要的揣测。两天后，其华女中的高三杜同学在深夜，被人发现倒卧社区中庭，头破血流，已没有生命迹象。其华女中取代了T高中成了新的众矢之的，距离大学入学测验不到三十天，人们率先把杜同学寻死的理由跟考试压力画上等号。

刘校长告诉记者，她不会说出杜同学的任何信息，也请媒体不要忘了其华女中还有八百多名学生，再过二十几天就要参加影响一生的考试。如此得体的说法，多少给事件的火花泼了冷水，最终的报道只占了报纸角落一隅。

T高中再次回到风暴核心。该名男同学的同学在网络上以"班导没有同理心"为题，匿名发布了一篇文章，描述班导在安慰全班同学时，说了一句，**我以前就觉得他个性有点太纤细**。没多久，有网友在留言区公布那名班导的社群账户，舆论陆续涌入，随时有人在输入留言。何舒凡截了其中两则，传给吴依光,一则是"学生都死了,还要被你这样检讨",另一则是"你没有当老师的资格"。不只何舒凡,吴依光认识的许多老师,多少以唇亡齿寒的心思关切着T高中事件的发展。

何舒凡叹气,说,我同意这位班导说错了话,可是,他都快六十岁了,那个年代的人对忧郁的理解不就是这样?心思太纤细了。想太多了。诸如此类的。每个人在职场上都有搞砸的经验吧?但现在我们就像是动物园里的动物,暴露在所有人的目光之下,再这样下去,也不能怪我们的态度越来越保守吧。

这个结论,吴依光也感到沉重,两人不再追踪T高中事件的报道,仿佛再执着下去,他们会失去待在这份工作的决心。唯独有一次,聊到新课纲,谢老师似笑非笑地说,你们还记得T高中的新闻吗,好险我要退休了,现在的老师好惨,又要应付一堆莫名其妙的职责,又要提防学生会不会上网公审自己。吴依光从谢老师的语气中模糊地看见了一个时代的荣景正在逸失。那个时代,母亲也时常表达出憧憬跟怀念,很多事远比如今容易。为什么?吴依光认为自己知道答案,但她不想指出来。

吴依光苦涩地想着,许主任再次提起T高中,说不定她该回去一探究竟,那位班导之后还有待在那个班级吗?还是毫无留恋地卸下了这个身份,远走校园?

许主任发出一声轻咳,吴依光拿回手机,荧幕显示过了将近四分钟,感觉像是好几个钟头。许主任支吾一阵,说,以老师而言，你的反应有一点……怎么说，特别吗？至少我就不会跟学生说，我也很难过。吴依光问，那么主任觉得怎么说才好？她是打从心底想得知许主任的见解。

许主任着急地说，别误会我的意思，我不是在纠正你。只是说，现在每一步都必须谨慎，这个年代老师说错话的代价是很大的，T高中那次，到后来没人分得清楚重点究竟是学生坠楼，还是老师失言。你在群组的发言，我就想，如果有学生把这句话说给家长听，会导致什么效果？个性比较负面、悲观的家长是不是会想说，这个老师在做什么，留下一句老师也很难过，学生要怎么振作？

许主任的预测很精准，这就是锺凉母亲的想法。

临别之际，许主任见吴依光一脸沉郁，别扭地抓了抓脸，改以柔性的口吻劝说，再给你一个小建议，我们实际上怎么想不重要，重要的是别人怎么想我们。

说完，许主任迈开脚步，赶往一场已经进行了十分钟的会议。

吴依光怔忡地望着手机，自问，十七岁那年，你活了下来，有没有长进呀？

11

辅导主任姓简，名均筑。四十五岁上下，目测一百六十五公分，齐耳短发，素色短衫，宽松的长裤与运动鞋，脂粉未施。吴依光在校园偶遇简均筑，她都是这样的装扮。多数学生净空了桌面，课本、铅笔盒、卫生纸也被收进抽屉。锺凉的双手搁在桌上，用右手按着左手的虎口，就像那里有个伤口。

简均筑没有站上讲台，她坐在讲台上，双手放在膝头，指头自然地敞开，略低的位置使她看着学生时，必须稍微抬起视线。她和蔼地问候，午安。

学生们升上二年级之后，辅导老师转由简均筑担任。吴依光偶尔会在学生的周记里读到她们对简均筑的看法。简均筑不允许学生将辅导课挪作他用，她说，辅导课就是辅导课，不是拿来考试或自习的。对此，学生们评价两极，有学生说她蛮喜欢简均筑的上课内容，也有学生对她很是反感，理由是，辅导课的目的不就是减轻学生的压力？我的压力就是书读不完，我需要自习，而不是写那些没有意义的学习单。

何舒凡导师班的学生也是给简均筑教的，她坦言自己也有收到类似的心声。说完，何舒凡沉吟几秒，反问，你不觉得这就是现在学生的困境吗？她们实在太忙了，忙着读书、考试、填资料，拼了命地追求被顶尖大学录取。她们知道自己不快乐，但她们更害怕没有时间。马拉松的跑道旁边，不是会设很多给水站吗？作为旁观的老师，我觉得目前的辅导课就像那些给水站，学生当然渴，想喝水，但她们更害怕一停下来喝水就会被其他人超过。她们只能继续向前。

何舒凡的譬喻传神极了，吴依光的脑中浮现了母亲的身影，母亲笃信忍耐跟成功之间的关联，她即使渴得喉咙都裂了也不会松懈。母亲曾要求吴依光在辞典里寻找跟吃苦有关的成语，每找到一个，她就要吴依光念出来，七次。她说，唯有这样，你以后吃苦的时候才撑得下去，你看这些典故里的人物都拥有很好的成就。

那么，苏明绚呢，她悄无声息地退出跑道，哪怕是一句我累了，都没有说过。

简均筑确认每位学生都安静了，才徐徐开场。我想你们度过了一个不好受的周末，脑中会闪过很多念头。会想为什么，会想自己跟苏明绚说的最后一句话是什么。说不定也会想时间倒转的话，要改变跟苏明绚相处的方式。想这些事的过程中，也许会觉得有一些想法很不应该。我想提醒一下，简均筑以手势做了个引号，先不要这样想。以后说不定可以这样想，但，现在，先不要。就暂时允许任何想法都可以跑出来。

简均筑咬字清楚，且不可思议地慢。

锺凉举起了手，眼神有几分轻佻。她说，主任，我想问。你有这样的经验吗？就是朋友突然走掉了。学生不算，学生跟朋友不一样。

吴依光内心一沉。是锺凉啊。正在治疗忧郁症的锺凉。停下脚步，却不知道有没有好好喝上一杯水的锺凉。

锺凉国中毕业时，以全校第一名的身份上台接受表扬。锺凉的父母以为，女儿在其华女中也会有相对应的表现。锺凉在其华女中第一次的段考，是十五名，锺凉的父母大失所望。锺凉之后却再也没考过这么前面的名次。锺凉苦读的时间越延越长，名次始终不见起色，她入学健康检查是五十四公斤，高二学期初她站上体重计，只剩不到四十公斤。哪怕是一周只有一堂课的美术老师都说过，锺凉不太对劲，得有人看着她。下学期，锺凉的母亲特地来学校，找吴依光商讨女儿的情形。将近晚上六点，锺凉的母亲坐在会客室的墨绿色沙发，沙发几无下陷，她坦承自己这一年被女儿的事情弄得六神无主，也掉了五六公斤。七分袖黑色洋装让她更加瘦弱，露出来的双手青筋浮突，指甲也有些变形。吴依光还没坐稳，锺凉的母亲急着切入正题，她先询问锺凉平常的上课状况，以及，按照锺凉目前的成绩，可以考上哪一所大学。吴依光有条不紊地回答。锺凉的母亲捏了捏掌心，顿失冷静地扔出一句，老师，我今天来也是想跟你说，锺凉她最近在看医生了。

吴依光不以为意，班上有些女生会在中午撕开纸袋，闭眼吞下哑黄色的中药粉末，不外乎是调整经期跟治疗青春痘，青春期少女常见的烦恼。她安慰锺凉的母亲，说，快高三了，升学压力很大，月经不顺，长痘痘，都是难免的。

锺凉的母亲注视着吴依光，眼神多了几分评估。吴依光体内的警报响起，呼吸为之一紧，她换上友善的微笑，说，对不起，可以再说一次是什么药吗？这是她工作多年养成的习惯：你永远都会有意想不到的疏失，先赔罪就是了。

锺凉的母亲声音放得更轻，她说，是精神科的药，我不想让锺凉才十几岁就有这方面的记录，可是我哥哥也是老师，他说升高三吃药还不算太晚，好好调整的话，锺凉应该可以镇定下来，好好读书、准备考大学。不过，我觉得不完全是锺凉的问题，这里的竞争太强了。锺凉国中的时候就很正常。

吴依光含蓄地问，锺凉吃了药，有好一些吗？锺凉的母亲点了点头，倏地又摇头。她把问题抛了回来，老师你觉得好的定义是什么？锺凉现在虽然不像以前，会动不动讲一些很沮丧的话，但有时我看着她，会觉得这个小孩好陌生。

吴依光眨了眨眼，心思一动，锺凉的母亲之所以特地前来，交代一切，或多或少有另一层意涵：锺凉目前很危险。她已经处于下一步会发生什么事，父母也不能预测的程度了。这不是吴依光第一次收到这样的告知，忧郁症、躁郁症、情绪障碍、不明原因的适应不良等等。何舒凡也说类似的情形是越来越常见了，她不确定到底是这些学生天性敏感，还是如今的社会就是会制造出这些病症。

即使没有这些名词，吴依光也从学生课堂上的样貌、她们写在周记里的心情，隐约认知到，如今的学生，跟十五六岁的自己不太一样。她有时认为她的学生像俄罗斯娃娃，表面外观精致完好，但若拆开，里头是一个又一个，小小的、易坏的、稍有不慎就会弄失的、面貌不全的娃娃。

更让吴依光困惑的是,学生们认为这样的"里外不一"是常态,他们很早就活在社群网络之中,他们打从心底接受一个人有很多个面向。

对此,吴依光是被动的,老师心力有限,只要学生们不拆穿自己,她绝不伸手去试探;锤凉的母亲则想让吴依光看见,若把她的女儿层层揭开,最里面那层是空的。锤凉的母亲幽幽说起锤凉给自己造成的负担,她的父亲,锤凉的外公,命令她全心全意陪伴锤凉一年,她上个月才走完留职停薪的程序。锤凉吃药一事,也让她跟锤凉的父亲数度起了争执。锤凉的母亲的双手止不住地打战,仿佛有什么正在流失。

吴依光默念着何舒凡的名字,好渴望跟何舒凡对调身份,何舒凡一定知道怎么做。

吴依光见过何舒凡安慰难过的学生。她的上半身前倾,侧头,露出耳朵,右手宛若有自己的意志般,优雅、温柔地覆在学生的手背,拍了拍。学生摘下眼镜,掉下眼泪,何舒凡不晓得又跟学生说了什么,学生答了一句,好,我懂了,语气仍激动着,之中却也透着释怀。何舒凡闭上双眼,再也没说话,静静地陪着那学生。她说英文里有一个表达镇定的说法,直接翻译成中文是"搜集自己",她做的事情就是跟那个学生一起搜集自己。

吴依光曾经以为只要把国文科的知识传递给学生,就算尽了老师的义务。直到王澄忆事件,她才发现自己的一厢情愿。即使何舒凡也认为她无辜,吴依光仍心底雪亮,若由何舒凡担任王澄忆的班导,很有可能整起悲剧自始不会开启。

现在是另一个她得做更多的时刻。吴依光模仿何舒凡,掌心轻放在女人的肩头，她的胸腔泛起一股战栗，若有带电细流嘶嘶窜过。吴依光很少碰触别人的身体，跟谢维哲相处，她也不是主动的那方，所以吴依光忽略了一个非常简单的道理：摸这个动作永远是双向的，人不可能去碰他人的同时不被同一个人碰到，这瞬间，锺凉的母亲的肩头也在"碰"她，她觉得冰凉，锺凉的母亲就觉得温暖。吴依光很慢、很小心地说，有医生的协助，我相信锺凉会没事的，至于课业压力，其华女中每一位学生都是应届考生的前百分之一，每个学生进来难免都会觉得比国中还辛苦。我们不能用国中的标准去看她的成绩。

锺凉的母亲摊开手掌，上头躺着捏烂的卫生纸，她吸了吸鼻子，点头，苦笑着说，老师，不好意思占用你这么多时间，请老师不要跟锺凉说我有来学校找你，不然一定会对我发飙，她很讨厌自己的事情被太多人知道，可是……锺凉的母亲再次握紧拳头，沙哑地说，我好像分不清楚什么对锺凉好，什么对锺凉不好了。我读书时从来没让我父母操心过，怎么现在的小孩这么难养呢？

这场对话，改变了很多事。例如，吴依光会下意识观察着锺凉，包括上个礼拜五，吴依光在意的只有锺凉，跳下去的竟是苏明绚。锺凉跟苏明绚走得很近，又有忧郁症这个因子……许主任的话语在耳边响起，再有第三个学生寻短的话……

整间教室的氛围因锺凉的提问而凝结，吴依光往前站一步，说，锺凉，很谢谢你提出这个问题，不过……简均筑拉住吴依光的手臂,吴依光转身,看进简均筑的双眼,里头只有纯然的宁静,没有惊慌。简均筑以气音说道,吴老师,我可以的。她拿起麦克风,眼神在教室兜了一圈,坦然开口,有,我有这样的经验。这件事我有跟你们学姊说过,说不定这里有些人已经知道了。我读大三那年,最好的朋友烧炭自杀了。

吴依光听见倒抽一口气的声音,她无暇查看声音的来源。她也愣住了。

锤凉问,主任知道为什么吗?

简均筑回答,如果为什么对你来说很重要,那我可以回答,是感情的问题。

锤凉的神情依旧漠然,她说,谢谢主任,我没问题了。

简均筑脸上的笑意增添了无奈,她说,既然有同学问,我再多说一些好了。我在走来的路上,其实想起了那位朋友,我数了一下,她过世二十几年了,可是,我怎么想都觉得好像是几天前的事情。所以,我才会跟你们说,先不要去决定自己该怎么感觉,这是一个你们会放在内心很久的问题,不必急着有结论。

另一位学生提问,老师跟那位朋友是同班同学吗?

简均筑摇头,回答,不,她大我一届,是学姊,我们读不同系,都很喜欢爬山,是在登山社认识的。那天,计划去嘉明湖[1],嘉明湖有点难度,我们做了几次训练,每个人都很

---

1 位于台湾三叉山东南侧,海拔3310米,是台湾仅次于雪山翠池的高山湖泊,也是岛内唯一的高山陨石湖。

期待，约定在台北火车站集合，大家都提早到了，除了学姊。我从公用电话打了好几通电话到她住的地方，没有人接。后来，火车快开走了，我们只好上车。大家想说学姊大概是睡过头吧。学姊的座位在我的隔壁，我记得自己一直看着那个空空的座位。那时，手机不普及，爬嘉明湖又必须很专心，到了第三天，我跟别人借电话打给学姊，忘了是谁接的。反正，有人告诉我，学姊在我们出发那天就走了。我一路哭着下山，还哭到摔倒，手被石头割到，流了好多血。学姊留下三封遗书，一封给家人，一封给前男友，一封给我。她说很抱歉没有跟我一起见证嘉明湖有多美，她希望我以后想到她，多想想我们一起爬山的日子，在山上的时候我们都很快乐。

简均筑把麦克风放回桌上，示意她的分享告一段落。

吴依光哑然无言。某种深不可测的哀伤在她空荡荡的胸腔里不停地扩散、再扩散。有几位学生捂着嘴，小声地哭了起来。

方维维举手，紧张地问，老师，你看到学姊的信，心里在想什么？难道不会觉得学姊这样说有点过分吗？知道后来发生了什么事，再回去想本来快乐的日子，不觉得很残忍吗？我跟苏明绚都有在追一个偶像团体，很巧的是，我们的本命是同一个人。我跟苏明绚每一次聊天，都在聊本命的新造型、她的专访、她的饭拍……我们不算特别要好，但只要聊到本命，是真的很快乐。这几天，我发现自己再也不想听到那个团体的歌，一听就会想到苏明绚，想到苏明绚就会想哭。不觉得回忆完全被改变了吗？好希望苏明绚还活着，坐在这里，跟我们一起上课……

方维维按捺不住，放声哭了起来。她的哭声很快地渲染至教室每一个角落，有些人垂头，眼泪沿着鼻尖滴落；有些人木然地盯着桌子，双手紧握。

锺凉流了一脸的泪，她没有伸手去擦。

吴依光感觉到教室内流动着一股特别的情绪，难过，但并不黑暗。

简均筑未置一词，神情倒是很镇定。吴依光始终很害怕沉默，害怕沉默让自己被误解为胆小，或者思虑不周，然而，简均筑似乎不这么想，她珍惜此刻的沉默。

吴依光又想到外公逝世的经验。

记不清从几岁起，吴依光形成了一个心态：即使她再怎么喜欢梅姨、被梅姨的个性吸引，她也千万不能变得像梅姨那样。母亲不止一次当着她的面跟父亲说，她这个妹妹，从小就很软弱，遇到一点挫折就逃避，美国就是她最成功的一次逃避。吴依光不敢追问背后的故事，在她眼中，梅姨过得很幸福，威廉姨丈是个好人，乔伊丝跟爱琳也是个性甜蜜、大方的女孩。不过，她也知道，母亲说的每一句话都有根据，她只好告诉自己，梅姨不是个好榜样。外公的葬礼，母亲、她、梅姨、乔伊丝跟爱琳一起坐在原木长桌旁，把金纸折成一朵朵莲花，折到一半，梅姨趴在桌上，哭了起来，闻声，乔伊丝跟爱琳互看一眼，也哎哎哭了起来。母亲眼角凝泪，但她立刻以指腹抹去。吴依光想了一下，决定收起自己的眼泪。她想，在那么多人面前哭是不得体的，乔伊丝跟爱琳还小，而且她们是美国人，她们遵守的是美国人的规矩。

眼前至少有十来位青少年正在哭泣，吴依光有些彷徨。她想，我跟她们一样的年纪，不，我比她们年轻时就懂得藏起自己的悲伤。若许主任或其他老师经过，见着这一幕景象，是否会疑心这间教室的大人没有管理好秩序？

吴依光安抚自己，若要追究，简均筑是主任，次序在她前面。实习阶段，吴依光偶尔会握着粉笔，脑中一片空白，忘了自己说到哪里。这时，她会下意识地去寻找坐在教室最后一排，负责指导她的陈老师。几乎没有例外，陈老师也专心地看着她。只要确认陈老师没有离弃自己，吴依光就能想起什么，继续解说下去。

为自己负责，实在是太孤独也太辛苦了。

简均筑再次开口，嗯，这位同学问了一个很好的问题。说实话，读完那封信，我的第一个感觉是荒谬。我想说，学姊，你在开玩笑吗？从今以后，只要一想起爬山，要怎么不同时想起你已经不在了？我也有点生气，学姊究竟在想什么，怎么会认为我可以假装什么事都没有发生，跟以前一样快乐，说不定我连爬山都做不到了。

又一位女孩举手，她在课堂上绝少发言。吴依光翻找脑中的记忆，却想不起这位学生跟苏明绚有什么交情。但青少女的友谊往往融合着神秘，如植物，看似迢远的两棵树在地表之下有着繁盛的联系。

女孩问，主任，你说生气，你是说真的生气吗？学姊都……学姊都……

简均筑把话接了过去，你要说的是，学姊都走了，我怎么可以对她生气吗？女孩凝视着简均筑，轻声说，对，我就是要问这个。我现在也有一点生气的感觉,我一直跟自己说不可以,可是我控制不了。上个礼拜五,三点多,快放学的时候,我跟苏明绚借了补习班的讲义去印,我问她,拿去学校对面的便利超商印好吗?她说,太贵了,她周末会读其他科目,叫我拿去影印店印。我说谢谢,就去搭公交车了。晚上,我在班级群组看到讯息,想说,不对啊,怎么会这样,苏明绚不是跟我约好了星期一要还讲义吗,她怎么就这样走了呢?

简均筑问,你因为这样而生气吗?

女孩歪着头,神色苦恼,说,我也不确定这算什么。我们高一就同班了,星期三偶尔会一起搭公交车去补数学。大概算得上是朋友吧。可是,礼拜五,我跟苏明绚借讲义的时候,她什么也没说,一句话也没有,完全想象不到再过一个小时……为什么?难道是觉得我们的交情很普通?还是觉得跟我说也没有意义?我不知道。女孩说到最后已哽咽得口齿不清,我从礼拜五到现在只睡了三个小时,一闭上眼睛,就会想到这些问题。我很难过,又有点生气,我不知道我在干吗。

简均筑示意女孩隔壁的同学递上几张卫生纸,她清了清喉咙,说,你的描述,难过、生气,我觉得没有冲突,两种情绪很可能同时存在。这也是我那时想了好久的问题。假设,注意,我说假设……苏明绚是意外走的,好比说车祸,我们现在是不是会好一点?我们可以怪那位司机,他为什么不好好开车?苏明绚宝贵的生命就这样没了。可是我们现在不能这样做。我们使用自杀这个词,也就是,是她结束了自己的生命，我们只能怪她，或怪自己，怪她没说，怪自己没发现，也可能我们都怪。

简均筑望着窗外，继续说，学姊走了以后，我内心的想法一直在变，到今天也是。有时我觉得自己当初可以再多做一些事，像是，爬山前一天去找学姊吃消夜，说不定学姊就不会走了；有时我觉得是学姊该做些什么，她明明可以打电话给我，跟我说那段感情让她多心痛，而不是一个人默默承受。我想了二十几年，没有正确答案。学姊不会回来、告诉我真相。她不会说，对，如果你那晚来找我，我说不定就打消念头了；也不会说，小筑，她都叫我小筑，放下吧，我注定在那个晚上离开这个世界。我以前会用寄信来形容，我寄出去的每一封信，都被盖上一个查无此人的邮戳，退回来。现在没什么人在寄信了，我换个说法，就是本来你的讯息都传得出去，有一天系统却告诉你，这个使用者不存在。你看着以前的对话记录，想说，为什么要走之前不讲一声呢，剩下我一个人留在这对话里，好奇怪。

简均筑的每一个字，都让吴依光感到奇幻，不可思议。她说出了大家埋于内心深处的想法：好想怪苏明绚，她留下一道谜题，也给所有人的生命凿开一道裂痕。

老师……老师。隐约间，吴依光听到有人在喊着她，她找了一会儿，左前方的学生朝她伸手，手里抓着卫生纸，另一只手指着眼角。吴依光这才惊觉，她流眼泪了，她怔忡地张嘴，外公走的时候，她忍住没哭，现在怎么管不住自己了呢。吴依光低头擦泪，眼窝阵阵刺痛，仿佛流出来的不只是眼泪，而是体内冻结多年的寒冰。

钟声又一次响起,这堂课结束了。好似从梦中幽然醒转,简均筑握着麦克风,说,有什么话想跟我说,你们知道在哪里可以找到我。

多么妥帖的结尾。

吴依光才坐在玄关的穿鞋凳上,就听到谢维哲来自客厅的问候,今天在学校怎么样?学生的反应还好吗?吴依光想了一会儿,答,我请辅导主任来班上跟同学聊了一下,效果似乎不错,学生们有好一些。吴依光把皮包搁在地上,她看着谢维哲,内心升起困惑,谢维哲今天提早回家了。手机铃声拉走了她的注意力,一看,是母亲,吴依光数到三才接起。母亲问了跟谢维哲一样的问题,吴依光于是复述了一分钟前自己交出的答案。母亲嗯了一声,回应,你很幸运,这位辅导老师正好有类似的经验,处理得算可以。目前为止,那位同学的父母有说什么吗?吴依光说,没有,他们这几天大概也要处理不少事情。几秒钟的沉默,母亲又问,谢维哲的父母有说什么吗?吴依光提高了音量,回,没有,至少我没有听到。

母亲又说,我看了一下新闻,没有什么更新,这几年学生自杀好像也不是大新闻,不然就是你们刘校长想办法压下来了。吴依光不置可否地说,也许吧。母亲哦了一声,又问,你呢,还好吧?吴依光对着空气苦笑,如果这是这通电话的第一个问句,她必然会感激许多。母亲却不这么做,这也是她在职场行之有年的策略:先解决问题,再来解决情绪。吴依光配合地说,还好。母亲说,那先这样,我们保持联络。

对话结束，吴依光听着嘟……嘟……声，直到谢维哲走近，伸手在她眼前晃了一下，吴依光才挂上电话，迎上谢维哲的双眼，问，怎么了？

谢维哲不安地问，你是……真的……没事吧，你看起来好像随时要晕倒。

此刻，谢维哲俨然是个多情的丈夫，吴依光几乎要说出，看在我这么悲惨的分上，就和我坦承你跟百合的事吧。百合跟我说的一切，有几分是经过编造，又有几分是你真诚的承诺？这些问题，也能简化成一句话，你爱百合吗？

吴依光什么也没做，她颔首，说，我这几天睡得不是很好，一直翻来覆去，你会介意我暂时搬去书房睡吗？我不想吵到你。谢维哲答应。分房睡是两人婚姻生活的常态，谢维哲容易打呼，吴依光浅眠。直到两人商量要生孩子之后，才又睡在同一张床上，没有人明说原因，但并不难理解：不这么做，太像例行公事了。

吴依光站在花洒下，把水温调整到最高温，近乎是烫了，她抚摸着发红的皮肤，想象筋骨里的酸痛跟倦怠随着水液流进排水孔。半小时后，吴依光抱着自己专属的枕头走入书房，发尾仍在滴水。母亲说，头发没吹干直接睡觉会导致头痛，吴依光在心中把母亲的建议按成静音，她自嘲地想，我现在什么也没做，头也是痛得要命，不差这件事。她倒了杯温水，拿起床头柜的药丸，手机荧幕一亮，吴依光想置之不理，又担心是苏明绚的父母。她捡起手机查看，**你还好吧，我前几天看到新闻，应该是你吧**。吴依光失笑，说出来有谁要信呢，她婚姻的第三者都比她的亲生母亲更愿意可怜她？

吴依光没有回讯,信手把手机扔到床边。医生的建议是半颗,吴依光吞了两颗,她慢慢地倒下,鼻尖嗅到沐浴乳的香气。也许她真的太沮丧了,药效来得比她估计得快且强烈,吴依光感受到柔软、懒散的黑暗一层层袭来,她的意识就像最底层的矿物,受到挤压,结成晶体的刹那,她掉入地心。药物接管了她的心智,坠落的过程吴依光错觉自己好像飘浮了起来,她再也没有恐惧,只剩下绝对的宁静。

12

失去孩子的那个礼拜，吴依光刻意在学校待得很晚，整间休息室剩下她独自一人。年轻的导师永远不缺加班的理由。她改了整个班级的作文，数不清第几次修订她的讲义，然后，她背着双手，在寂然无声的校园里走动，如巡房的护理师，只是教室空无一人。她不知不觉走到三年级的区域，晚自习的学生提供了灯火与交谈，吴依光伫立，远观，良久，她折返，游荡至校长室，摘下一颗金橘，没有清洗，放入嘴里，重咬，任由牙龈被酸液浸透。吴依光怀抱着被谁撞见的冲动，她想被视为一个举止怪异的、需要帮助的人，可惜的是，她没有等到任何人。回到家，谢维哲从电视前抬起头，看着她，平铺直叙地说，你回来了。

日子就是这样，一天又结束了。

医生说，这很正常，有三成的胚胎会被自然淘汰，稍事休养，又能怀上孩子。

母亲说，没有小孩，女人的人生就不完整了。母亲说这句话的时候没有丝毫的犹豫，相当果断。闻言，吴依光问母亲，她是怎么出生的？母亲头也不抬地忆述，羊水是在深夜破的，她匆匆摇醒睡得深沉的吴家鹏。吴家鹏半眯着眼，听到妻子说，孩子要出来了，他才回过神来，抓起床边的手提包，挽着妻子的手臂，赶到地下室牵车。半小时后，他们走入医院，经过医院大厅的落地镜，母亲看到镜中的吴家鹏穿着短裤，却套上了皮鞋，她忘了痛，笑出声来，吴家鹏延沿着妻子的视线低头一瞧，一阵脸红，没多久也闷笑起来。十四个小时，母亲强调，这是她为了生下吴依光而付出的时间。整个过程称不上顺利，剧痛四面八方挤压着她，她频频调整呼吸，遵守指示用力。一段时间后，医生说再这样下去对产妇跟小孩都很危险，母亲才放弃，让医生在她的肚皮上划进深深的一刀。母亲的语调极慢，慢到吴依光胃痛。母亲不轻易开启回忆，她就很厌烦在饭局里说起旧事的人，梅姨往往是她纠正的对象。母亲说，没长进的人才会一直往后看，有本事的人都是向前看的。

吴依光等到了母亲的结论，很辛苦，不过你还是平安出生了。很长一段时间，吴依光拿这句话说服自己，母亲爱她，否则母亲不必这样牺牲。

她好想目睹她的父母在落地镜前愕然、失笑的场景，那个她注定不在场的时刻。吴依光几乎没有看过她的父母嬉笑成一片的模样。

验孕棒浮出两条线的那一秒，吴依光想到自己跟谢维哲也不是那种相知相惜的夫妻。流产以后，她不由自主地猜想，有没有一个可能，不是胚胎的生理构造有瑕疵，而是这个科学上尚没有意识的小生命，发现"它"的母亲还在犹豫，"它"的母亲还不确定自己是否要成为母亲。

在吴依光按时进补，调理身体时，百合来了。

星期六早上九点，吴依光困惑地走到对讲机前，查看是谁按的门铃。她猜是邻居，若是访客，管理室会先打电话通知。荧幕里站着一名陌生女子，白色衬衫与牛仔裤。女子又按了一次门铃，比第一次更长，吴依光蹙眉，按着耳朵，转开门锁。两人四目相交，女子往后一步，瞪大眼，仿佛很惊讶门竟然开了。吴依光问，找谁呢？她细看女子，及腰长发，小小的脸蛋只涂了粉色唇膏，吴依光才想着，弄错门牌了吧。女子深呼吸，双手按着胸口，凝视着吴依光，说，吴小姐，初次见面，你好。我来这儿，是想问你一个问题，把维哲让给我好吗？

吴依光身子一紧，脑子还在组织着这问句的讯息，身子率先反应过来，她的视线绕过女子，往后延伸，很好，没有其他邻居撞见这一幕。

吴依光以镇定的语气问，你要不要进来再说呢？

女子的眼中闪烁着猜疑与不安，半响，她叹气，有些无奈地说，你跟教授形容得一模一样。吴依光又是一慌，不仅是婚外情，对象还是学生？这就更棘手了，纵然女子已经成年，跟学生发展感情仍是教坛心照不宣的禁忌。舌根的苦涩悄悄地蔓延至整个口腔，接下来每一步都得再三思量，她不能这么失去现有的完好与宁静。吴依光双唇紧抿，以冷漠的面孔掩饰内心的溃败。她做不到无动于衷，但说到伪装，她可是专家。还是个孩子的时候，吴依光就在练习藏起自己内心的想法。更精确的说法是，她比谁都明白，流露自己最真实的感受有多么危险。

除非，她的感受是**母亲想要的**。

吴依光冷冷地说，你不进来，我就把门关上，假装你没有来过。女子想了两秒，说，好吧，那我说完就走。吴依光在女子的声音里辨识到几分紧张，这抚慰了她波澜不惊的外表底下，那颗扑通狂跳的心。

女子换上吴依光建议的拖鞋，走入屋内，更多的照明落在她脸上，雪白皮肤底下的青蓝色血管隐约可见。女子缓缓坐下，主动自我介绍：我叫百合，这不是绰号，是真名，我都敢来找你，就是不打算再躲了。

吴依光问，谢维哲知道你今天要来吗？

百合摇头，说，不，他要是知道，一定会阻止我，他不希望我们认识。

吴依光又问，你们在一起多久了？

她以右手使劲拧转着左手手臂内侧的细肉，以疼痛来阻止颤抖。假使可以，她好想抓一把止痛药塞进嘴巴，慢慢地咬碎、咀嚼、吞咽。

百合把额前的发丝钩回耳后，你会告我吗？

吴依光挑眉，说，谢维哲好像很常跟你聊到我？你对我不是一无所知，对吧？那么，按照你目前对我的认识，你觉得我会告你吗？

百合看着吴依光，果敢跟怯懦两种互斥的情感在她的眉眼交错浮现，她闭起眼，神情痛苦，仿佛饱受折磨。吴依光莫名地被这举止，也可以说是表演，给打动。即使百合前来，是为了告知吴依光，她眼中相安无事的婚姻，早已无声崩解，她对百合的敌意仍然消失了。吴依光痛恨不了百合这样的人。矛盾的人。哪怕出糗也要尝试的人。有生命力的人。不像吴依光的人。

吴依光给自己和百合冲了一杯热茶,百合没有推辞,她说了声谢谢,双手捧起杯子,氤氲的热气软化了她的五官。百合喝了一小口茶,又说,我得澄清,怎么说呢,我跟教授在一起,几乎都是我主动的,这么说不是要保护他,是在陈述一个事实。

吴依光不发一语,她相信百合没有说谎。谢维哲在感情里始终不是追求的那一方。两人的婚姻也不是"他想要"而形成的,而是"他没有说不要"。

百合环视着四周,想法几乎显示在脸上:这就是谢维哲平常生活的地方。电视柜旁摆放着婚纱照,这是芳的坚持,吴依光跟谢维哲本来想省略拍婚纱的程序,芳难得不肯退让,她说,新家不能没有婚纱照。

百合是目前为止,最认真看待那张照片的人。

百合拉了拉领口,扇了一点风,室内很凉爽,她的脸颊看起来却又湿又红。她吐出一口气,小小声说,我跟教授大概是一年前在一起的。吴依光算了一下,那时她跟谢维哲结婚满两年。吴依光不禁回想那时期两人是否起过任何争执,她一下就放弃了,争执是某种高热,而两人冷静、保持距离的应对,无论怎么频繁也难以抵达那种高热。像一杯水再怎么用力晃动,也不可能沸腾。

唯一称得上冲突的经验,也只是一瞬间。那晚,两人从谢维哲的老家离开,吴依光坐进副驾驶座,一边拉上安全带一边碎语,她不喜欢谢维哲的父亲每见着她,就询问两人生孩子的进度。谢维哲握着方向盘,直视前方,轻声说,我们去你家，你的父母也会问。闻言，吴依光扭头望向窗外。谢维哲没说错，母亲问得更直接、不留情面。吴依光幻想过，结了婚以后她就能跟母亲划清界线，终究她跟谢维哲建立了一个家庭，她是那个家庭的女主角。她对了一半，母亲有收敛一部分，但母亲不打算收敛的那部分，比从前更令她难堪。

孩子是其中一个主题，也是母亲最在意的主题。

等待停车场铁门卷起的几秒钟，谢维哲道歉了，他说，我不应该说那句话，不要生气。吴依光原谅了他，她很清楚自己没有生气的立场。

某种程度上，是谢维哲原谅了她。

如此宽宏大量的谢维哲，转身跟百合谈起了恋爱。不，还是说，就是因为在婚姻里必须宽宏大量，谢维哲才想向外寻觅一个不需要顾忌的出口？吴依光端详着百合的五官，大致是干净、清秀的。她问，你们是在学校认识的吗？百合点头，认真来说，他是我的导师，但我大二没有修他的课，导生宴才第一次看到教授。吴依光又问，你说，毕业以后你们才在一起？中间两年发生了什么事？百合瞅着吴依光，突然吸了一口气，说，吴小姐，对不起，我想了一下，我好像做了不太好的事情。我不应该来的。吴依光见百合站起身，淡淡地提醒，但你已经来了，不是吗？百合的神情越来越不安，她的右手紧抓着左手，指甲陷入肉里，她转移话题，我从来没有跟任何人说过教授的事，今天是第一次。吴依光几乎是命令地说道，你先坐下吧。她的话语没有产生作用，百合匆匆站起，拎起皮包，往门口走去，她的嘴里不断呢喃，吴小姐，对不起，我也不晓得我在做什么，请你假装我没有来过好吗?

　　吴依光没有挽留百合,而是看着她三步并成两步,仓皇离去。吴依光有预感,百合会再出现的。她在这儿挖了一个树洞,她会回来看看这枚树洞的。

13

两个礼拜后,百合再次出现,依然是星期六。吴依光不动声色地开了门,她要求百合记下她的电话,她不喜欢如此唐突的造访。百合坐在之前的位置,同样的上衣,换了件纱裙,她的双手放在大腿上,背部挺直得像个听讲的学生。吴依光问百合喜欢咖啡还是茶,这个询问很荒谬,但背后有理性的逻辑,她可以主导对话的节奏。百合看起来比第一次更不知所措,她问,为什么你要这样对我呢。吴依光问,那我应该要怎么对你?把你赶走?辱骂你?还是去找谢维哲兴师问罪?

百合问,你为什么不跟教授说?

吴依光耸肩,说,这是你的目的吗?我跟谢维哲吵架,离婚,好让你们双宿双飞?不,我不会这么做,除非他自己和我坦承,或是你直接告诉他,你来找我了。

百合摇头,说,我不会跟教授说,我怎么可能跟他说我做了这样的事?可是,说不上为什么,跟你见面之后,我一直梦到这里,这个客厅,也梦到自己在跟你说话。我知道自己不应该再来打扰你,但……百合这次梳起了马尾,五官因而更加分明,她这回上了些粉底,皮肤细致如瓷,下巴冒了颗暗红的痘子。

百合抿了抿唇，说，我想问一个问题，你对教授还有爱吗？

吴依光果断地回道，我没有必要回答这个问题。

百合肩膀一垂，有些气馁，她说，好吧，但我可以告诉你，我爱教授，我爱他。

吴依光眨了眨眼，刻意让自己看起来没有受到丝毫影响，她说，既然你说你爱他，那就向我证明，为什么谢维哲应该跟你在一起，而不是跟我。说说你们的事吧。

百合细叹，我好像越来越明白为什么教授会说，你是一个很特别的人，他跟你相处这么久，还是觉得自己一点也不懂你。

吴依光嘲讽地问，为什么他不断地在你面前提到我？这样不是很怪吗？

百合迎向吴依光的注视，嘴角泛起苦笑，对，我本来也觉得这样很煞风景，可是，人就是这么矛盾，听久了以后，我好像也习惯了，有时也会主动问起你的近况。

吴依光重申立场，她说，公平起见，我也要听你跟谢维哲的故事。

故事的基调让吴依光联想到一则古老的文本：长腿叔叔。三十好几的年轻教授，在导生宴上提醒学生，遇到困难不要吝于告知。多数学生都没有当真，但百合信了，理由很纯粹，百合别无选择。百合的家中有三个小孩，父亲五十岁左右被诊断罹患罕见恶疾，经年卧病在床，百合的母亲在一家中型企业担任会计，薪水只能打平家中七成的开销，剩下三成她以信贷支付。百合离家上大学，学费贷款，生活费则是仰赖她在快餐店打工的薪水。百合省吃俭用，每个月尽量汇个三五千回家给母亲应急。导生宴隔天，百合一个闪神，未注意灯号变换，撞上前方的轿车。对方得知百合的处境，好心地没有索讨修车费，但左脚骨折的百合失去了工作。她跟室友借了几次钱，室友对她越来越冷漠。百合经过长考，写了封电邮给谢维哲，她很意外，得到肯定的回复。谢维哲跟她约在人来人往的宿舍门口，两人一照面，他蹲下来仔细查看百合脚上的石膏，询问百合是否有遵守医嘱，让伤口维持干燥。谢维哲交付给她一只信封，百合一摸，有些厚度，待谢维哲走远，百合打开，里头放着一万二，信封背面是教授工整的字迹，早日康复，钱就不必还了。

听到这儿，吴依光摇头轻哂，这完全是谢维哲会做的事。

百合伤愈不久，又回到快餐店打工，她先还清和室友的借款，再来是教授。谢维哲推辞了三次。百合就这样爱上了对方。大三那年，她表白心意，谢维哲起身把办公室半敞的门拉到全开，他一脸惊慌，就像百合偷袭了他。谢维哲回过神来，坚定地告诉百合，她想必是近日生活太困难了，一时之间混淆了感情。百合没否认，她想，说不定真的是这样。接下来一整年，百合没有再出现。升上大四没多久，百合又去找了谢维哲，她说，自己努力了很久，还是放不下，如果一段感情活了这么久，还能以混淆来解释吗？谢维哲很正经地跟百合道歉，说自己的确不应该贸然定义百合的感情。不过，很可惜他不能接受。他有妻子了。

百合停住，伸手触碰锁骨，调整变得急促的呼吸。她形容谢维哲说对不起的模样，相当诚恳、温柔。她的人生从来没有一位年长、有学识、有地位的男性，如此敬重她。她有些恐惧，若错过了教授，是不是再也遇不到这么好的人了？

百合再次跟吴依光致歉，她说，你一定觉得我疯了，怎么有勇气跟你说这些，可是，教授好像是我这一辈子，唯一遇见的好事。

吴依光半垂着眼，淅淅沥沥的雨声沿着耳朵流进她的体内，清晨起床，吴依光感受到空气饱衔凉凉的水汽，忖度，迟早要下雨的。百合说到一半时，屋外下起了小雨。吴依光打了个呵欠，昨夜她翻来覆去，仍睡不着，索性起身，披上针织外套，跋着拖鞋，晃到街口的超商。打从失去孩子的那一天，吴依光夜夜睡不着。

吴依光停了安眠药，这是她自己也厘不清的决定，她似乎渴望再怀上一个孩子。为什么？吴依光也很迷惘。母亲的说法是"不可或缺"，孩子是一个家庭的不可或缺。吴依光拿这四个字去比对自己的人生，她是母亲的不可或缺，不是礼物，也不是所谓的爱的结晶。不可或缺，听起来像是形容一个物件。

她又为了什么，想要那"不可或缺"？

百合看着斜飞的雨丝，说，下雨了。她停顿片刻，又说，我好像又做了不对的事情。我到底在想什么，我根本不应该再来打扰你。她在座位上挪动身子。

吴依光伸手，按住百合的手臂，说，既然都来两次了，就请负起责任，不要再像上次一样，莫名其妙地出现，又自顾自地离开。

百合闭了闭眼，轻叹，吴小姐，我好像越来越懂得为什么教授选择了你。

这句话比之前每一句更让吴依光感到羞辱，她曾细思过，谢维哲是否察觉到，吴依光这位妻子所给予的宛若样品屋。乍看之下新颖、整齐、规划有序，地板上找不到会绊倒人的杂物，洗碗槽里也没有脏碗盘。但，打开冰箱，灯光不会亮起，因插头并未接上；使劲转动浴室的莲蓬头，也不会有热水流出，厨房的层架里头更是空荡荡的。吴依光提供了婚姻的框架，她乐意跟谢维哲讨论要不要买一盆青苹果竹芋来点缀玄关；可是，框架以外，他们俩欠缺深刻的交流。

谢维哲从来不埋怨，吴依光误解两人需求一致，配合得完美无缺。看着百合，吴依光懂了，眼前这个年轻的女孩，她才是谢维哲不埋怨的主因。

吴依光给不起的部分，百合给了。

吴依光给自己添了半杯茶，听百合继续说下去，平静得像是一位心理咨商师。百合坦承，谢维哲已婚的身份未曾是个阻挠。出于直觉，百合时常从谢维哲的身上读到孤单的气息。百合咬着下唇，等吴依光反应。吴依光有些怀疑，孤单是强烈的情感，谢维哲竟有那样的情感？还是说谢维哲对百合展现了吴依光不知情的另一面？

至少，百合的结论不算错。她不是个有存在感的伴侣。

百合告白了两次，谢维哲对待百合的态度还是跟其他学生一视同仁。百合找他写申请奖学金的推荐函，他也没有推辞。毕业典礼前夕，百合告白了第三次，她纯粹想让教授知道，两年了，她的感情依然不改。百合得到漫长的沉默，她以为谢维哲终究动怒了，才想着该怎么圆场，谢维哲从记事本撕下一张白纸，草草写下他的手机号码。他说，百合以后可以传讯息给他，不一定要寄信到他的学校信箱。百合着急地把那张纸放入皮夹，唯恐稍有犹豫，谢维哲就后悔了。过了三个晚上，百合传出第一封讯息，问两人现在是男女朋友吗？谢维哲回传，百合要不要陪他去美术馆？

两人第一次约会，就是在美术馆。吴依光打断百合，说，为什么是美术馆，人很少吗？百合瞪大眼，仿佛吴依光说了一个笑话。

她反问，你不知道教授喜欢版画吗？

百合踩到了吴依光的痛处，她的确一无所知。

就像吴依光不知道母亲在成为母亲之前，是怎样的人，她也不是很清楚谢维哲在丈夫以外，过着怎样的人生。她是以"条件"的形式认识谢维哲，资工系教授，家有恒产，有一位居住在德国，两三年回台湾探亲一次的妹妹。他教授的领域注重秩序、逻辑跟规矩，跟艺术宛若两个世界。

原来他喜欢版画。吴依光承认自己把所有事情都想得太简单了。人跟人之间，即使有感情的名义，仍不代表情感就此完整、丰收。她跟她的父母不也是如此？

她告诉百合，我不知道这件事，他怎么跟你说的？百合双眼微微一亮，吴依光的反应似乎令她无意间明白了，自己在谢维哲心中的确有个特殊的位置。

版画的故事谢维哲说了至少七次，每次都多了一些细节，百合从不嫌烦，她猜想谢维哲一再提起，是他估计漫长的一生，他要说给很多人听。但他等了好久，才出现一个百合，他只好对同一个人诉说一次又一次。十岁那年，谢维哲的邻居邀请他一起到巷口的美术教室上课，芳认为熏陶孩子的艺术气质没什么坏处，就给两个孩子一起报名。从基础的素描学起，邻居跟妹妹正经地把屁股黏在板凳上，凝视着米白色帆布旁的青苹果。谢维哲画了几笔，发起呆，心想，青苹果若滚到地上，该有多好玩。十堂课以后，谢维哲跟邻居不打算再报名第二期，偏偏谢维哲的妹妹学出了兴趣，芳说，你得陪着妹妹。就这样，谢维哲跟妹妹升上进阶班，老师改教版画，谢维哲雕了一只小鸟，妹妹则雕了一间小房屋，中间开了一扇宽敞的窗。老师开启铝罐，挤上颜料，把滚轮放在谢维哲手上，示意他按着颜料，先往下，再来是尽可能往四周延展。老师说重点是均匀。那晚，谢维哲无端失眠了，油墨的特殊气味在鼻间滚动，颜料和滚筒沾黏的嗒嗒声萦绕耳边。接下来四年，谢维哲参加了十来场比赛，不止一次摘下首奖，进而认识几位跟他一样，对版画情有独钟的学生。升上高中，谢维哲的父亲终于表达立场，艺术是女孩子的事，家里给他很多年的自由，该回归正事，专心读书了。谢维哲最后一张版画，是献给美术老师的礼物，他精雕细琢十几朵老师喜欢的玫瑰。多版套色，从蓝白色到经典的洋红。礼物一送出，谢维哲转身扔了全部的工具。再次接触版画，谢维哲已是位助理教授，他赞助学生地方创生的集资计划，几个月后，他几乎忘了这件事，学生们亲手送上计划的成果：以乡野奇谭为主题的绘本。谢维哲随手一翻，一张观音圣像的版画，他倏地想起他曾经多么深爱这门艺术。不再年轻的他至少可以欣赏。

谢维哲告诉百合,站在版画前,他感觉得到手掌的神经在发烫、跳动,轻轻一握能感应到雕刻刀的形体,久违的刺鼻气味再次弥漫。他也分析了十岁的自己为什么会爱上版画,当然,偷渡了一点后见之明。他说,一是版画制作过程,必须左右相反,结果才会符合期待。这让他养成一个习惯,见到一张图,一幅景色,就会不由自主地在脑中反过来,那是打发时间、自得其乐的好游戏。再来,只要手里握着雕刻刀,他就对自己满怀信心。跟魔法没两样,卡通里,魔杖挥落,金粉洒落,主角的命运从此不同。雕刻刀是他的魔杖。

百合打破沉默,问,不知道为什么,我觉得教授你的童年好像没有很快乐。谢维哲停顿,看起来竟有些自卑,他反问百合,是这样吗?那你呢?百合不假思索地说,没有钱要怎么快乐。谢维哲淡淡地笑了,说,有钱也不一定快乐。

他们不曾撞见过熟人。

谢维哲看画时,他的肢体会不自觉地呈现老派且有点笨拙的动作,背着双手,上半身前倾,脖子拉长,鼻头跟画之间不到十五公分,仿佛在嗅闻着什么。百合看着谢维哲摊平的手掌,故意以指甲去抠,谢维哲别过头,问,为什么要这样?百合说,好玩。一次,两次,经过三个深呼吸,百合有些惶恐地试探,她握起谢维哲的手。谢维哲没有抗拒,那是百合第一次牵手。

谢维哲是百合第一个恋爱对象,没有别人了。

吴依光的内心随着百合的陈述而有着瞬息万变的起伏,

时而感伤，时而嫉妒，当然她也愤怒，但那愤怒并不滚烫，反而有几分苍凉。百合也在制作版画，她一字一句刻出了谢维哲罕有人知的那一面向，既像他，也不那么像他，宛若反过来看。

是时候决定这幅版画的色调了。

吴依光问了一个自己也有些诧异的问题，你们上过床了吗？百合没有回避，有，但不是你想的那样，请听我解释。百合眼底闪逝伤楚，她说，我们约会了五六次才做爱，也是唯一的一次。教授有很严重的罪恶感，之后，我们失联好几天，教授才传讯息给我，说自己好像做了很糟糕的事，对每个人来说都很糟糕。

我不想失去教授，所以我们再也不上床。没多久，教授说你怀孕了。他变得很常跟我说你们的日常生活，像是你们去产检、参观月子中心，讨论孩子幼儿园要读公立还是私立。听到这些，我内心很不好受，奇怪的是，教授不说，我也会问他。可能是想证明我很懂事吧。那几个月，我对教授更体贴，更温柔，陪教授看版画，我也说得上一两句了。教授以为我看久了也懂了一点知识。不是这样的。我从图书馆借了好几本谈版画艺术的书，把重复出现的字词写在小纸条上，一个一个背起来，像做报告。我很担心教授最后还是选择了你，我想留住他。

百合的脸上浮现愧疚的郁色。

吴依光咬牙，懂了百合沉默的理由。那个让她紧张兮兮的孩子流掉了。

自然地，无声地，仿佛一位安静的房客，在天色未明时悄悄地自后门溜走。

吴依光睇了百合一眼,预感百合又要道歉了。她抢先一步阻止,说,我希望你即使感到对不起我,也不要说出那三个字,你也大学毕业了,应该知道,对不起,什么也无法弥补,只是让做错事的人内心好受一些而已。

百合面色一凝,咬着下唇,半晌,她回应,对,我也很明白,我做的这些事好像是在二度伤害、三度伤害。但,我也不知道有没有其他的方法。上个月,教授问我,挑一间高级的餐厅吧。他从来没有带我上过餐厅。我太蠢了,没想到教授是要跟我说再见,还挑了一间很多网美推荐的西餐厅,四十七楼,景观很美。一吃完甜点,教授跟我说,对不起,从今以后我们最好不要再见面了。教授认为孩子之所以会流掉,是老天对他不忠的惩罚。吴小姐,你说得很对,对不起三个字,什么也无法弥补。

吴依光后脑勺抽痛了起来。

百合这次待得太久了。

她冷冷质问,这就是你来找我的原因?你受不了分手这个结果,明知会伤害我,还是选择告诉我这些?你有没有想过,假使我状况不好,你一走,我就从这个阳台跳下去,你怎么办,你付得起这个代价吗?他人又会怎么看你?

吴依光别过头,望向阳台,角落立着一棵漂亮的白水木。它不声张地发展出优美的树形,远远看像是一群青绿色的鸟,细爪紧握着枝丫,翅膀扑腾。那是王澄忆事件告一段落以后,何舒凡送来的礼物,照样,伴随着一张卡片,上头写着:我从一本书看到,树是人类很好的倾听伙伴。难过的话,就说给树听。吴依光不曾跟白水木倾吐过心事，不过，只要凝视着白水木，想起何舒凡的话，她就深受抚慰。

百合眉头蹙起，定定地看着吴依光。

百合小她十岁又多一些，以年纪来说，百合更接近吴依光所教授的学生。吴依光从百合身上闻到了年轻人常有的铁石心肠：我的感觉比你的还重要。

百合恢复冷静，她问，你会跳下去吗？教授说，你并不爱他。你们会在一起，就是时间到了，给家里一个交代，而他正好是你跟你的家人都能接受的对象。

吴依光看着百合，这个女孩想必前程似锦，她聪明，且沉得住气。

吴依光颔首，说，你很幸运遇到的是我。可是我希望你待会儿走出去，想一下我们全部的对话。你都知道我跟谢维哲之所以结婚的原因，就应该要想到有时候人会跳下去，跟感情没关，而是跟面子有关，跟再也无法给谁一个交代有关。

百合的脸部抽搐了一下，她终究被击溃了。

吴依光享受着百合的恐惧，她希望百合认知到，说每一句话之前，务必预设对方是也有心的、感官是明亮的，会将所看到的、听到的、闻到的、摸到的，在内心组织成信息，若那信息导向一个结论——人生不值得你全心以赴，有人会一声不吭地跳下去。那瞬间是无从体会，难以预防的，唯一能做的就是不要去召唤那样的结论出现。一次也不行。百合正在这么做，吴依光认为自己有义务制止她，不只是为了自己，也为了百合，她还那么年轻，她还会遇见许多人。

你可以走了。吴依光说道。

百合魂不守舍地站起，问，那吴小姐，你教我该怎么放下？

吴依光淡淡地说，你想着你不要拿着就好了，放下很难，不要拿着就容易多了。

等空气中百合的气味完全散去，吴依光才拉开落地窗，走向白水木。她伏低身子，抚摸树枝。内心有模糊的暗影涌动，她想，若母亲旁观了她跟百合的一切，会给予怎样的评价？是否会承认她看走了眼，谢维哲不若她所料想的安全？

吴依光不会就这样跳下去，但凡一个人，只要有过濒死体验，往后的人生就有了所谓的"阈值"。遇到任何痛苦的、极端的处境，他就会不由自主地和那回的死里逃生做一比对。吴依光也是有"阈值"的人。以现在来说，吴依光问自己，为了谢维哲的婚外情而自杀，对得起十七岁的自己吗？

不，当然不，两者的层次差得可远了。

十七岁的自己多么真挚地相信，有位无所不能、她叫不出名字的恶徒，反复地鞭打着她的心灵，教她一次次地陷入绝望。即使那人偶尔好心，赏给她几颗糖果，给她一点拥抱，她也能从胸腔的冰冷空气感应到不远的未来，她将再次蒙受重创。

14

跟梦梦携手绘制的漫画被母亲撕掉了,吴依光认知到,只要寄人篱下,母亲就能一而再,再而三地扔掉她心爱的一切。她从此控制得很好。小学毕业,同学们给彼此写毕业小卡,交换"勿忘我""百事可乐"之类的句子。有些男生调皮地写下一些暧昧的词汇。吴依光旁观同学们哈哈嬉笑、传递,即使她也想得到一些祝福,不正经的也无妨,她还是没有加入这场游戏。

她没有一个可以放心置物的地方。

十四岁那年,吴依光有了她深深喜欢、又不必担忧得藏在哪里的什么,王聪明。这是绰号,王聪明无论长相、学业表现都像极了小叮当卡通里的那个角色。吴依光和王聪明是同学,放学后也前往同一间补习班。升国一不久,王聪明跟吴依光的家人给他们报名了森学补习班,母亲说,她调查过,校排前十名的学生超过一半在这补习。补习班也筛选学生,一是成绩,一是面试。身材魁梧的主任和颜悦色地解释,他们只收最优秀的学生,不能让资质、家庭环境不佳的同学混入其中。

主任问了一连串问题,最后一题是,是否允许适当的体罚。吴依光看向母亲,母亲眼都不眨地反问,体罚的理由有哪些？主任大概很习惯回答这个问题，不带情绪地说，就两件事，测验低于八十五分跟作业迟交，成绩跟纪律，很基本吧。母亲想了两秒，点头说，没问题。返家之后，母亲把吴依光唤到面前，问，你知道为什么我会答应主任吗？吴依光考虑了一会儿，说，这样我才会进步？母亲露出认同的微笑，点头，说，对，你得知道，命运掌握在自己的手里。你不想被打，就不要犯了这两项规矩。成绩跟纪律，主任说得很好，这都是基本。

吴依光长大之后，才发现这些话多么危险，她却服从了好多年。

班上有五个学生去森学补习，只有吴依光跟王聪明被分配到学生成绩最好、管教也最严的精英班，其他三位则是普通班。窄小的教室不时弥漫着薰衣草清洁剂的味道，课桌椅密集排列，塑胶材质，一坐下就咿呀作响。王聪明第一次走进教室，左右张望，在吴依光旁边的座位，扶着桌沿坐下。吴依光心脏一阵乱跳。说不上为什么，她感到快乐。她跟王聪明交情普通。同学们偶尔起哄，问两人常在段考上互争一二，是否会介意对方的存在。两人异口同声说不，吴依光偶尔拿物理去问王聪明，王聪明也问过吴依光英文文法。在森学补习班，两人的距离倏地变好近。他们发展出规矩，先抵达森学的人，要负责抢占好位置。英文课坐第一排，乏善可陈的国文课就往后躲。有一天，放学了，他们仍为着一道问题争论不休。王聪明认为老师的解题方法有瑕疵，吴依光则笃定是王聪明听拧了老师的用词。补习班铁门即将拉下，王聪明提议，这样好了，我陪你走回家，我们边走边说。吴依光看了王聪明一眼，厚重镜框背后的双眼十分清澄，视线再往下，宽肩、胸膛、笔直修长的腿，小腿满布微卷的汗毛。一个奇异的想法在吴依光的内心幽幽地舒展：他们是青春期的男女，成年只有几步之遥。

她故作镇定地说，好啊。几分钟后他们很惊喜地发现两人的住址只差了一条街。隔天晚上，补习班放学，王聪明很自然地说，我们一起走吧。就这样，一次、两次，一段又一段十五分钟的路程，两人朝夕相处，作息近似，举头望着同一枚月亮，心口默背着同一首诗句。有一回，忘了聊到什么，两人投契的程度让吴依光禁不住揣想，她梦见的事物，王聪明是不是也梦过了？她渐渐舍不得跟王聪明的对话就这么结束，祈祷脚下的柏油路最好永无止境地延长。

吴依光在森学挨打的次数屈指可数。很少有老师形容她是天才，但她没有弱项，分数分布得很均匀，科科都在八十五至九十之间。至于英文，托梅姨一家的福，最差也有九十四、九十六。主任偏爱她。有几次，吴依光考差了，她站在队伍之中，看主任握着缠滚了好几圈胶带的木板，一下接一下挥打学生的掌心。柜台工读生曾在闲谈时，漫不经心地透露，之前是以热熔胶执行体罚，但传闻有学生的手掌神经给打坏了，才换成木板。木板造成的是沉沉的、不知从何说起的闷痛。主任说这样符合体罚的目的，刺激学生反省，而不是让学生只记得痛。吴依光来到队伍最前方，把一小口呼吸含在胸腔，左手手心发痒，这是规矩，挨揍时要伸出非惯用手，否则待会就握不住笔了。主任却捏了捏她的掌肉，眨眼，说，依光，你只是偶尔失常，这样子打你也没意义，你回去自己的座位吧。

假设吴依光没有喜欢上王聪明，她会说，森学是间不错的补习班。为什么不？她享受了多少好处。森学被人诟病的昂贵收费在她父母眼中更是不算什么。问题在于，王聪明在国二下学期，脑筋逐渐不够使了。三年级上学期，王聪明再也应付不来，为了保住英文科，他放掉社会科。一日，地理测验，王聪明把寒暖流弄颠倒了，分数极低。社会老师气得发抖，说王聪明使用资优班的师资，分数却比普通班不如，必须严惩，王聪明到主任面前报到。吴依光跟了过去。主任一接过考卷，随即抄来木板，质问王聪明，你到底在做什么。王聪明答，昨晚读到一半，不小心睡着了。闻言，主任扬手，一下又一下狠抽王聪明的掌心，不忘警惕，要考进第一志愿就是一科都不能放。你再这样提不起劲，到时候看着同学一个个考上第一志愿，要跟谁哭都不知道。主任的咆哮穿过补习班的轻薄隔间，同学们互看一眼，这样杀鸡儆猴的场景不是第一次，重点科目更常见。久而久之，每个人脸上长出一层漠然的保护色。王聪明嘶嘶吸气，涨红的脸冒出细小的汗滴，吴依光目睹一切，胸口无比疼痛。

成为老师之后，吴依光一再察觉到她的学生们，全心面向现在与未来而活，至于过去、任何近似历史的事物，他们兴致索然。他们不在乎智能型手机被发明的时间，只关心手机的功能是否足以应付随时查看彼此动态的需求。同样地，他们出生在不会有老师朝他们的手心挥舞木板或热熔胶的现代，他们懒得去追究，不过几年前，老师打学生是件社会默许、甚至鼓励的举止。学生们不清不楚，不明不白，有一群人，才大他们几岁，在青少年这个"合成自我"的阶段，遇到强烈的压制。他们适应了上一代施加的暴力，却被禁止对下一代这么做。吴依光认为最棘手的莫过于，她时常感受到某种惊人的欲望在她的皮肤底下翻腾，在任何她认为自己控制不住学生的场合，那欲望就现身，循循善诱，说，快教训这些不知感恩的小王八蛋，让他们知道你是老师，你说了算。也是在那一刻，她才发现，补习班传递的一切仍持续对她产生作用，差别在于她不知不觉间，转换了身份。

惩罚结束，主任粗喘着气，甩动右手，说，好啦，回去教室，英文考试不要再搞砸了。主任语带温情，吴依光的胳膊起了鸡皮疙瘩。王聪明坐回吴依光身边，接过吴依光递给他的试卷，眼神有些退却。

吴依光握着自动铅笔，一题刷过一题，不知不觉，她分心了：是否得为王聪明的痛苦做些什么？什么也不做未免太冷血了。放学后，王聪明急着要走。吴依光拉住了他的书包背带，说，陪我去超商买杯饮料好吗？我的心情好差。她说的是自己，不是王聪明。这个小伎俩果然奏效，王聪明考虑半晌，点头答应。超商前摆了两张公园常见的双人椅，王聪明坐在其中一张等候。吴依光买了两罐热奶茶，一罐说是请王聪明喝。王聪明没有推拒，他扯下拉环，喝了起来。冷冽的寒风扇打在脸上，吸干了颧骨的最后一点余温，吴依光想起生物小考的内容，颤抖是生物产生热能的机制之一。

喝了两口,后悔和尴尬交错在吴依光的内心闪现,她自问,若有同学行经,撞见两人坐在半明半暗的骑楼喝奶茶,流言蜚语会长成什么模样?

王聪明打破沉默,问,你怎么了,为什么心情很差?吴依光隔了两秒,想起自己信口胡诌的理由。她耸肩,说,没什么,就只是觉得太多考试了。

但是你一直都考得很好。王聪明的语气很中性,没有反讽。

吴依光理解到她得修正她的说辞,因此,她改以有些逞强的忧郁说道,考得好又怎么样呢?还不是在地狱?只是没有十八层那么惨而已。我根本就不快乐。更烦的是我不能公开这么说,很多人觉得我够幸福了。话一出口,吴依光也被自己给惊呆,她本意是安抚王聪明,没料到这些话就这样溜了出来。吴依光摸上脸颊,发烫得厉害。

王聪明咧嘴一笑,愁容淡化不少,他说,对,我们都在地狱里。他别过脸,直视眼前因入夜而稀疏的车流,啐了一声,干,洋流到底有哪里重要?不知道寒流暖流我难道会活不下去吗?吴依光挑起眉毛,王聪明原来说脏话,且说得好自然。

王聪明摇晃着铝罐,说,主任打电话给我爸,说我的分数很尴尬,大概在第一志愿的边缘,再不认真就只有第二志愿了。我爸把我叫过去念了快一个小时,他要我不要松懈,想尽办法再拼一下。可是,我很清楚,现在这分数就是我的极限了。跟你说个秘密,我查了主任的学历,他读的高中连前三志愿都不是,他凭什么揍我?他跟我一样大的时候,比我蠢十倍好吗,不过我爸很喜欢主任,他说主任对学生很用心。

暖流滑入吴依光的肋骨之间。她喜欢这样,她喜欢王聪明跟她说秘密。她颔首,问,你明明可以这样说话,为什么平常要把自己弄得像一个书呆子?王聪明没好气地说,还不是因为你?吴依光指着自己,问,我?为什么,跟我有什么关系。王聪明看着地板,收起吊儿郎当,说,吴依光,你知道吗,我不想要你觉得我很笨。我爸说,只有笨蛋才会喜欢搞笑。我要注意我的形象。

吴依光摇头,说,我反而更喜欢现在这样说话的你。语落,吴依光感受到空气的部分分子倏地凝结,她加上一句,就像我也喜欢体育股长[1],他说话也很夸张。

王聪明仰头喝光奶茶。

吴依光想不起自己上一次这么坦率、自由地和一个人相处是什么时候。她看着手表,必须走了,她不能确定母亲是否会打电话给补习班,询问女儿几点几分离开。吴依光起身,握着手中还剩一小口的奶茶,她打算拿回家,冲净,放在桌上。

一只空罐子,她不信母亲能看出什么端倪。

从那天起,超商、饮料、骑楼的双人椅,成了日常里的小插曲。最常出现在星期六晚上,考试暂告一段落,不用急着赶回家,多写三道证明题,或是熟记一次大战的参与国家。王聪明在吴依光心目中的地位,一天比一天珍贵,他是个倾

---
[1] 即课代表、班干部。

诉的好对象，守口如瓶，且不妄下定论。冬去春来，吴依光告诉王聪明，可以的话，她多想摆脱独生女的身份，一个人长大太寂寞，也太沉重了。她有两个住在美国西岸的表妹，乔伊丝跟爱琳，两人时常针锋相对，吴依光仍万般羡慕，这对姊妹拥有彼此。王聪明耸肩，说他有个姊姊，脾气跋扈，一会儿使唤他去洗碗，一会儿命令他吃掉她从菜肴里挑出的胡萝卜跟洋葱片。说完，王聪明做了一个余悸犹存的鬼脸。吴依光微微一笑，她不会看不出王聪明是在安慰她。

王聪明说了下去，他的姊姊即将前往欧洲，在一所享有盛名的音乐学院留学，前几天他的父母才确定了飞机班次。吴依光听出王聪明的不舍，她瞅着王聪明俊秀的侧脸，胸腔里扑通跳动的心再度偏离了平常的位置。

王聪明叹了口气，扔出另一个问题，为什么第一志愿要设计成男校跟女校呢，什么年代了还在信奉那套恋爱会耽误课业的迂腐想法。

闻言，吴依光头一晕，她再也分析、处理不了任何信息。有人如此教她，视觉是人类最依赖的感官，一旦视觉被屏蔽，其他感官将随之放大。吴依光闭上眼睛，想让她寂静已久的心充分去感受这一秒，纯净，清澈，无限大的幸福，她相信王聪明喜欢自己，她相信自己值得这份喜欢，她不会成为父母那样的大人。

她是有感情的，她会跟心爱之人长相厮守。

吴依光在紧凑的考试行程里安静地找寻故事，年轻的情人分别前往第一志愿，一千天以后依然深爱对方的故事。五月考试，六月毕业典礼，她得趁早说服自己跟王聪明，即使就读不同的高中，他们之间正在发生的什么，也不会就此消散。等两人考进同一所大学，再也没有什么条件能迫使他们分开。

然而，四月，呼应愚人节似的，王聪明变了。他在补习班不顾吴依光的招呼，刻意选了与吴依光有些远的位置；老师一宣布放学，他直接拎起书包，头也不回地走掉。双人椅上的闲聊更是不复存在。吴依光感到自己被一脚踢开，她既困惑，也有些羞耻，她甚至不能跟他人诉说这些绝望的心情。她不仅是失恋，也失去了一个说话的对象。她几度想找王聪明，问，你是不是不喜欢我了？却又唯恐实情就是这样。最后一次模拟考，吴依光的成绩骤降。导师当着全班学生的面问她，你怎么了，不要吓老师啊，你没有考上其华女中，我很难交代。

一样的戏码，搬到森学补习班，又演了一次。主任摇头，责问吴依光，如果大考也是这样的成绩，岂不是前功尽弃，早知如此，不如一开始就摆烂。吴依光的眼角瞄到王聪明立定不远处，看着，她的内心涌出甜蜜的刺痛，她的目的已成，她要王聪明看见，她的确、毋庸置疑地在往下坠。主任终于念够了，他挥了挥手，说，你走吧，大考之前你别睡了，反正我猜你也不敢睡，你把补习班的模拟试题从头到尾再读过两遍吧，我会看着你的，你不要丢森学的脸，精英班没人考过这么烂的成绩。吴依光木然地说，好，谢谢主任。她回到教室，拎起书包，王聪明从背后唤她，他说，吴依光，我请你喝杯饮料。吴依光预先琢磨的剧本是，若王聪明找她，她要满脸无所谓地走掉，偏偏眼泪不受控制地流下。她怎么能？吴依光不曾这么喜欢一个人。

两人并肩走了一小段路，王聪明进去超商买了两罐奶茶，他说，一罐给你。吴依光接过，问，怎么了。王聪明直视着她，说，吴依光，我希望你可以专心读书，考上其华女中。吴依光冷冷地反问，你在乎吗？王聪明叹了口气，眼底闪过吴依光偶尔在成人脸上读到的，莫可奈何的忧伤。他说，我现在很难跟你解释，总之，我们先专心准备考试，考完你就什么都懂了。吴依光被王聪明弄糊涂了，她放软了语调，说，如果你不喜欢我了，你现在直接告诉我。王聪明哎了一声，向前抓住吴依光的手腕，两人因这个举止而同时瞠圆了眼，在对方眼中读到忐忑，和悸动。

王聪明放手，往后退了几步，他的耳根完全发红。他说，吴依光，不然这样好了，来打赌吧，我们接下来这个月就专心读书，如果你考上其华女中，我就告诉你发生了什么事。你不要再这样辜负自己了，我跟你当同学也三年了，你那么聪明，你注定要去第一志愿的。

发榜日，母亲推掉所有工作，不到七点就坐在餐桌前。吴依光六点半起床，她半眯着眼，坐在沙发，看着在客厅来回踱步的母亲。吴依光再次睁开眼，是母亲来摇她的肩膀，她想，我在沙发上又睡着了啊。母亲轻喊，你考上其华女中了，比录取分数还多十分。说完，母亲哼起歌来，她以摇晃的、轻盈的滑步，回到了餐桌前，坐在丈夫的对面。吴依光不曾见过母亲如此欢愉的模样。相比之下，吴家鹏的反应落在吴依光的预期之中，他温柔地呼唤，我们吴家的小资优生，快来吃早餐吧，你就要穿上那光鲜亮丽的制服了。吴依光走到餐桌旁，看着父母脸上堆满的微笑，跟着笑了，她拉开椅子，坐下，大啖盘中的松饼、咸奶油与几片生菜。

她想，我证明了自己值得。

稍晚，吴依光辗转得知，王聪明以吊车尾的分数，考上第一志愿。森学补习班举办了庆功宴，邀请所有应届考生出席。那年，森学补习班榜单非常漂亮，主任得意地包下一间美式餐厅，炸鸡，比萨，牛排，意大利面，海鲜浓汤，源源不绝地供应。每个学生吃得满脸红光，不时吸吮手指。吴依光跟一位女同学喝了好几杯可乐，满肚子的气泡让她频频打嗝。家中的冰箱从来没有可乐，一小瓶也没有，母亲说，气泡饮料会让人胖成泡芙，吴依光只有在美国，会跟梅姨、乔伊丝和爱琳一起喝可乐，她们的身材的确称不上瘦。吊诡的是，吴依光注意到，三人在台湾绝不碰可乐，她怀疑可乐跟英文一样，被梅姨划分在"在美国才可以使用"的范围。

两个小时过去，学生们慢下进食的步调，如被击倒的保龄球，在红色沙发上东倒西歪、躺成一片。吴依光装了一杯冰可乐。紧接着，她在王聪明身旁坐下，仰头喝进一些可乐跟碎冰，试图让自己看起来一点也不紧张。她问，我考上其华女中了，你可以告诉我了。王聪明似乎有所准备，他坐直身体，反问，你是怎么想的？吴依光一愣，感觉到体内的血管正在快速收缩，她降低音量，有些恼怒地问，你怎么可以问我？是你先对我不理不睬的？

又一次地，吴依光在王聪明的脸上看见那不属于他们年纪的感伤。王聪明说，看来你是真的不知道，那我感觉好多了。吴依光，既然你考上了，我遵守承诺跟你说吧。三月底，有一天，你妈妈打电话到我家，警告我爸妈，管好我，不要再去骚扰你了。王聪明的脸上浮现一层阴影，他挤出难看的苦笑，说，电话是我妈妈接的，她告诉我，不管我们两个有没有在交往，我最好放弃，离你远一点。你妈妈说话好伤人。她跟我妈说，我跟你是不同世界的人，叫我别痴心妄想。我家确实不像你们家那么好过，可是，吴依光，我们家也没有欠你们什么，你妈没必要把我们说成这样。

吴依光身子一晃，杯子险些从她的手中滑落。在她学会密谋的同时，母亲也进化了，这一次，她藏在家门之外的事物，母亲也为她扔弃了。

吴依光看着自己的双手，感觉到她什么也不能拥有。她不得不道歉，说，王聪明，对不起，我什么也不知道。请你原谅我。也请你的家人原谅我。

王聪明喝了一口可乐，安慰吴依光，算了，我们现在这样也很好。你看，我们两个都考上第一志愿了，没有什么损失。说不定，没有你妈的刺激，我就考不上了呢。

这是吴依光跟王聪明的最后一场对话。

15

星期二,吴依光按照通讯录打了一通电话至苏明绚的家中。李仪珊声音沙哑、虚弱,她告诉吴依光,女儿的告别式即将在周末举行,她跟先生的共识是低调进行,以亲友为主。李仪珊补充,她先生任职的公司仅有两位直属上司会出席,她不希望学校派出的代表超过这个数字。吴依光问,那么学生呢?李仪珊温柔地道歉,说,可以的话,我不鼓励女儿的同学参加。吴依光陷入静默,李仪珊解释,老师,请你不要误会,不是说我不欢迎她们。只是我们家也还在消化明绚的事情,情绪还是起伏不定,明绚的同学来了,我们不知道怎么照顾这些年轻人,这点请你转告明绚的同学。

吴依光跟许主任转述了李仪珊的想法。许主任沉吟一会儿,问,他们有没有提到,嗯,苏明绚……为什么?许主任说得迂回,吴依光立即意会,她摇头,说,没有,什么都没说,听起来好像就是接受了这件事,没有要多加追究。

许主任手握成拳,又松开,说,这样啊……但,我们还是不能完全掉以轻心,说不定过两天他们就把矛头指向学校了。

第七堂课结束,吴依光收到许主任的讯息,我跟校长谈过了,校长那天有安排行程。她会送花篮过去,我们两个代表其华女中上香。吴依光回，我知道了。

吴依光在原地站了一会儿，才拖着脚步走回教师休息室，她注意到桌上躺着一张对半折起的纸条。吴依光左顾右盼，确认没人看向这儿，才打开纸条。**如果老师有心想知道真相，去问苏明绚在热音社的事情吧**。蓝色墨水写成，零点三八或零点四，字迹歪斜，八成是以非惯用手写的。吴依光认出纸张是自学校贩售的笔记本撕下。只要十二元，所有人都能取得。她拉开抽屉，缺乏保养的滚轴发出嘎的一声，角落躺着一只扁扁的樱花色铁盒。铁盒内有五张纸条，加上手上这张，整整六张。

吴依光拿起另一张，相同的墨水颜色与字迹，写着，**你是个差劲的老师，懂？** 吴依光脸颊一热，像是给什么咬到似的放手，她把纸条放回盒子，压紧盖子，确定扣住了，才倒回椅背。吴依光手背贴上额头，她不晓得如何看待纸条上的讯息，前面几次都是直扑而来的恶意，这一次却转往苏明绚。思绪如同散落一地的拼图，每一片都好像，不知怎么开始。就她印象所及，苏明绚高一应该是合唱团，高二转到热音社。

吴依光请班长通知班上除了苏明绚，另外两位加入热音社的同学。放学后，两名女孩出现在吴依光眼前，她们低头，一脸不安。

吴依光问，苏明绚最近在热音社过得怎样？女孩们交换了一个眼神，并未掩藏她们的困惑。戴着细框眼镜的女孩侧着头，语速适中地回答，虽然我们跟苏明绚同班，可是我们很少在热音社说到话。另一名留着齐耳短发的学生点头，加上一句，老师可以问热音社的指导老师茉莉，苏明绚蛮常跟茉莉聊天，不然老师也可以问社长，梦露，她是七班的。眼镜女孩把话接了过去，梦露跟苏明绚是同一团的，老师要问苏明绚在热音社的事，梦露会比我们两个还清楚。

吴依光问，玛丽莲·梦露的梦露？女孩们很有默契地点头，短发女孩回想，梦露的本名叫什么呢？完了，我只记得梦露。不过，问七班的同学，应该还是找得到人。吴依光找了张便条纸，写下，七班，梦露，热音社社长。

写完最后一个字，吴依光犹豫了，她拥有不去找梦露的自由吗？既然李仪珊并未表现出负责的想法，她还要执着为什么吗？说不定这根本违反了苏明绚的意志。苏明绚没有留下只字片语，她的静默究竟是无话可说？或是不认为有谁值得托付？

心中升起一道声音，竟是自己的。那声音说，吴依光，一样的，忧郁的、内向的十七岁，你依然活着，你的学生却没有。你难道就没有一丝好奇？

吴依光事先跟七班班导汪老师打了个招呼。

她告知了那张纸条的存在，汪老师是继何舒凡以后，第二位知情的老师，但范围不同，何舒凡知道纸条是复数的，汪老师则以为只有那一张。他还回纸条，略带同情地说，辛苦你了，这根本是老师的噩梦，现在的学生不容小觑啊。

吴依光点头，庆幸站在面前的不是谢老师，否则，她必然躲不过谢老师居高临下的审视。不过，谢老师很久以前就不接班导了。她说，班导责任重大，加给却少得可怜，她千辛万苦才熬了过来，不可能回去受罪。

再过几年，说不定汪老师也会说出类似的话。

吴依光时常感受到自己身处的社会不断地发送催眠的讯息，老化是生命的最佳解，只有老化，才能取得享受一切幸福的正当性。

汪老师语气一转，说，在这个时间点，找学生去谈社员自杀的事，我难免有所顾虑，但，梦露的话嘛……汪老师顿了顿，不知道是在说服自己，还是告知吴依光，梦露应该知道怎么处理，她很成熟。

翌日，梦露来到教师休息室，吴依光有些惊讶她本人身材竟如此娇小，一百五十公分出头，小小的脸蛋镶嵌着圆滚滚的大眼。吴依光征询过，梦露是贝斯手跟主唱。

她很难不想到方于晴，自己就读其华女中时，坐在隔壁的同学，热音社社长，也是贝斯手跟主唱。贝斯手的角色，吴依光记得，方于晴是这么说的：贝斯手是一个容易被忽略的位置，正因如此，选择它会有意想不到的效应。至于是什么效应，十六岁的吴依光没有问过，她只觉得方于晴整个人散发着细碎的光，并不耀眼，但，足以让旁人知悉，跟方于晴相比，她们活得好平庸。

吴依光回过神来，她跟方于晴早已不相往来，拿方于晴的形象和梦露比对，无疑是伸手按压陈旧、早已结痂的伤疤。

吴依光为自己耽误到梦露的午休时间而致歉。梦露说，没关系，她的神情很平静，跟吴依光昨日询问的两位学生相比，梦露的确具有稳重、从容不迫的气质。这部分也像极了方于晴。吴依光再也克制不了思绪的翻飞，她遇到了一位像极了方于晴的女孩，然而，十几年后，她从学生成了老师，她如今是坐在这样的女孩的对面，而非身边。吴依光难得地，带着疼痛地感知到自己老了，无可挽回地老了。

她询问梦露，能不能解释一下苏明绚在热音社的状况。

梦露注视着吴依光，眼睛和长长的睫毛如小鹿斑比。吴依光在心中祈祷，梦露的个性可别像那些美丽且脆弱的生物，一探测到危险，就迅速腾跳，逃得无影无踪。

她的选择不多，只有一张匿名的小纸条，和梦露。

梦露问，老师，苏明绚有没有留下遗书？

吴依光没有耽搁太久，回答，就我所知，苏明绚好像什么都没有留下。

梦露又问，那老师觉得，为什么呢？

吴依光看着梦露，这个女孩自走进休息室之后，分分秒秒都令她感到神奇。她又想起了另一个人，百合。吴依光有些迷惘，百合那么热，梦露这么冷。她怎么会把两人牵连在一起？她摇了摇头，说，我到现在还是不知道为什么苏明绚会自杀。

梦露抿了抿嘴，决绝地说，老师，很抱歉我什么也不能说。我知道这样说，老师会不太高兴，可是，如果老师现在还是不知道为什么，那么……我觉得，这表示有些事情苏明绚不打算让大人知道。所以，无论老师是为了谁而来问我，我都不会说的，如果是苏明绚的爸妈，我想，他们最好自己来问我，而不是请老师做这些。

吴依光低喊，梦露。老实说，这个呼唤在此刻有些过于亲昵，但她不知道梦露的本名。她不是很确定地问，我应该不是第一个问你的人吧，你好像有些生气？

梦露看了吴依光一眼，旋即别过头，望向旁边，说，对，你不是第一个问我的人，可是，我没有生气，只是觉得荒谬。苏明绚什么都没说，就这样走了。这几天，不只你们三班，热音社的每一个成员也很不好受。很多人问为什么，苏明绚的功课啊，人缘啊，大部分我们在烦恼的事，她都不需要烦恼。也有人说一些无聊的玩笑，如果苏明绚这样子的人都自杀了，我们这些比苏明绚还废的人怎么办？

仿佛有谁扼住了吴依光的喉头，她感到窒息。梦露是第一个指出事情正在全面失控的学生。她甚至直接说出自杀两个字。

梦露说了下去，为什么老师会找我？我不是三班的学生，难道有谁说了什么吗？

吴依光点头，又摇头，她支吾地说，梦露，请原谅我不能透露。

梦露没有隐藏她对这个回应的不满，她的鼻头跟眼眶涨红，双手握成小小的拳头。梦露颤抖地问，老师，你有没有想过，如果我说了什么，以后怎么办？热音社怎么办？学校的老师、同学，每个人都在寻找答案，想挖出一点蛛丝马迹，去拼凑苏明绚自杀的原因。我跟你说的每一句话也会被这样解读吧。如果我说，对，苏明绚在热音社遇到了一些状况，老师会不会开始连连看？从这句话连到苏明绚的自杀。为什么我们那么需要原因？想哀悼苏明绚？还是想划清界线？

吴依光问，在你眼中，我看起来也是想划清界线的人吗？

梦露摇头，说，我不能回答这个问题，我不认识老师，不清楚老师的个性。

吴依光越是压抑，方于晴的身影越是楚楚浮现。那一年，方于晴和教官谈判，也是这样干净、利落的姿态。纵然方于晴的表达不若梦露流利，有时也会因为忘记接下来要说什么而静默，眼神却有着白昼般的明亮意志。

吴依光应该要愤怒的，梦露的控诉非同小可，她的胸口竟无端升起温柔的情感。那么多年以后，还是有人像方于晴一样，在处处是禁令的校园里长出了锐利的爪牙，遭遇威胁时懂得反扑。不像吴依光，咽下所有的怨恨，摁灭胸中的憧憬。

十几年前亦步亦趋地跟在方于晴身后，甘心做她的影子，是为着什么？

吴依光看着梦露，自己在十六七岁的年纪，多渴盼大人的真诚以待。意思是，如果大人想敷衍她，不妨坦率地说：同学，我看得出来，你被一件事折磨得有点惨，但我实在没兴趣、没时间、没那个心情，你知道的，身为大人，我有一百件比倾听你烦恼更要紧的事，请你放过我吧。吴依光宁愿听到这样的说辞，而不是冠冕堂皇又不痛不痒的理由，领人绕了一圈远路，最终的盘算仍是抛弃。

她不想以这样"成人"的方式对待梦露。

方于晴那年没得到的真诚，她如今想给。

吴依光承认，梦露，你说的没错，对于苏明绚，我确实很需要一个因为这样，所以那样的理由。按照你的说法，就是我需要这个连连看。我是三班的班导，苏明绚又是从学校顶楼跳下去，如果我告诉别人我什么也不知道，我就得面对一件很痛苦的事情——我会被看作一位失败的班导。而我之前已经失败过一次了。

吴依光撑着大腿站起，请梦露稍候，几秒后，她端着那只铁盒回到梦露面前。她扳开盒盖，六张纸条全数倒在桌上。她示意梦露拿起任何一张。

梦露皱了皱眉，有些犹豫地拿起一张，瞄了一眼，眉心锁起。她歪着头，放回，又抓了一张，再一张，没多久，她读完了每一张纸条。梦露问，这是什么？

吴依光摊开双手，问，苏明绚有没有跟你聊过我是一位怎样的导师？梦露眼珠转了半圈，说：嗯，可能有，不过我没有印象。吴依光又问，苏明绚难道没说，三班之前有学生休学的事情吗？或者，苏明绚有跟你聊过王澄忆这个人吗？

梦露摇头，迷惘的神情，令吴依光相信，梦露一无所知。

吴依光看了一眼时间，午休即将结束。她的视线又回到梦露，梦露的双手搁于大腿，手心自然地敞开，肩膀放松，少了初始的提防。

吴依光以略快的语速解释，一年多以前，三班出了一些状况，简单来说就是霸凌。被霸凌的人叫王澄忆。我处理得不太好，不，说不太好太轻描淡写了，我犯了很严重的错，总之，王澄忆休学了。纸条是在王澄忆休学之后开始的。每隔一到两个月，我会收到一张纸条，就放在我的桌上，我不晓得是谁做的，也不确定是一个人，还是一群人这么做。无论如何，我认为应该是三班的学生。

梦露提出建议，不是有监视器吗？监视器应该有拍到是谁走进教师休息室。

吴依光微笑，眼神却很忧愁，她说，梦露，你说的没错，可以调阅监视器。不过，我得跟总务主任说明理由。我做不到，我不想让主任看到这些纸条。

几秒后，梦露小心地开口，老师觉得不好意思？

吴依光点头。

梦露再次捡起一张纸条，转动，认真端详，问，所以，大家都不知道这件事吗？

吴依光想了两秒，交给梦露一个虚实各半的答案，我有跟几位老师商量过。事实上，梦露是唯一读过全数纸条的人，包括最新的那张。

吴依光吸入一口气，好舒缓胸腔泛起的刺痛。想到王澄忆，她感觉得到自己就像被倒过来放的沙漏，精神一点一滴地流光。她和梦露说了下去，学生都休学了，我唯一能做的就是把日子过下去。我把这些纸条藏起来，没有公开。我本来想说，三班的学生明年就毕业了，到时就不会再收到了。可是，你看。吴依光拿起最新的那张纸条，说，我又收到这张，纸条上出现了苏明绚的名字跟热音社。我不能当作没看见。

梦露盯着那张纸条，没多久，她像是累了，揉了揉眼睛，说，我不懂为什么有人要写这样的纸条，说得好像是热音社的错……梦露把脸埋入掌心，模糊不清地说，苏明绚这两三个月，的确在热音社有一些状况，可是我不认为那是她自杀的原因。

吴依光内心错了一拍，这是星期五以来，她第一次找到，人们称之为"征兆"的片段。她提着呼吸，问，梦露，你愿意多说一些吗？

梦露抬起眼，短短几秒钟，里头的光彩消失了，取而代之的是彷徨与黯淡。她说，我现在做不了决定，再让我考虑一下好吗？

吴依光提议，说，明天中午再来找我好吗？一样是这里。得到梦露的承诺之后，吴依光将纸条一一收回铁盒、清点数量，她一心一意想着，千万不能遗漏任何一张纸条，因此，梦露说出那句话时，吴依光一时没反应过来：梦露送出了第二个征兆。

她说，苏明绚自己的家庭……也有些问题。

不等吴依光回话，梦露仓促转身离去。吴依光只能目送着梦露奔跑的背影。

16

吴依光收到谢维哲的讯息，我傍晚去学校接你。她的回复很简短，好。约定的时间一到，白色凌志出现在距离校门口两个街区的转角。吴依光系上安全带，问，怎么想到要来接我？我记得你跟学生约了吃晚餐？

谢维哲直视前方的路况，说，我跟学生改成明天了。

谢维哲不是喜欢变动的人。吴依光踌躇了几秒，开口问，为什么？谢维哲深呼吸，交代，你父母下午打电话给我，说他们想过来看你。你妈好像想知道事情目前的发展。吴依光问，那你怎么回答？

谢维哲转动方向盘，不轻不重地说道，我告诉他们，我们晚上跟朋友有约了。所以我才想说，晚上最好不要在家。我记得王澄忆那次，你妈有多聪明。

右手的指甲刺入左手的手腕，吴依光必须这么做才能阻止自己发出尖喊。

谢维哲没有忘记。

去年，母亲不知从何得知，吴依光班上有学生休学的消息。她打了一通措辞强烈的电话，坚称她必须跟吴依光面对面谈这件事。母亲认为吴依光最初的打算就是可怕的失误，接下来每一步亦是错得离谱。吴依光婉拒，谎称她得留在学校计算学生的学期总成绩。闻言，母亲径自挂断电话。吴依光以为母亲就这么饶过了她。

晚上，吴依光回到家，餐桌旁不仅坐着谢维哲，也有母亲。母亲瞪了她一眼。谢维哲结巴地解释，岳母在交谊厅等候，他自然得带岳母上楼。吴依光涨红着脸，质问母亲，你难道非得现在教训我吗？母亲没有搭话，看向谢维哲，问，你是教授，你应该教她怎么做，而不是放任她把事情搞成今天这样。谢维哲的目光在两人之间徘徊，解释，吴依光当老师的时间比我当教授的时间长，我不认为我比她懂……

母亲发出一声干笑，说，我知道你想对她好，可是，真正的好是说出真相。该说的，我都告诉你了，你如果想要真正地对她好，就要放掉那些不必要的保护。

说完，母亲站起，走到吴依光面前，定定地注视着她，她一句话也没说，眼神满盈失望。她继续往前走，拉开大门，没有道别，径自带上。

谢维哲眨了眨眼，脸上闪现一抹古怪的表情，他打破沉默，问，这样子，不累吗？吴依光想，你太不了解那个女人了，她一点也不累，游刃有余，且乐在其中。

吴依光坐下来，要求谢维哲重述母亲和他说的话。她听完，内心有个结论，母亲是故意绕过她，找上谢维哲。母亲想证明，只要她想，她可以笼络任何人，说服任何人站在她这边。纵然吴依光结了婚、建立一个家庭，也不会改变一件事：她是对的。她永远是对的。

车子驶入停车场，吴依光望向窗外，餐厅的外观乍看之下让人以为置身南欧，圆顶、蓝与白、多窗。谢维哲说，既然都要出门了，我订了餐厅。吴依光又是一愣，谢维哲一连串的举止，令她很是陌生。几名打扮时尚、妆容明艳的女孩在花园拍照，她们扶着红砖墙，交叉双腿。经过她们时，吴依光闻到果香调的香水味。餐厅的内装也十分讲究，大理石吧台，深蓝色绲金边绒布餐椅，桌位旁立着琴叶榕，钉在米白色天花板的金色横杆垂挂着吴依光喊不出名字的蕨类。谢维哲说，这间是我学生推荐的，我想说，我们好像很少来这样的餐厅吃饭，应该试试看。吴依光嗯了一声，点了无花果芝麻叶生火腿沙拉，白酒蛤蜊意大利面，提拉米苏和一杯白酒。听到最后一个选项，谢维哲露出意外的表情。他点了肉酱千层面跟一杯柠檬红茶。谢维哲的口味跟孩子没两样。嗜甜，怕苦，也怕辣，不喜欢喝酒，喝咖啡也要加好几匙糖跟奶精。

服务生走远，谢维哲突然说起本来约好要见面的那位研究生，租房子时遭遇了一件怪事。那故事确实很离奇，无数个转折埋伏其中。谢维哲说完，往后一坐，好整以暇地看着她。吴依光才领悟，谢维哲在跟她"闲聊"，而他们几乎不闲聊的。

谢维哲去年说了一个故事，主角是他自己。

孩子流掉的第三天，没来由地，谢维哲说起他的童年。小学四年级到六年级，他们一家四口住在约莫十三四坪[1]的

---

[1] 台湾地区的土地或房屋面积单位，1坪约合3.3平方米。

空间，一房一厅。父母跟妹妹睡床上，谢维哲打地铺。全家人吃饭，谢维哲跟妹妹写作业，都在一张折叠桌上完成。每天，放学回家，谢维哲打开电视，让卡通人物的对话流淌于小小的空间，摊开习作簿，埋首写作业，偶尔也教妹妹一两题数学或生物。两人不时停下来，伸手捏一捏桌上摆放的一只兔子玩偶，玩偶是夜市里玩套圈圈的战利品。芳教他如何读墙壁上的石英钟，短针缓缓远离六，长针快要碰到六，就是爸妈回家的时候。谢维哲一听到屋外传来不规则的、仿佛气喘的机车引擎声，转头吩咐妹妹，爸妈回来了，赶紧把课本、习作簿跟铅笔盒挪至沙发。他从电视柜的抽屉取出几张旧报纸，在桌上铺平，再从浴室、厨房各搬来一张红色塑胶椅。芳手里提着三份便当，父亲一份，他一份，芳跟妹妹分着吃。谢维哲注意到芳几乎让着妹妹，自己只吃一点。芳说她爱美，要减肥。谢维哲信了。芳解释的时候，眼里有碎碎的光，既然母亲有所追求，就没什么好悲伤。

很久很久以后，谢维哲在英文课里学到白色的谎言，不知怎的想起了芳的这句话。他瞬即明白，芳是个好母亲。

好险，饥苦的日子没有持续下去。

谢维哲国一那一年，父亲跟朋友合伙的物流公司，迎来网络购物的崛起，营业额翻涨数倍。谢维哲的父母买下市区繁荣地段的透天厝，花了巨资装潢。谢维哲很兴奋，他即将拥有自己的房间，再也不必跟父母、妹妹挨挤在一块。他可以模仿班上那位绰号"少爷"的同学，邀请所有同学至家中参观，一起写作业，制作自然科报告的海报。在同学因困倦而缓下动作、意兴阑珊时，母亲就适时地端上果汁，玻璃杯里的冰块互相撞击而发出哐啷的声响。

出租车在路口停下,谢维哲的父母戏剧性地、一人捂着一位小孩的眼睛,说这是惊喜的一部分。一家四口数着脚步移动至新家门口,芳示意,好,停,她移开双手。一台簇新、气派的进口休旅车停放在车库,谢维哲哇的一声,急奔上前,摸一摸后照镜,双手搁在玻璃窗,眼睛跟上去,试图瞧仔细内部。芳笑着说,你这样窗户上都是你的手印。半晌,谢维哲想起一件事,他问母亲,旧车跑到哪里去了。芳说,当然是牵去报废了。谢维哲还要追问,芳接下来说的话让他忘了怎么说话。芳说,谢维哲之后要转到私立国中去就读,她这几天把手续都给处理好了。

谢维哲问,旧的学校有哪里不好,他跟同学相处得很融洽。芳伸手,指着四周,要谢维哲张大眼睛好好看着。她说,你跟他们是不同世界的人了,你现在要去真正属于你的地方。谢维哲不敢再吭声,他听得出来,芳在暗示他别不知感恩。

谢维哲花了好几个月融入新学校,习惯那里的同学随口就是一座他不晓得在哪个半球的城市、家中的用人干了什么蠢事,以及他们新买的三百多块的自动铅笔和三千元的限量球鞋。一天,他跟芳说,我要去东京迪士尼。芳很赞成,甚至嘱咐他跟妹妹,去找父亲,这样理直气壮地要求。兄妹俩照做,父亲干脆地答应了,他说,也好,是该带你们出国,见见世面了。芳在银座买了一件大衣,谢维哲得到最新款的游戏机,妹妹则是拿到一双红色短靴。谢维哲把游戏机带到学校,享受了一天的虚荣。

故事到此结束，谢维哲以旁观者的语气下了结论：他认为他的父母的成功，他们自己也说不上理由，只能归诸运气。好像无意间经过一个地方，那儿正好放起了烟火。他的父母后来很在意两个孩子的升学，夫妻俩认为，书读得好，就不必像他们那样只能用蒙的。谢维哲不排斥，他喜欢、也擅长读书，倒是他的妹妹，成绩奇烂，请了再多家教仍不见起色。有段时间，她跟家人的关系不能再恶劣了。谢维哲的妹妹大学毕业，飞往柏林，投靠一位在当地创业的朋友，同时拉开和家庭的距离。

直到父亲生了那场大病。妹妹和父母的关系才趋于缓和。说完，谢维哲按着膝盖，站起身，说他得去书房回一下邮件。吴依光看着谢维哲慌忙的背影，坠入沉思。她想不透，谢维哲为什么说起了自己的童年，安慰她？转移她的伤心？她不自觉沉沉睡去。再次醒来，谢维哲又成了那个温和有礼的丈夫。那个悲伤的男孩不见了。

吴依光请谢维哲再说一次研究生的故事。谢维哲很有耐心地复述了一次。吴依光问，如果这位学生真的被骗走了身上的积蓄，你会借他钱吗？谢维哲没考虑，直说，会吧，至少让他可以度过这一两个月。吴依光啜了一小口气泡水，笑着说，你是一位好教授，你对学生付出了不少感情。闻言，谢维哲抬起头，注视着吴依光。服务生碰巧走到他们的桌旁，送上两人的主餐。

吴依光转移话题，她说，哇，看起来很好吃，我们快吃吧。谢维哲有些用力地点头，他切下一小片千层面，送至嘴里，想起什么似的，问，你要来点千层面吗？吴依光擦了擦嘴角，说，谢谢，等一下吧。

吴依光捏着玻璃杯的细颈，举起，下巴仰起，冷冷的酒液刷过齿侧。她感谢谢维哲，提供了她一次体面的逃逸。她打算好好利用，就像把游标移到视窗一角，选择关掉全部的视窗，只留下目前这一个。苏明绚，梦露，主任，校长，告别式，王澄忆，以及母亲。天啊，她竟有这么多烦忧。吴依光又想起百合，谢维哲是从研究生口中知悉这家餐厅吗？还是百合为他献计？脑中闪现百合的那句话，**教授认为孩子之所以会流掉，是老天对他外遇的惩罚**。

吴依光伸手招来服务生，要了两杯白酒，冰凉的酒液捎来一丝清醒，她笑出声来。谢维哲问，怎么了。吴依光摇头，示意谢维哲别紧张，她说，我很无聊，在测试自己还笑不笑得出来。我跟你说，人啊，真的好有趣，只要想笑，其实再怎么惨，都还是笑得出来。说完，吴依光拿起叉子，把鲜脆的芦笋放进口中，谢维哲低头切他的千层面，吴依光趁着谢维哲不注意时，以纸巾按掉涌出的眼泪。

两人在餐厅待了总计两个小时，回到家已将近十点。谢维哲扶着脚步轻浮的妻子走入电梯，吴依光抢快按下一楼跟七楼，谢维哲问，为什么要去一楼？吴依光说，我之前请管理员帮了一个小忙，外带两块提拉米苏就是为了答谢对方。谢维哲说，那我给你拿过去就好了。吴依光拒绝，她说，不行，这样没有诚意，你不要再管了，我自己会处理好的。谢维哲的目光在吴依光的脸蛋逗留了一会儿，勉为其难地同意。吴依光快步走到管理室，双手放在柜台，好稳住身体。她问，晚上有访客吗?

  管理员想了一会儿,翻了翻皱起的记录簿,摇头。

  吴依光把提拉米苏送给了这位带来好消息的年轻人。

17

梦露失约了。

吴依光来回踱步,直到时针指向一,她顿然有感,梦露不会现身。这个结果没有让她感到意外,她也认为自己昨天太过躁进。换作是她也会逃。

钟声响起,吴依光细细地洗了把脸,走进三班,从午睡中醒转的学生,节奏缓慢地抬起头,有些学生喜欢趴在书上午睡,他们的脸上横陈着课本压出的细长红痕。吴依光请他们翻到指定的页数。

空气中的哀伤在日复一日中无声流失,取代的是悄然凝固的什么,不是麻木,要她形容的话,更像是结痂,为了保护自己,伤口朝内闭合,不再轻易打开。女孩们再也不像第一天那样哭泣。

苏明绚的死亡成了一个节点,女孩们"经过",然后往前走。

新闻版面没有后续报道,许主任的态度也有了巧妙的转变,他告诉吴依光,其实,也没有必要探究原因。他顿了顿,加上一句,现在的学生,不知用什么做的,一张纸掉在脸上,好像也会骨折。那种脆弱不是我们可以想象的。若这几天没有什么事,礼拜六代表学校去上香,对苏同学的义务就差

不多结束了。吴老师，你这几天吃得好，睡得好吗？语讫，许主任的视线从地板拔起，看着吴依光，

吴依光说，谢谢主任关心，这几天过得还可以。许主任点头，又问，目前应该没有学生跟你说什么需要我们在意的话吧。吴依光想起那张纸条，以及梦露提出的两个"征兆"。宛若白雪公主的毒苹果，吴依光小心翼翼地咽在喉间，不咳出，也不吞下，她不认为许主任想听，既然如此，她就不必说。

两个小时后，许主任传来一封讯息，他周六临时有一个行程，改由洪教官出面。他已亲自致电给李仪珊，表达不能亲自出席的歉意。吴依光读着那则讯息，事发至今，苏明绚的家属不曾表示出任何向学校究责，或讨问真相的动作。他们只是静默。

吴依光放下手机，随处走动，消遣内心那股融合着不满与困惑的情绪。等她停下脚步，抬头望见七班的招牌，她瞪大眼，潜意识仍渴望着找梦露问清一切。

吴依光背着双手，故作无心地张望，梦露坐在教室内，她握着手机，神情严肃，不知在做些什么。梦露似乎警觉到什么，她先是抚摸脖子、脸颊，几秒后，梦露转过头，对上吴依光的视线。梦露环视了一下身旁的同学，轻手轻脚地溜出教室。

吴依光屏住呼吸，开启对话，对不起，我不是故意要打扰你的。

梦露轻叹，说，不，该说对不起的人是我，我昨天放老师鸽子了。有些同学朝她们投来好奇的眼神。梦露不太自在地询问，我放学后再去找老师可以吗？

黄昏时分，梦露出现了。吴依光再次为自己唐突的打扰而致歉。梦露摇头，说，其实我的内心也很挣扎，老师的出现让我下定了决心，不管怎么样，我最好还是把内心在想的事情，至少说给一个大人听。虽然我跟老师只说过一次话，可是，我有一种感觉，除了老师以外，也没有谁是合适的人选。

吴依光吞了吞口水，问，为什么？她在梦露面前，一再地展示出慌张的样貌，梦露却认定她值得。梦露没有多想，直率地回答，老师，你好像真的很难过。吴依光虚弱地微笑，问，那梦露你觉得有人的难过是假的吗？

梦露抬头，说，很多人的难过都是假的，我分得出来，大家虽然讨论得很认真，但我觉得很多人只是沉浸在那种感觉而已。吴依光默默思索着这句话，半晌，她又问，也许我的难过也是假的，还记得上次我给你看的纸条吗？说不定里面写的是真的。我不是一位好老师。

梦露没有延续吴依光是不是一位好老师的话题，而是开启了另一个，老师，你猜，苏明绚想读什么科系？

吴依光回答，新闻系，苏明绚在课堂上有说过，班上的同学们也知道。

梦露摇了摇头，似乎早有预期吴依光会这么回答。她问，如果我告诉老师，苏明绚其实对新闻系没什么感觉，她只是不想要被问到志愿时，回答不知道。正好她堂姊读新闻系，苏明绚就把新闻系拿来当答案。老师会怎么想呢？

吴依光答，我会很纳闷，她为什么不直接说她不知道？

她还在想？

梦露吐出一口长气，点头，说，我问过苏明绚这个问题，我觉得明明不想做，或者没那么想做的事情，却一天到晚告诉别人这是自己的梦想，不是很虚伪吗？以我自己来说，我跟很多人说我想读中文系，中文系的确是我从小到大的梦想。

吴依光问，那苏明绚怎么回答呢？

梦露低下头，说，她说她喜不喜欢新闻系是一回事，最重要的是，她希望自己看起来是有梦想的人。梦露摸了摸鼻子，再次开口时，她的语句渗入明显的鼻音。梦露说，我很讨厌苏明绚这样，好假，我们每一次吵架都是为了差不多的事情。苏明绚很常跟我讲一句话，梦露，不是每个人都可以像你一样。这句话是我的地雷，根本是苏明绚自己太虚伪，为什么检讨的对象却是我。

梦露的胸膛剧烈起伏，眼眶在叙述的过程变得湿红。

吴依光从自己的座位上拿来一盒卫生纸。

梦露又问，老师，你有听过苏明绚唱歌吗？很少人知道她唱歌真的很好听。

吴依光整理了一下梦露的话，苏明绚不想让人觉得自己没有梦想。苏明绚拥有很好的歌声。时针一格一格递进，吴依光的胸窝有细火在烧，她很想这么提议，梦露，我们进入正题好吗？跟我说苏明绚在热音社遭遇了什么？或者你上次暗示的，她的家庭潜藏着什么阴暗？但她忍住了。

她只有梦露。

梦露说了下去，我第一次听到她唱歌，是跟齐物高中热音社的联谊。我们跟齐物热音是友社,成果发表也一起举办。升高二,干部交接完,我们会安排活动,让两社的干部互相认识。那天,我们一起吃了火锅,然后去唱歌,这几乎是固定的行程,每一届的学长姊都这么做,按照规定,不管怎样,每个人都得唱一首歌。苏明绚选宇多田光的 Automatic。有人用力鼓掌,说,苏明绚很敢。我没有听过这首歌,所以我没有什么反应。等苏明绚拿起麦克风,唱了三句,所有人都安静了,该说是天分?还是才华?总之,明绚有那样的东西,不是一点点,而是多到可以让人一下就感觉到,她跟我们是不同境界的程度。这样说很抽象,好后悔没有录音,谁想过苏明绚那么会唱歌?老师,你平常会听歌吗?

吴依光指着自己,确认梦露在问她,才回答,我很少听流行音乐,平常是听古典乐居多。我喜欢巴赫的无伴奏,你有听过吗?

梦露点了点头,我爸也很喜欢巴赫。

吴依光踟蹰了几秒钟,决定说得更完整,我父母很保守,电视只能拿来看新闻。我妈觉得流行音乐是靡靡之音,对小孩有不好的影响。我爸很喜欢古典乐,他每天起床第一件事就是放音乐。除了巴赫,也听德彪西、拉威尔跟帕赫贝尔。我自己最喜欢波丽露,如果那天醒来,听到我爸放了波丽露,我就会觉得那天是幸运日。后来,也不知道为什么,大概是腻了,反正,我爸不放音乐了。接着,我考上大学,搬进宿舍,想说终于自由了,大家听什么,我就听什么。可是,你有没有听过一个说法?人对音乐的品味十几岁就定型了。我好像不太适应流行音乐,特别是读书的时候,会觉得很烦躁。所以，我现在还是听古典乐居多。

梦露打量着吴依光，仿佛她好讶异眼前这位老师也年轻过，必须听从大人的指令。片刻，她才说，我大概知道老师在说什么，这几个月，我都在练成果发表的曲子，休息的时候，也只想听古典乐。不过，我还是要说，苏明绚的歌声……让人羡慕。

又绕回了苏明绚。

吴依光了解到，这是梦露选择的方式，她必须这么迂回、一再绕路，才能谈苏明绚这个人；她必须远着一段距离，才能说出她所认为的一切。

梦露调整了一下坐姿，说，苏明绚的贝斯也弹得很好，她很久没有练习，还是弹得比社团内两位贝斯手还要好。上一届社长交接时跟我说了一句话，我要学会把社员分类，为了音乐而来的，还有不是为了音乐而来的。有些人加入热音社，纯粹是为了成果发表那一天，站在舞台上，享受那种有人为自己尖叫的气氛。苏明绚高二才加入，我以为她也是那种人，算是刻板印象吧。不过，一听到苏明绚的演奏，我改变了想法，甚至觉得成果发表一定要找她一起。我们的指导老师茉莉说过，要证明自己多喜欢音乐，别用说的，直接用技术吧。苏明绚就是这样，她的技术说了一切。不只贝斯，有时请她代打吉他她也没有问题。

梦露停顿，又说，对了，老师，这两天我去找了一些社员，问她们是不是写了什么给热音社以外的人。我没有说是你，目前为止，没有人承认。

吴依光询问，你为什么想这样做？

梦露眼神一黯，表情有些痛苦，说，我跟苏明绚，这几个礼拜，为了成果发表闹得很不愉快，高二的社员或多或少有听说。我上次跟你说，很讨厌大家现在这样，说要寻找真相，其实只想划清界线。这几天我想了想，说不定最符合这个形容的人，就是我自己。就算我不认为我做的事有严重到会让人想要……可是，谁知道呢……有时候只是一件小事，心情就突然被毁了……

吴依光身子前倾，按住梦露剧烈发抖的身体。她说，梦露，等一下，先不要说了。没有奏效，吴依光施加力道，再次呼唤，梦露，梦露。

豆大的泪珠从梦露的眼角流了下来，她急促地换气，说，老师，我不是故意要骂苏明绚自私的，我只是再怎么样也撑不下去了，我太害怕了……

吴依光双手握着梦露的肩头，命令梦露看着自己，她说，梦露，我们先到此为止，好吗？你不必再说了。吴依光暗斥自己的莽撞，应该找简均筑一起的，即使这表示吴依光得事先向简均筑揭开自己的疮疤，吴依光愿意。

梦露对她的信任，她对简均筑也有。

在吴依光的坚持下，梦露喝了几口热茶。她放下杯子，说，我想要接着说下去。老师你不要担心，不说，我反而觉得更对不起苏明绚。

吴依光不再阻止，对不起是多么沉的情绪。

梦露叹了口气，说。事情是这样的，我想要退出这届的联合成果发表，两个月前我就有这样的想法，热音社练习的状况实在太糟了，社员不是请假，就是摸鱼。茉莉警告了好几次，说再这样下去，干脆取消成果发表，大家还是不为所动。我在热音社群组办了一场投票，问大家可以接受退出这个选项吗？赞成的人竟然占多数。

吴依光提问，可是，梦露，为什么得退出？就像你说的，有些学生只是想要享受那种气氛，为了好玩而上台难道不行吗？

梦露摇了摇头，以前大概可以，现在很难。上届，有一组学姊，她们不是认真练团的那种，就只是想留下有趣的回忆。没想到，有人录下她们的演出，上传到网络。网络留言很可怕，有人说这是车祸现场，也有人说什么高中就看得出来女人不适合玩团。更恐怖的是，有人人肉搜到学姊们的社群，公开了链接，其中一位学姊被根本没见过面的网友骚扰了好几天，躲在家哭了好久，也没来学校。

梦露擤出鼻水，闷闷地解释，茉莉说，那些网友在现实中大概是一群找不到成就感的鲁蛇[1]，只好把乐趣寄托在上网欺负女高中生。这件事导致一个副作用，我们这一届很多社员就觉得，上台变成一件很有压力的事情，本来的乐趣不见了。再来，上一届热音社算是红了吧，今年一定有更多网友想看我们出糗。大家宁愿取消，场地订金被没收，也不想冒险上台表演。身为社长，我有点难过，但也只能尊重。

吴依光斟酌了会儿，问，苏明绚应该不想退出吧？

梦露闭上双眼，脸上闪现沉痛的神情。她说，对，那是我唯一一次看到苏明绚生气，她说，练习这么久，不能在最

---

[1] 台湾地区的网络流行语，源自英文 loser，即失败者。

后一刻放弃。我那时也受够了，当场就爆炸了。我跟她说，不要说其他团了，我们自己的鼓手也心不在焉，苏明绚，别再自欺欺人了。看看四周、看看现实吧，想要成果发表的人只剩下你了。苏明绚问，梦露，你也不想？我说，对，我也不想。然后，苏明绚突然哭了。我吓了一跳。我一直觉得她是个很压抑的人、会把情绪藏起来的人。看她这样，我有点后悔，但，梦露哎了一声，说，另一方面我又很清楚，放弃是对的，我被成果发表这件事弄得吃不下、睡不着很久了，家人也不是很谅解。我应该要安慰苏明绚的，但我只是看着她，什么都没说，也没有伸手去拍拍她。我自己都快崩溃了，谁来安慰我？我猜，那个写纸条的人，说不定就是看到了这一幕，也或许是苏明绚亲自跟她说的。

吴依光问，你跟苏明绚在哪里谈这件事？

梦露坐直，想了一下，历史专科教室后面的走廊，平常很少人经过。我跟苏明绚约在那谈了三次，最后一次，是上上礼拜五。

吴依光数了一下日期，苏明绚坠楼前一个礼拜。

梦露的眼神增添了几分沮丧，一口气交代这么多，她的面容有些苍白。

吴依光寻思着她要怎么为整场对话画下句点。梦露又开口了，上上礼拜五，也是我们两个最后一次说话，苏明绚问我，就我们两个去参加不行吗？我们可以请齐物热音社的副社长支援，她是鼓手。苏明绚用几乎是拜托的语气跟我说话。她说，成果发表结束，就是暑假，人生只剩下考大学一件事，就不能唱完一首歌再升高三吗？她说的没什么不对，我却骂了她。我说，苏明绚，你有没有为我着想过？这次换我哭了。为了成果发表，我要跟齐物热音社开会、我要练习、跟厂商拉赞助、谈折扣，我一直在回讯息，根本没有时间读书。上一次段考，我考了二十三名。苏明绚是全班第五名，我跟她说，这就是证据，为了这件事我退步那么多，你却一点事也没有。你像个小孩哭哭啼啼，整天吵着要吃糖，却没想过我的未来该怎么办，如果你明年考上了最好的大学，我只有不怎么样的学校，你要为我负责吗？说到一半，打钟了。苏明绚看着我，我以为她会反驳我，但她只是说，对不起，她再也不会拿这件事烦我了。

吴依光听得喘不过气来。想象两名正值芳华、却被层层压力挤压得动弹不得的女孩，能够依赖的、倾诉的、伤害的，只剩下眼前的彼此。

她问，所以你们从上上礼拜五再也没说话了？

梦露揉了揉眼睛，点头，整个周末我们没说话，礼拜一、礼拜二也是，我想说冷静一下也好，我要处理报名补习班的事。我爸是医生，很反对我读中文系。我的姊姊也读其华女中，现在是医学系大五。我爸说就算我考不上医学系，也不应该去读中文系那种没有前途的科系。我接下热音社社长，他更是气疯了，整整半年几乎不跟我说话，算是放弃我了吧。我妈跟我姊想了个方法，她们要我保证，以台大中文系为目标，没考上的话，就乖乖改成读理科，重考。我只有一次机会。

梦露低下头，用双手捂着眼睛，再度哽咽，老师，我好后悔，想回到过去阻止自己跟苏明绚这样说话。苏明绚没有错，该做的每一件事她都做得很好，是我太没用，想放掉责任。如果今天是另一个人来当社长，说不定事情就不是这样了。

梦露描述的这个"热音社的苏明绚"，跟吴依光看了将近两年"班上的苏明绚"，重叠的范围极其有限。吴依光记得苏明绚坐在教室里的样子，低调，安静，眼神溜转，透露她的确在想着什么，但若目光不意与吴依光交错，苏明绚会倏地低下头，握着原子笔，在纸页写着什么。苏明绚不是个案。吴依光跟何舒凡说过，学生越来越像含羞草，一个眼神接触就能让她们紧张地缩起，等师长背过身，她们才自在地舒开。

苏明绚竟这般渴望舞台？集体的注目，难道不会灼伤她害羞的个性？

梦露的忏悔来到了尾声，她说，我猜写纸条的人，知道了这些事，她写热音社，指的是我。苏明绚会跳楼，说不定就是我害的……我有责任……

吴依光打断梦露，坚定地说，一张匿名的纸条不能代表什么。

梦露哭了起来，眼泪沿着脸颊滑落到透着淡青色泽的白皙手背上。她说，但我伤了苏明绚也是事实，明明我才是那个胆小的废物，却指责她在无理取闹。

仿佛有颗小石头滚入梦露的嘴里，她的呼吸混入咻咻的喘息。

再放任梦露自责下去，这个女孩的内心迟早也会培养出可怕的念头。

吴依光催促自己赶紧阻断这一切，情急之下，她抛出一句,梦露,你上一次不是有提到,苏明绚的家里……也有一些问题吗?

梦露眨了眨眼,苦笑,苏明绚只讲了一次家里的事,认真说,也没什么,我上次只是不想要热音社,或者说自己,成为老师怀疑的目标,才会这么说。

吴依光说,就算你觉得没什么,也请告诉我好吗?

梦露注视着吴依光,眨了几次眼,才点头答应。那又是另一件事了。几个月前,礼拜六,我们租场地练团。练到一半,鼓手回家上家教课,只剩下我跟苏明绚。我问她,花这么多时间练习,家里不会说话吗?我爸就会,他之前嘲笑我,担任社团干部,就算申请大学会加分,大考考不好,还不是没有意义?我告诉苏明绚,我很羡慕她,又会读书又会玩,好完美。苏明绚听完,说了一句话,我印象很深刻,她说,梦露,如果我爸妈也像你爸妈一样,那么认真地管我就好了。我想说,天啊,苏明绚,你在说什么,你没看到我被逼得快窒息了吗?可是她的表情,又不像是在跟我开玩笑。之后,我问苏明绚为什么要这样讲?她说,一时无聊,随口说说。苏明绚就是这样,每一次我觉得我好像有点靠近她了,她就会后退,把自己藏得更深。我也不能怎样,那是苏明绚的个性,她的自由。只是在她走了以后,我会想,我是不是太容易放弃了?说不定苏明绚希望我问下去?我有没有说过,苏明绚为了成果发表写了一首歌,这不是她第一次写歌,不过是第一次公开。本来那首歌是给我唱的,但我听了一下旋律跟歌词,觉得这首歌她来唱才对。我说,这次我当你的和声,苏明绚考虑了好几天才答应,但,最后我们两个人都没有上台唱那首歌,就这样结束了。

吴依光问,那是一首怎样的歌?

梦露摇头,那是苏明绚的作品,只有她可以谈那首歌。

18

梦露一走，吴依光瘫软在沙发上，筋疲力尽。该如何去衡量梦露所说的话？难道这就是真相？明天的告别式，若苏明绚的家属问起，她该怎么回答？可以交出梦露吗？不，不行，那太狡猾了。吴依光闭上眼，不再反对自己想起方于晴。

方于晴此刻在哪里？若目睹了自己跟梦露的对话，方于晴是否会露出她那招牌的、心高气傲的坏笑？时代不同了，钳制着年轻灵魂的工具，也在人们熟睡时悄悄更新到最新的版本。从前，这工具说，你不能为自己做主；如今，这工具说，你是你自己命运的主人。游戏规则依旧由金字塔顶端的一小撮人制定，然而，现在的学生，倘若生命没有活得丰盛，他们会一意孤行地想着：这全是我的错。

十几年前，其华女中的几位学生发起了短裤运动，顾名思义，争取的是穿短裤进出校园的权利。方于晴写了一张联署书，自掏腰包，请学校对面的影印行印出上千份，再请热音社社员至各班级宣传。一个礼拜后，方于晴回收了七百多份联署单，她以发起人的身份前往学务处。其中一张联署单，签着吴依光的名字。吴依光不在意这个议题，她私底下认为，学校制服裙子的设计，比运动短裤好看多了。

吴依光之所以参与，理由很简单，她想要方于晴看见她。

学校是一个微型社会，阶级无所不在。以其华女中来说，分类标准从外貌身材、成绩才艺，到身家背景，每个人的偏好、比重各有不同。但，吴依光相信，每个女孩都给方于晴保留了最好的位置。方于晴拥有少女们嫉妒得发狂，又不敢坦承的特质：她不在乎别人怎么看她。方于晴清楚自己的天生丽质，但她不自恋，她不介意扮丑，也不会对着镜子痴痴看着。教数学的班导，毫不遮掩他对方于晴的喜欢，时时在课堂上惋惜地说，方于晴再这样玩社团，升学考试就要完了。一日，班导又开启这个话题，方于晴没有如往常那样付诸一笑，她清亮的声音回荡于教室间，老师，班上有这么多学生，你怎么只找我说话？这很像骚扰。闻言，学生们停下抄写算式的手，不敢确定自己听见了什么。但从方于晴坚定不移的目光，以及班导脸上青一阵、白一阵的脸色，同学们才相信，啊……方于晴干了件大事。

班导咧嘴，撑起一个难看的怪笑，他问，方于晴，你以为你是谁？这样说话可以证明什么？你只是一个成绩很烂的坏学生。同学们相互打量，眼神传递着不安，和少许的刺激、兴奋。方于晴没有回应，她看着班导，不以为然的神情似乎在暗示着，再消耗下去，损失的人也不是她。班导嗤笑一声，转身面向黑板，写起下一道习题。

吴依光莫名地被自己所见的景象给撼动，她想，这个跟自己一样年纪的女孩，几乎可说是——成功抵御了成人的一次突袭。

吴依光一度幻想，考入其华女中，自由就不远了。再也没有人会一边拿着热熔胶或木板，一边数着她的成绩，计算该揍她几下。不过两三个月，吴依光碰触到现实，她只是从一只不起眼的笼子移动到金碧辉煌的笼子。开学第一天，大家摸着簇新制服的质料，时而傻笑，时而忧心忡忡，仿佛纳闷着为什么是自己坐在这里，穿着这身制服，而不是其他人？第一次段考，就传出有人作弊，吴依光得知消息后，最诚实的感触是：仅仅是段考，何苦？第二个学期，吴依光在课堂上会没来由地握不住笔，不知从何而来的热气钻入皮肤，让她口干舌燥。即使不断调整坐姿，仍觉得教室好挤、容不下她。吴依光花了一段时日才认清是什么情绪困扰着自己：愤怒。

整座校园弥散着战场前线的氛围：因着人们往往以大学学历认识一个人。高中生的"现在"，无可避免地，被不远的"未来"给预支、提领一空。

听到班导对方于晴说，你以为你是谁，那股深刻愤怒又找上门来。对，现在，此地，你是谁，一点也不重要。

方于晴是例外，她不妥协，执意要活在"现在"。

吴依光想，真好，方于晴是自由的，她更不必活在愤怒之中。

那次冲突过后，班导行为有些异常，在黑板上运写算式，也会猝然回头，仿佛玩着古老的游戏，一二三木头人。他的动机很清楚：他要确认没有人在嘲笑他。

很久很久以后，吴依光成了老师，这才懂得当年那位身材矮小、满脸痘疤的中年男子在做什么。老师的权威是约定俗成、不言自明的，人们相信老师的每一句话不仅代表他们自身，也象征久远之前，人类集体的智慧和心血，理应得到倾听与仰慕。方于晴那日的挑衅，不啻是动摇了上述的一切。她指出，知识，与传递知识的人，可以区别对待，敬仰前者，质疑后者，也不是不行。一旦台下的学生们起了这样的心思，老师这身份最大的不利也会浮上台面：老师，永远是班级的少数。

不受尊重的少数，在任何情况下都是危险的。

热音社在其华女中的定位向来矛盾。部分师长颇有微词，说有些音乐的歌词丧志，或含有色情元素，担心学生耳濡目染，危及身心发展。学生们亦是意见不一，有些人挖苦地说，想玩音乐，何必读其华女中？也有人认为热音社代表"理想"的校园生活，就像日本漫画，往往是以社团为背景，呈现青春期的各种面貌。方于晴身为热音社社长，却不曾表示她个人是如何看待这些说辞的。她的注意力只放在自己想做的事，短裤运动即为其一。这项联署，最冷漠的反而是同班同学，只有五个人参与。

有人散布着阴谋论，说方于晴根本是在借机欺负班导，她明知这样的倡议，会让班导被学校约谈。吴依光并不赞同，这个论点太小看方于晴了。她更不认为，班导在方于晴内心，占有如此关键的地位，使得方于晴愿意如此大费周章。

吴依光想起历史课的内容，老师说，古今中外，变法多以失败作收，越后期，失败概率越高，春秋的管仲、战国的李悝与商鞅、宋朝的王安石、明朝的张居正，以及清朝的戊戌变法。老师也说，下场凄惨的比比皆是。既得利益者的报复是不留情面的。

吴依光自知，拿方于晴的联署去和那些人物的变法做联想，有些夸张，但她的确从同学们暗中交换的耳语与眼神，隐约地闻到近似的、风雨欲来的气息。

吴依光参加了联署，这不是她的作风，然而，在她握着笔一横一竖写下自己的名字时，竟感受到久违的幸福，就像和王聪明一起，坐在长椅上喝奶茶。她交回联署单。方于晴说，谢啦，同学。吴依光在内心复诵了一次又一次，谢啦。

教官找方于晴约谈。另一位热音社成员，玛丽也跟了过去，玛丽走了一小段，折返，在吴依光的座位站定，说，吴依光，你也联署了不是吗？跟我们一起去吧。吴依光的心跳加速，耳膜隐隐作痛。她受宠若惊，该跟着一起去吗？吴依光慢慢站起，从外人的角度，以为她是回应玛丽，吴依光不这么想，她认为她是回应自己内在的指引。

吴依光不在乎短裤运动，但她相信，只要跟着方于晴，她就能找到离开笼子的方法，进而获得自由。那无以名状的、日夜消磨她的愤怒也会随之消失。这么一想，大量的肾上腺素灌入体内，吴依光有些陶然、晕眩，她似懂非懂，说不定这就是那些历史人物的追求，无论如何，你反抗过。你终于认清自己是一个怎样的人。

见到吴依光，萧教官眼底闪过诧异，他笑了笑，继续质问方于晴。你知道你读哪一所学校吧？方于晴没好气地回答，当然。萧教官又问，你是否明白这个联署会伤害到学校？方于晴闭了闭眼，似乎在抑制着什么，她反问，穿着短裤进出校园，哪里伤害到学校了？萧教官并没有被方于晴略为激动的语气给影响，好整以暇地问着，如果规矩改成可以穿着短裤自由进出校园，你就不会抗议了，对吧？

方于晴狐疑地瞅着教官，过了几秒才轻轻颔首。

萧教官再问，如果未来你的学妹发起另一个联署，主张要开放学生自己选择穿什么衣服上学的权利，包括便服，你觉得呢？规矩之所以称规矩，就是它一旦立在那，就不能去动。我再问一次，你们是否知道自己读哪一所学校？

萧教官的双眼紧紧锁着方于晴，见方于晴默不吭声，他冷哼，方同学，高二了，暑假结束，你要升上高三，待在学校的时间认真算来不到一年。你有没有想过，其华女中的历史有多久。

方于晴不答反问，那学生的自由呢？

萧教官倒回椅背，双手一摊，有些分量的肚腩给浅绿色衬衫撑起一道圆弧。他凉凉地说，多带一套衣物到学校更换很困难吗？有那么多种自由，你怎么只争取外表这种最肤浅、无聊的？你的书是读到哪里去了？回去翻课本，你告诉我，有哪一位在争取这种穿什么，不穿什么的自由？

闻言，方于晴眨了眨眼，说，教官，历史课本有教，清人入关，颁布了剃发令，两个城市的百姓因为拒绝遵守，而被屠杀。如果教官是对的，外表只是肤浅的、无聊的事情，这些人为什么会死呢？再说了，今天我们的主张并不极端，开放穿短裤进校园而已，我不明白为什么学校的态度要如此强硬。

吴依光努力咽下尖叫的冲动，方于晴这段说得太漂亮了。

萧教官安静了几秒钟，他微笑，双手环胸，瞄了一眼时间，换成慈蔼的语调，说，方同学，我看过你的成绩，八百多位学生，你可以考到七百多名。几年前，你也是应届国中生的前百分之一，不然怎么进得来其华女中，难道穿短裤，就是你在其华最想做的事情吗？既然如此，当初何必选择其华，去读别间学校就是。你现在穿着其华的制服，难道没有一点虚荣？

方于晴冷静地回应，这跟我们在说的事有什么关系？

萧教官一阵低笑，再次抬头，眼神多了同情。他说，怎么会没有关系？你要求改变其华女中几十年的规则，我们怎么能跳过这所学校的背景不谈？我问你们，只有成绩前百分之一的应届考生，才能读其华女中，不是也很不公平吗？每个人的资质又不一样，有人就是天生会读书。再来，其华女中为什么有今天的地位？就凭你们这些来来去去的学生？才不，是因为我们这些尊重传统跟典范的人。今天，就算要改变，也不是你这种占了便宜还卖乖的学生出面。校排七百多名，有什么代表性？

暗影不知不觉覆上方于晴的脸颊，玛丽打了个哆嗦，别过头去。

萧教官的眼神在三人之间徘徊，满足地叹气，你们都是聪明的女生，不要把天分浪费在这些没意义的小事，好好读书，成为体制内，可以改变规矩的人。这些纸你们要不要留着当纪念？萧教官指着那一叠联署书。

方于晴看着地板，说，谢谢教官，那些联署书就看学校要怎么处理吧，我们也该回去上课了。吴依光愕然地张嘴，就这样结束了吗？她还没有说上半句话。悲哀的感觉油然而生，她以为她们至少会动摇些什么。三人先后步出学务处，玛丽恨恨地说，等我们毕业，教官算什么，他也只有在学校才可以嚣张。

吴依光呼吸一紧，玛丽所说的，不也间接认同了教官的主张？她们迟早会离开这座校园，教官则会留在这所校园里，忠诚地守护着既有的法则与秩序。吴依光转头看着一道道围墙，再过不久，又有数百位，十五岁上下的少女们走入这座笼子。她们既是骄傲，又有些不安，制服摩擦着肌肤，担心落后的情绪笼罩着心头。

方于晴久久不语，泛红的眼眶则说明了她的确被萧教官的言语给击溃。

当晚，吴依光放下书包，一转进客厅，赫然见到母亲坐在餐桌，面前放着一台笔电。母亲阖上笔电，摘掉眼镜，冷冷地问，听说你今天跟同学去找教官？

吴依光瞪着双眼，她以为教官忽略了自己，殊不知是另有盘算。然而，从开始到结束，她只是呆立一旁，没有戏份，没有演出。母亲又问，你做这些事情的时候，有想过我们跟学校的关系吗？我跟你爸也是捐了不少钱。

吴依光其实想过，否则为什么玛丽要来拉拢她？她没有排除自己被视为棋子的可能，不过，换个角度想，方于晴跟玛丽也是她的棋子？

她偶尔也想破坏自己的人生，想逸出常轨，想知道自己还能成为怎样的人。

见吴依光不回话，母亲持续追问，你以为，如果没有这层身份，人家为什么找你？教官说你太笨了，被利用了还忠心耿耿。吴依光终于插嘴，她说，我没有被利用，我自己也想做这件事。母亲歪着头，打量着吴依光，发出一声冷笑，问，你是不是每一次大考前就非得找一两件事来闹？国中那个男的也是这样。

吴依光想了两秒，才听出母亲说的是王聪明，她的胸口像是有谁伸脚狠踹了一下，剧痛不堪。她瞪着母亲，说，所以你承认你有打电话去骚扰人家。

她模仿方于晴，使用"骚扰"这个字。

母亲笑了，她拍手，仿佛被逗乐。她神情欢快地说，是，我打了电话，那个男生跟你说的吧。我跟你说，那个男生比我以为的还不中用，我才说了几句，他就吓死了，说每一次都是你主动去找他。假如教官打电话去给那个热音社的同学，你信不信她也会说一样的话，是吴依光自己要跟的？吴依光，你太高估自己了，没有我跟你爸，你以为人家会找你吗？走出这个家门，你什么都不是。现在，回去房间读书，这次我不跟你计较。你最好停止跟那些不三不四的同学来往。剩不到一年你就要考大学了。

吴依光扛起沉甸甸的书包走进房间。巧合的是，明日早自习有历史小考。吴依光想起历史老师对那些人物的赞美，纵使晚景凄凉，他们也曾鲜衣怒马。

而她们除了耻辱，竟一无所获。

19

方于晴跟玛丽再也没和吴依光搭话,不仅如此,她们若有似无地避着吴依光。吴依光想不透缘由,也许,母亲是对的,她们未曾把吴依光视为同伙。

暑假来临,有学生说自己在图书馆一隅,目睹方于晴跟玛丽埋首苦读。吴依光想,到最后,大家还是会回到笼子内,乖乖就位。最终的胜利属于教官跟母亲。

没有人站在她身边。

深夜,万籁俱寂,吴依光躺在床上,望着天花板,胡思乱想。

她想起黄同学,梦梦,王聪明。这些她嫉妒过、憧憬过、爱过的人,结局只剩下形同陌路。此际,除了愤怒,她还感到无尽的绝望。再这样下去,她就要长大了,吴依光没有信心自己得以适应社会。她没把握自己能顺利变成和父母一样的大人。

吴依光想起早逝的吕同学,他的面貌、心灵停留在少年,多么美丽的永恒。假若明天就是她的葬礼……吴依光勾勒起父母的反应,她想看见两人指着彼此咆哮,指责对方错过了什么,或是哪里干涉太多。她更想看见两人懊悔的眼泪。

吴依光认为她跟她的父母之间,最强烈的情感无非亏欠。早在七八岁的时候，吴依光就依稀意识到，她的父母心中住着一个"更好、更优秀的吴依光"。母亲这个倾向又特别严重，母亲看着她时，不仅仅是看着她，母亲也在比对两个版本的差异。就像艺术家观察着眼前的原石，脑中有一个天衣无缝的想象。

吴依光尝试过，让自己靠近那想象，但她太笨、太脆弱、感情又太多，注定成为不了父母心中的完美孩子。吴依光想过，假设父母生下另一个"吴依光"，而不是她，是不是每个人都会快乐许多？这个孩子聪明，懂事，遵守所有的规矩，从不叫人烦恼或失望。这个幻想如此清晰，以至于吴依光也被说服了：论顺序，是她先对不起她的父母——他们本应值得更好的小孩。

不过，吴依光至少能宣告到此为止，从今以后，谁也不欠谁了。

她想，就活到十八岁生日前夕吧。她的死亡将令每个人、每件事，回到应有的位置。不该出生的，回到宛若不曾出生的状态。不能被社会接纳的，就提早汰除。所有的错置一笔勾销。这是她所能想见，最完整、也最有诚意的偿还。

生命开始倒数，吴依光反而感受，生命，生命不断地朝她而来，以心脏在胸腔里扑通作响的形式，以闻到某种气味会打喷嚏的形式，以天边有一朵云飘过而她注意到了的形式。她想起人们曾经议论名人的自杀，那时，她也不懂，那些坐拥豪宅、开着敞篷跑车、身穿高级定制服走红地毯的明星，为什么舍得结束生命？如今，吴依光都明白了，人在决定死亡的当下，内心自然有苦楚，不过，也有意想不到的安然，那些把他逼往死路的念头，再也伤不了他了。

模拟考的数学考差了，英文将近满分，吴依光不哭也不笑。全都要结束了，她再也不必勤劳地清算自己拥有什么、不拥有什么。

母亲怪罪她，补习班给她上课的是一流名师，数学怎么还是起起落落。吴依光说，对不起，你放心，我大考不会失常。母亲凝视着她，良久，说，你最好知道自己在做什么。吴依光走回房间，掩上门，倒在床上，想，没有下一次了。

不舍的情绪也与日俱增，如果每一天都如此快乐、无忧，还有必要去死吗？吴依光考虑了一下，死亡仍是必要的，她之所以能沉浸在分分秒秒的物景幻化，幸免于恐惧，幸免于忧伤，是因为她再也不必担心自己未能活成某种模样。

世界再大，她也只想在蛹里寂静地长眠。

一眨眼，生日近了，天色清朗，凉风吹拂，柔软的汗毛根根竖立。英文老师发下成绩单，吴依光没有瞧上一眼，对折，塞入书包。老师又拿起一沓试卷，交代，大考将至，学生们的精神必须旋紧，再旋紧，苦读这么久，不就是为了上考场的那一天？吴依光低头作答，写到一半，眼角余光有双黑色跟鞋，视线上延，是紫黑色丝袜。

吴依光昂起脸，问，怎么了吗？老师亲切问，吴同学，听说你要考法律系跟国贸系？这两个科系的录取分数都很高，你对自己的标准也要设高一点，好比说，考卷上的单词你现在应该要马上拼出来才对。

吴依光不记得自己说过那样的话，然而，她也不必纠正老师的误解。吴依光谢了英文老师，心思回到考卷上。接下来几堂课，吴依光笔记没漏抄一个字，老师们在讲台上说着过时的冷笑话，她随着周围同学一同笑出声来。

晚餐，吴依光没怎么吃，她看着父母，特别是母亲。她想，多少人不晓得自己正在经历着最后一次见面，我却知道。餐桌气氛沉默，几乎是冷了。母亲说，吃饭时不要说话，否则别人会看见你嘴巴里嚼烂的饭菜。除非梅姨带着乔伊丝跟爱琳回来，母亲才会通融。这个家里有不少例外是为了梅姨与她两个女儿设定的。

仔细端详，吴依光想，原来我的父母长这样，吴家鹏有英挺的鼻子，深刻的双眼皮让他多了分稳重，嘴唇跟鼻子相比，略小，也略薄。至于母亲，餐桌灯光的照耀下，黑发里的银丝闪烁着细细的光泽。她今天穿着 Ralph Lauren 的深蓝色衬衫，搭配 AllSaints 的西装长裤，银色眼影有点糊了，珍珠耳环尚未卸下。

吴依光想象母亲在会议室里，不苟言笑，快速地翻阅企划书。她底下的员工是怎么看她的呢？他们是否也害怕向她说明自己内心最诚实的看法？

还是说，正好相反，他们爱惨了她，认为她领导有方？吴依光见过母亲反复观看一支影片，十几位下属为她录制的，目的是恭喜母亲升迁。镜头前的人们似乎发自内心地喜欢母亲。有一个目测三十左右的男人说到哽咽，他说，遇到这么明理的主管，是他这几年来最幸运的事情。吴依光下意识地蹙眉，视线移向母亲，她没想过母亲不是母亲的时候，有人这么需要她，甚至是爱她。

再一次地，吴依光告诉自己，那不重要了。无论答案为何,都不能减轻你的痛苦。她小口小口把碗里的汤给喝完,起身,移动到流理台,刷净碗筷。她说,我要继续读书了。吴家鹏嗯了一声。母亲吞下嘴里的汤,说,去吧。

吴依光打开桌灯,在信纸上写起了遗书。她写了一行字,撕掉,换上了一张空白的,写了两段,又撕掉。吴依光发现,她越是企图描述那些让她抑郁的情境,那些情境就越缩小,成了一段苍白幼稚的呻吟。有孩童营养不良而挺着鼓鼓的大肚子。有癌症患者烦恼着是否要截肢。有难民流离失所。有人为了医药钱而犯罪。这些人用尽手段要活下去,有得吃,有得住,好手好脚的我却打算杀死自己。

只因我恒常感到空虚、不快乐,也不相信有谁舍得无条件地爱我。

吴依光放下笔,撑着头苦思。没多久,她看见自己犯的错,死亡是她的,她不必苦苦地说服谁,好证明自己有资格这么做。但,吴依光还是想留下些什么,也只有这个情境,她再怎么无理取闹,世人也必须当成一回事,好生倾听。吴依光写下一句话,**世界太美了,可惜不值得**。写完之后,她以笔盒将那张纸压在桌面上。

事情要成真了,吴依光竟有哭泣的欲望。这就是孤独的尽头吧?好黑,所有的光都止步了。从什么时候开始,死亡成了一个选项?吴依光想不出一个确切的时间点,她只知道,她想这么做,她想从这不完美的、暧昧的、伤人的生命中解脱……

十点,吴依光起身,走出房间,找着母亲,说出拟好的谎言,同学跟她借了讲义,亲自拿来社区交还,她得下去一趟。母亲从一沓报告书抬起头,说,很晚了,你不要让人家等太久。吴依光看着母亲,眼睛一热。她打起精神,说,好,那我走了。

吴依光才靠近门口,就听到一道熟悉、但意外的人声。梅姨。

她推开门,探头,见着吴依光,堆出灿笑,说,嗨,宝贝,你好吗?梅姨的身后立着两只二十八英寸行李箱。吴依光吃惊地问,梅姨,你怎么突然回来了?

搭乘了十几个钟头的航班,梅姨的嘴唇稍微脱皮,即使如此,她还是递出一个绑着缎带的纸盒,说,我不是有个认识二十几年的好朋友吗?她的女儿结婚,我怎么样也得回来。不过,最重要的是你。在美国,有时差,我老是最晚一个祝你生日快乐的,可是十八岁是成年,意义不一样。我这次要当第一个。亲爱的依光,祝你生日快乐。

梅姨走进玄关,双手打着节拍,唱起生日快乐歌。

吴依光一个心软,时针就荡了过去。她的计划功亏一篑。

吴依光就这样长成了大人。

20

星期五，吴依光一如平日，七点二十五分来到自己的座位。她拿起保温瓶，走到茶水间，打算装一些热水。何舒凡从身后唤住她，吴依光转身，何舒凡急促地开口，噢，不，看你这样子，我猜你还不知道。

吴依光反问，我要知道什么？何舒凡抚着胸，视线投往另一个方向，许主任从另一端走过来，他双颊涨红，上气不接下气，想必经历了一段小跑步。

许主任扶着膝盖喘气，问，吴老师，你看到网络上那篇文章了吗？

见许主任和何舒凡一脸惊慌，吴依光感觉到胸腔被什么给挤压着，她得用力才能吸进足够的空气。她局促地回答，对不起，我不知道什么文章。

许主任看着何舒凡，示意这件事由她处理。

何舒凡拿出手机，点了几下，递给吴依光。那是一篇社论，标题为"网络原生代的心理健康问题"。作者援引近年内青少年坠楼的案例，分析他们的心理健康，正暴露于怎样的险境。其中，苏明绚被作者划分在"资优生"一栏，代号是其华高中 S 生。

何舒凡清了清喉咙，提醒吴依光，重点不在文章本身，而是底下的留言。

网友们在留言区分成两派。有人说，没有严酷的考验，心灵无从成长，现在的青少年被惯坏了，个个是玻璃心、忧郁症；也有人说，旧时代，人们其实活得更不快乐，但那时的社会不允许人们坦白自己的负面情绪。

许主任跟何舒凡的目光不曾从吴依光的脸上转移，她想，留言里必然躲着一头猛兽。才这样猜，吴依光就看到了那行讯息。**S生的班级，一年级有人被霸凌到休学，不到一年又有人跳楼。学校不打算负责吗？**留言的账号是"零"，大头贴空白，点进去个人页面，不出预料，亦是一片空白。人们追问零，要求他透露更多信息。其中一则留言令吴依光腹部一拧。"我女儿也读其华，她说，校内都在传这件事。我女儿的国文也是给S生的班导教的，她说老师还算认真，只是个性很无聊。"

吴依光反刍着"无聊"这两个字，不知道为什么，她更放不下这个评价，这两个字仿佛从基本否定了她教书的资格：吸引不了学生。

她把手机还给何舒凡，问，从哪里看到的？何舒凡答，我姊给的，我的外甥女最近在叛逆期，整个人阴阳怪气，我姊跟姊夫最近很在意这个议题。再加上我在其华女中教书，她就理所当然把文章转给我了。

许主任凑近，问，这个零是谁？吴老师，我看你班上学生的概率最大，你快想一下。许主任那令人眼花缭乱的招牌手势又登场了。

吴依光盘整着脑中纠缠的思绪，零，说不定跟写纸条的人是同一个，或者同一群人。等等，不，吴依光脑中闪起另一个人名，王澄忆。她有充分的动机。

过去几个月，吴依光几度挣扎，是否要拨打电话，问候王澄忆休学之后的近况，但她始终做不到。她害怕王澄忆亲口证实，自己离开学校的原因包含对吴依光的失望。

吴依光咬牙，告诉许主任，我不想要这样怀疑自己的学生。

许主任斜看吴依光一眼，说，吴老师，你都已经被贴上"不适任老师"的标签，学校更是被拖下水，要求负责，你怎么到现在还觉得自己的想法很重要？我都不想说你，怎么带班的，可以弄到学生休学？王澄忆这个学生去年是怎么了？我记得我请丧假的那几天，学校有出一件大事，洪教官替我处理了，不会就是这学生吧。

一时半刻，吴依光说不出一句话。她没有一天不想起这个名字，特别是淋浴时，热气蒸腾，视线模糊，深埋在体内的思绪无声地涌动。吴依光反复自问，再来一次她是否留得住这女孩？她是否能说服王澄忆，你所经历的痛苦，终有消散的一天？无论吴依光在脑海里怎么演算所有她想得到的处置，就是列不出和平落幕的结局。

手机响起，吴依光盯着那一串没见过的号码，是记者吗？这年代，所有的隐私都有人愿意出卖，要买到她的资料想必不算困难。铃声一声接着一声，许主任的脸色益发沉重，似乎被眼前诡谲的气氛弄得很烦躁，吴依光心一横，按下接听键。

来电者就是王澄忆，更正确地说，是他的父亲。吴依光脑袋还在消化这样的巧合，男子又提出令她不敢置信的请求，王澄忆想参加苏明绚的告别式。下一秒，吴依光听到王澄忆轻柔的声音，她说，爸爸，接下来换我跟老师说吧。

王澄忆接过了电话，老师，好久不见，我是王澄忆，听说明天就是苏明绚的告别式，请问老师可以告诉我时间、地点吗？吴依光心跳加快，她没有想过自己会再次跟王澄忆有所联系，且是在这样的场合。王澄忆，苏明绚，她教学生涯最刻骨铭心的两个名字。说不准王澄忆真是"零"，她的现身是迟来的讨伐。

吴依光咽下口水，刻意冷静地问，王澄忆，你最近好吗？是这样的，苏同学的家人不想太声张，告别式主要是给亲近的朋友……

王澄忆不慌不忙地解释，老师，我跟苏明绚高一没说几句话是真的。可是，我休学在家的这一年，苏明绚时常来看我，她也是班上唯一来看我的人。

王澄忆休学之后，吴依光未曾前去拜访，一次也没有。

吴依光听见自己颤抖的声音，你说苏明绚去找过你？

王澄忆沉默了几秒，回答，对，苏明绚来找过我好几次。所以，我可以出席她的告别式吧？我想要好好地跟她说再见。

通话一结束，吴依光径自蹲下身子，把脸埋入掌心，用力地呼吸。她认为自己随时就要昏厥。她必须好好地照顾自己。耳边响起何舒凡的声音，许主任，请你把那句怎么带班的给收回去。不是只有学生的感受才是感受，我们老师的心也是肉做的……

21

女校，所有对少女们的青睐、钟爱、偏见、刻板印象，都会在这个场域得到数倍的放大。吴依光跟何舒凡发明了一个专有名词，来形容女校常见的一种文化——挚友——意指女孩间特殊的情谊。人们常定义爱情是封闭的，友谊是开放的，挚友介于之间，它被归类在友谊，展现出来的质地却接近一对一。青春期的女孩是化学课教过的碱金属，柔软，易于切割，活性极大，给她们一点热就足以沸腾、熔化。

女孩只有自己的时候，格外不稳定。她们更倾向结伴。所以，女孩们随时随地都在察言观色，生怕落单、被孤立。用餐、上厕所、去福利社买包卫生棉，也非得揽着谁的手臂，摩肩而行，好像一窝雏鸟，借用彼此的体温才能熬过青涩的日子。

有些女孩不在意自己有没有"挚友"，她们或者把独处视为乐趣，或者她们早已看清所有的人际都是一场磨耗。吴依光就读其华女中时，身边没有"挚友"。这是她有意的安排，她不想增加母亲手上的人质。她失去过太多。

而王澄忆事件，吴依光事后的归纳是：有时，群体必须排除一个人，才能维持运作。王澄忆就是在那个时间点，一年三班这个群体决定要排除的人。

带头的人是徐锦瑟，王澄忆一度认定为"挚友"的人。

常曰名字是父母对孩子的第一个祝福。吴依光第一次点名，也忍不住多瞅了徐锦瑟几秒，问，你这名字怎么来的。徐锦瑟答得从容，像是回答了上百次。她说，我的父母在给我和我哥取名字时，各自挑了最喜欢的一首诗。

徐锦瑟四肢修长，乌黑的长发束成高高的马尾。她的头型和五官都很出色，饱满的额头，大眼，直挺的鼻，粉润的嘴唇，困扰多数青少年的粉刺、青春痘问题，独独饶过了她，她的皮肤细滑如搪瓷。徐锦瑟的眉宇间有淡淡的英气，一开口却是略稠的娃娃音，这个女孩，吴依光在心中默叹，她不知道要迷倒多少人。

吴依光好奇徐锦瑟手足的名字，但她没有过问。她有预感，不远的未来，徐锦瑟会得到同侪、师长一致的偏爱，所有女孩向往的特质，都能在徐锦瑟身上找到。身为班导，她最好不要对徐锦瑟表现出太多的兴趣，为了徐锦瑟好，也为了她好。

几天后，吴依光认识了徐锦瑟的父亲，徐远宁。在大学任教的徐远宁，自愿担任家长委员。吴依光就读其华女中时，吴家鹏担任过两届副会长，就她所知，三年下来，她父母陆续捐给学校的钱，等值于一枚一克拉钻戒。学期才过了一半，徐远宁的贡献就追过了吴依光的父母。其华女中正好迎上建校百年，校庆的规模、排场连跳三级，支出连带倍增。刘校长从学期初，就向家长委员会明示暗示今年筹款的压力。徐远宁不仅个人捐出一大笔数字，还透过直接、间接的人脉，募来几笔大额捐款。开场的知名女歌手，经纪人跟徐远宁是旧识，开价远低于行情。刘校长不止一次，当众表示她对徐远宁的感激之情，说，有这样的学生家长，是其华女中的福气。徐远宁则不着痕迹地把主角绕到女儿身上，说，一切要归功于徐锦瑟，如果不是她会读书，他这个做父亲的，再怎么想为学校付出，也师出无名。

徐锦瑟的确会读书。读书以外的部分，她更是亮眼得让人心碎。

第一次段考，徐锦瑟第三名，国文英文是全班最高分。同一时间，吴依光从其他学生口中得知，徐锦瑟在社群媒体的账号有上万人追踪，有人称她"小网红"。

吴依光偶尔会看见徐锦瑟拿出迪奥唇膏，就着手里的小方镜，轻巧地补妆，或是拿起梳子，把刘海一根一根梳理到最恰到好处的位置。吴依光本来以为，这不过是某种自恋，徐锦瑟实在太美了。有一天，她目睹一名学生，手机对准静静翻着书页的徐锦瑟，没有过问，径行按下拍摄。事后，她私下问徐锦瑟，你不介意吗？徐锦瑟说，要阻止是阻止不完的，反正她也习惯了，就给大家拍吧。吴依光这才后知后觉，自恋只解释了一半，另一半是，徐锦瑟似乎认为她的美不只属于自己。

许多女孩巴望着与徐锦瑟结为"挚友"，但在吴依光眼中，她们多成了"跟班"，没有更适切的称谓。不管到哪儿，这些女孩都紧跟在徐锦瑟一步之后，脸上挂着迎合的微笑。徐锦瑟跟每个"跟班"都维持差不多的交情，不特别亲近、疏远谁。

徐锦瑟很少在周记内提及她和跟班们做了什么，她倾向写跟家人的相处情形。徐锦瑟有个融洽的家庭。倒是跟班们，徐锦瑟是她们周记的要角，徐锦瑟吃了什么，说了什么，用的是哪一牌的沐浴乳，都能化为书写的题材。徐锦瑟是发光的恒星，其他女孩是绕着恒星周转的行星。其中，吴依光在王澄忆对徐锦瑟的侧写，读到某种情意，但她没有放在心上，这个时代，什么感情都不奇怪。

吴依光读其华女中时，爱情，像泳池里的生菌数，必须严加管控、抑制。辅导老师说，女生的首要是"贞洁"。同学们听得出神，部分是她们已从言情小说，隐晦地理解到有些快乐，来自抛弃贞洁。部分是她们讨厌辅导老师。

有人在背后喊辅导老师"山怪"。大鼻、厚唇、肥脸、厚重的方框眼镜之后，是一双突兀的小眼睛。她终年穿着长及脚踝的裙子，显得更加无精打采。除了贞洁，她另一个主要的论述是，女校会催生出奇特的风土病，也就是同性爱。记忆中，她对学生是这么说的：你们正处于青春期，情窦初开，身边又没有差不多年纪的男生。有时，难免会混淆，以为自己好像爱上了身边的同学，我要特地提醒你们，这只是一时的错乱。说到这儿，辅导老师别有深意地朝着体育股长的方向看了一眼，继续说下去，等你们上大学，班上有男同学，你们就会好起来了，所以最好不要随便就跟同学说什么，喜欢啊，爱啊。你们会后悔的。

吴依光想不起体育股长的名字跟座号，只记得她经营着一个叫"拉子社"的地下社团,社员会在厕所里张贴小广告，像是"你相信女生之间，不只友情吗"之类的句子。这些广告贴在那儿不到一天,就会被撕除。没有人承认是自己做的,包括教官。

根据辅导老师的理论,体育股长只是害起了一场短暂的高烧,换个环境,这病就好了。好多年后,吴依光见着社会上形形色色的人,这才如梦初醒,辅导老师错了,很多时候,爱,就只是爱。

徐锦瑟和王澄忆的情谊在寒假生变。王澄忆回到学校,察觉自己被逐出跟班的行列,她一凑近,徐锦瑟与跟班们就转身、走远。几天后,其他同学也选了边站。吴依光在走廊上、教室里各自撞见几次,王澄忆走路时,一些学生会刻意后退,或者别过头,以免跟王澄忆有互动。吴依光一头雾水,她记得王澄忆之前与班上同学交情不恶。王澄忆甚至是"跟班"里相对受徐锦瑟重视的角色,徐锦瑟最常互传讯息的人,就是王澄忆。吴依光有时写完板书,转过身,只见王澄忆、徐锦瑟两人捂着嘴,低头憋笑。吴依光只能没好气地提醒,同学,上课尽量不要使用手机。

一个礼拜后,王澄忆在周记里大吐苦水,**锦瑟不理我,我好难过好难过**⋯⋯第一时间,吴依光没有太视为一回事。友谊的质变在高中校园并不罕见,吴依光先前也安抚过几位,与朋友失和而难过到不能上课的学生。吴依光写下几句建议,像是,王澄忆不妨去找班上其他同学聊天。接着,她抽出另一本周记,读了起来。

吴依光忽略了一件事,对方是徐锦瑟。

安迪·沃霍尔曾经预言:"在未来,每个人都有闻名于世的十五分钟。"他口中的"未来",就是徐锦瑟的"现在"。

王澄忆被群体视若无睹的那个月，更多人看见徐锦瑟。徐锦瑟上传了一张照片，她咬着吸管，对着窗外发呆。一位跟班给她拍的。

徐锦瑟本身五官立体、精致，但在照片里，她的神韵比平日多了那么一点深邃、一点忧愁，混合着女孩的清新与女人的世故，身上的制服也暗示了她有颗聪明的脑袋。那张照片在网络上疯传，徐锦瑟一个礼拜多了七八千名追踪者[1]。

吴依光联想到很久以前，大学通识课介绍的黑洞。徐锦瑟的名气如同质量，拥有弯曲周围空间的能力。下课时间，学生们在三班门口徘徊。她们说，想看现实的徐锦瑟是不是长得跟照片一样漂亮。更进一步的目标是，想和徐锦瑟合照一张。

至于三班的学生，越来越喜欢贴着徐锦瑟，制造互动。徐锦瑟曾上传她跟一位同学的合照，两人脸贴着脸，双眼紧闭，抿嘴微笑。三千人按了"喜欢"。那位同学兴奋尖叫，说这是她人生中最风光的一刻。

徐锦瑟随意扔弃的面包屑，都能喂饱一位平凡女孩的虚荣心。到后来，她不经意的动和静，都会被视为某种安排，具有神秘的意旨。

一日，方维维与另一位林同学结伴前来，方维维再三回头看，仿佛在确认自己的行踪没有落入谁的眼线。方维维问，老师，你有注意到大家最近怎么对王澄忆吗？吴依光吞了吞口水，反问方维维，事情的全貌，她掌握了几分？

---

[1] 台湾地区网络用语，指社交媒体的粉丝。

方维维后退一步,摇头,她始终挤不到徐锦瑟身边,手上的信息,不过只是一些从网络搜集的线索,不会比其他人齐全。吴依光一头雾水,问,网络?方维维深吸一口气,描述起开学不久,那则让全班陷入躁动的留言。

深夜,徐锦瑟发了一则动态,不要再说我是人生胜利组,我在学校遇到了很痛苦的事……希望高二不要再跟那个人同班了。当晚,一半以上的同学收到了这则动态的截图,包括方维维。女孩们抽丝剥茧,判定这句话所指的对象是王澄忆。女孩们进一步推理,个性直率的徐锦瑟,使用了"痛苦"这样强烈的字眼,表示两人并非纯粹的渐行渐远,王澄忆有可能对徐锦瑟做了什么。

即使徐锦瑟并未要求,女孩们依然献上自己的忠诚:加入孤立王澄忆的队伍。

事后,没有人承认自己是受到徐锦瑟的操弄、暗示。最常见的说法是,喜欢,就像她们在徐锦瑟社群上的相片按了喜欢,她们在现实里也这么做,喜欢徐锦瑟这个人,想为她做些什么。若彻底忽略她们轻描淡写的"什么",就是对王澄忆使用冷暴力,吴依光或许会认同这样子的支持是可爱的,也是珍贵的。

她问方维维,你们有没有问徐锦瑟,她说的是王澄忆吗?两名女孩交换了一个眼神,方维维抬手拱林同学的手臂,林同学急促地回答,徐锦瑟是用限动回应的,不适合去问她。吴依光犹豫地问,限动?方维维花了几分钟解释,吴依光才认知到这个名词是"限时动态"的简称,使用者发布的内容会在二十四小时内自动消失;其他使用者对这则动态的回应,会以私讯的形式传送,也就是说,其他人看不到之间的互动。

吴依光又问,为什么限动就不能去问徐锦瑟?话一脱口,吴依光有些赧然,她跟学生的立场颠倒过来,掌握知识的是学生,背着注释的人是她。方维维再一次说明,限动是以"一天之后就消失"为前提,认真的话,就失去限动的本意了。吴依光反问,既然如此,怎么大家会决定不跟王澄忆说话呢?你们都认真了,对吧。

两位女孩面面相觑、不发一语,吴依光只好再问,这个限动,你们不是说有截图吗?我需要证据。方维维先反应了过来,她复述,证据?对不起,我们不能把截图给老师,老师如果之后拿这截图去问徐锦瑟,徐锦瑟就会怀疑是谁告密的。

林同学点头,十分认同方维维的主张。

吴依光摇头,轻叹,问,这样我能做什么?方维维有些激动地说,我们来找老师,已经很不容易了……其他的部分,不是应该要……方维维就此打住,吴依光明白了她的意思,方维维没说错,这是她的职责。两位女孩做得够多了。

从前,一旦放学,学生们鱼贯走出教室,所谓的"班级"也随之解散,成了一个虚词。在这样的时刻,不会有人觉得老师仍负有义务,得去顾虑学生的安危。直到翌日清晨,学生们一个接一个走入校园,"班级"回归完整,老师的管辖才又开始。如今,放学之后,班级并未随之解散。班级群组二十四小时都有人回话,老师的责任不自觉地随之延长。

两年前,晚上十一点,吴依光被一位家长的来电吵醒,接起之后,男子先是致歉,说,女儿太害羞,不敢问同学明天段考国文的默写范围。话锋一转,男子解释,他有先传讯息给老师,见老师迟迟未读,才不得不致电。

吴依光从此不敢确定,放学了,自己是否仍得扮演"老师"的角色?待王澄忆的风波浮上台面,很多人怀疑是吴依光没有及时阻止,吴依光一度也认定自己失职。不过,等她厘清顺序,又陷入迷惘:整起霸凌是在 Instagram[1] 上启动、延烧,校园只是中间的广告。Instagram 是吴依光陌生、又难以参与的领域;甚至,学生们密谈时,吴依光已沉沉睡去。吴依光承认自己得负责任,不过,一个人应负的责任,难道不应该和他知情的范围重叠吗?她要怎么为她看不见的事情负责?

期末考前,王澄忆请假天数大幅增加,假卡上有父亲签名和医生证明,肠胃溃疡。吴依光询问王澄忆身体近况,王澄忆回,她没事,只是天生肠胃不好而已。吴依光还想再问,王澄忆却面露畏缩,好似在提醒,请别这么做。

吴依光只好在假单盖上自己的印章。

稍晚,吴依光跟何舒凡一同前往学校附近新开张的餐厅。何舒凡先是赞美餐厅提供的生菜沙拉很新鲜,萝蔓叶即使不蘸搭配的蓝莓酱,也很清甜、爽脆。主餐端上,何舒凡又分了一块鲈鱼给吴依光,劝她多吃点。吴依光配合地切了一小块,放进嘴里,说,自己最近的确没什么食欲。闻言,

---

[1] 社交软件,主要用来分享图片和视频。

何舒凡放下叉子，拿起餐巾纸揩掉嘴角的酱汁，问，王澄忆的事，你打算怎么做？她再这样请假下去……

吴依光也放下叉子，回，我问过王澄忆了，她说，什么事都没有，如果今天学生没有处理的意愿，那老师能做的很有限。何舒凡摇了摇头，表情既有踌躇，也有担忧，她说，依光，我们一起进修过沟通的课程……你知道，学生没有说的部分才是……吴依光打断何舒凡，或许是餐厅的音乐太抒情，或许是她的确无计可施，深埋内心的话一股脑翻了出来，我知道，我们有去进修，可是现在的情况很复杂，跟我们在课堂上学的不太一样，时代的变化太快了……何舒凡，你知道什么是限动吗？

何舒凡眉心一折，回，大概知道，就一个功能。我很少使用。

吴依光烦躁起来，拍了拍额头，说，没事了，你放心，我会处理好的。

吴依光独自走在街道上，昏黄的灯光染开了她的影子。她没有搭公交车，而是踩着细碎的步伐前进。有些街口的灯忽明忽暗，吴依光一点也不惊慌，她想，我要烦恼的事情太多了，不差这几盏破灯。

吴依光停下脚步，发现自己走在另一个家的方向，也就是那个她千方百计逃离的、有母亲的那个家。吴依光硬生生转过身，拦下一辆出租车，回到有谢维哲的那个家。父母，谢维哲，爱她但会伤害她的，不爱她但也不至于伤害她的，吴依光选择后者。

殊不知，再过几个月，百合就要来了。

吴依光褪下鞋子，在玄关呆坐好久，才若有所思地站起。谢维哲在主卧室，睡得香甜，他明天一早有个会议。吴依光简单盥洗，爬上床，吞了一片药，尽量不制造声响地把自己的棉被往上拉。脑中再次播映几个钟头前跟何舒凡的对话，但在涣散的意识里，画面很是模糊、宛若映像管时代，电视荧幕的粗颗粒质地。吴依光感觉自己的思绪被何舒凡的一句话困住了，动弹不得，何舒凡定义这是"王澄忆的问题"。

但，真的吗？为什么这不是"徐锦瑟的问题"？徐锦瑟才是始作俑者。在她即将坠入梦乡之前，吴依光想，她得换个方向，她要亲自和徐锦瑟谈。

偏偏王澄忆抢快一拍，率先动作，她的行为让整件事有了更鲜明的视觉，人们谈起这件事，无不想起徐锦瑟额上的鲜血。

22

其华女中的游泳池位于地下一楼，挑高两层楼设计，空气流通，光线得以从综合馆一楼整面的落地窗切入，形成自然照明。吴依光偶尔驻足，往下望，想起很久以前，自己将脸浸入弥漫着消毒气味的池水，一边计算肺部的含氧，一边忖度着是否有谁站在一楼，偷窥她笨拙的泳姿。

这也是为什么，当学生通知她，徐锦瑟在游泳池出事了，有那么一秒，吴依光不合时宜地想起，她曾经有多喜欢游泳课，她只要专心做好一件事：呼吸。

那天，是"自由式五十米"检定，任一只脚踩到池底即属失败，每位学生有一次重考的机会，这个规则，跟吴依光求学时一模一样。学生们会追问体育老师，游泳课安排在几月？十二月太残忍，三月差强人意，五月是最好的时节。然而，天气再怎么暖和，一浸入池中，牙齿仍不住颤抖，小腿肌肉抽跳。等适应了水温，上岸时又莫名地觉得冷，缕缕微风将皮肤表层的热气刮得干干净净。体育老师刻意将不谙水性的同学编列在最后一组，就算她们得重考，也不占用其他同学的时间。

王澄忆和徐锦瑟被划在最后一组。

游泳课之后，是英文课，有定期考。凯瑟琳老师是出了名的严格。她也是吴依光高一那年的英文老师。那时，凯瑟琳才从伦敦取得硕士学位，学生们央求她以英国腔朗诵一小段艾米莉·狄金森。十几年后，吴依光以老师的身份重返其华女中，凯瑟琳外表依然年轻，挂着小圆眼镜，乌黑的长发里斜飞出几根醒目的银丝，她结婚了，有一个女儿。她记得吴依光这个学生，凯瑟琳说，你暑假都在美国，你的英文很好。她对于晴印象也很深刻，称呼她为"那个有个性的小女孩"。凯瑟琳以怀旧、挖苦的口吻绕回自己，我至今仍想不透，英国腔到底有什么好稀罕的。

凯瑟琳代表一种老师，为学生设定困难的标准，学生仍感觉得到爱。吴依光思索了好久，得到一个结论，学生看见了凯瑟琳的用心良苦，凯瑟琳记得哪些学生在课堂上说过怎样的话、做过怎样的事。这些小事让学生感觉到凯瑟琳不是只在乎成绩，而是在乎她们的全部。学生们很少怠慢凯瑟琳的考试，她们不想让凯瑟琳难过。

如果那天没有定期考，说不定一切就不会上演。

或者，至少有目击者。

现实的状况却是，学生们一结束自由式检定，立即拉着扶手离开游泳池，小跑步奔入淋浴间。她们吹干身体和头发，回到池畔的塑胶长椅，拿出笔记，低头背诵。几分钟后，徐锦瑟的尖叫惊动了她们，学生们放下笔记，冲回淋浴间，只见徐锦瑟倒在地上，一只手撑着地板，试着坐起，另一只手捂着额头，掌根被鲜血染红。二十分钟后，在教官陪同下，徐锦瑟被载往最近的医院。

吴依光接获通知时，正在给学生复习期末考，她走出教室，拨打电话至徐锦瑟家中，没人接听。她改拨给徐远宁，响了两声，徐远宁接起，听完吴依光的转述，徐远宁沉默片刻，说，谢谢老师，我这就去医院。

吴依光赶到医院，徐锦瑟已完成初步检查，她坐着，看似茫然、无聊，她的手机留在教室，没有带上。徐远宁坐在一旁，急躁地刷着手机荧幕。洪教官抓着手机，来回踱步，不知在和谁说话，语气有些示好。徐锦瑟首先注意到吴依光，她抬起脸，在医院森冷白光的覆盖下，她的容貌比以往苍白，也更脆弱。她礼貌地问候，老师好。

洪教官大步走来，不忘继续交代，我晚点到家再跟你说，不用等我，你们先吃饭。吴依光深呼吸，她太神经兮兮了——洪教官只是联络家人而已。徐远宁站起身，徐徐将手机收入口袋，笔挺的西装将他颀长的身材衬托得更加高大。

吴依光问，徐锦瑟还好吗？洪教官搭腔，医生说，应该没什么大碍，先静养几天，后续再观察。徐远宁的眼神在洪教官跟吴依光之间游走，似乎在抉择谁才是他要问罪的人，最后，他的视线落在吴依光身上，他说，吴老师，为什么学校没有在第一时间通知家长？吴依光愕然地看了洪教官一眼，回答，徐先生，我们立刻通知您了。

徐远宁摇头，轻轻握着女儿的肩头，说，吴老师，我什么都知道了。我女儿被王同学纠缠了好几个月，你都没有处理，今天才会出了这种事。徐锦瑟低声，带点撒娇地纠正，爸，我没有说纠缠，我只是说，她有时会用很奇怪的眼神看着我。

徐远宁反驳，那就是纠缠。

吴依光略看向徐锦瑟，徐锦瑟低下头，回避她的视线。

那一刻，吴依光相信，所谓的"真相"，即使存在，也被锁在求之不可得的地方。你知道保险箱内藏放着什么，手上却没有密码。

事发的几秒钟，其他同学都在想尽办法牢记单词与词组，没人目睹经过，线索只有当事者的一方之言。徐锦瑟的说法，也是洪教官、徐远宁、班上多数同学采信的版本。她从淋浴间走出，碰见王澄忆，徐锦瑟赶着把泳衣扔进脱水机、吹干头发，好复习她前一晚整理到凌晨的笔记。她快步越过王澄忆，后者唤住她，询问两人之间到底是怎么了。徐锦瑟没有搭理，王澄忆冷不防伸手扣住她的手腕，徐锦瑟吓得惊喊、挣扎，王澄忆一愣，松开了手，徐锦瑟失去重心，身子往旁一倒，额头撞击门板上的不锈钢门闩。接下来，就是同学们见到的景象：徐锦瑟余悸犹存地喘气，满头是血地倒在地上。伫立一旁的王澄忆面无血色，六神无主地重复着一句话，我什么都没有做……我真的什么都没有做……

至于王澄忆，她坦言，自己有唤住徐锦瑟，也有提问，但她并未伸手，而是徐锦瑟自己踩到积水滑倒，撞上门闩。王澄忆试着扶起她，徐锦瑟却不断尖叫。王澄忆解释到一半，眼泪滚落，她吸了吸鼻子，说，老师，没关系，我不要再为自己说话了，我很清楚不会有人相信我。我早就知道自己完了。这几个月……我在班上，没人要跟我说话……我知道为什么，我以为撑到学期结束就没事了。徐锦瑟的志愿是药学系，我们高二就不同班了。为什么那一秒钟我没有忍住，干吗叫住她呢。

徐锦瑟的桌上摆放着一只玻璃罐，里头有数百只同学们为她折的纸鹤。

至于学校，刘校长认为有必要请双方家长到校会谈，她也会在场。王澄忆双亲离异，她从小跟着父亲生活。电话里，吴依光每说一句，王澄忆的父亲就重重地叹气。他向吴依光道歉，我们家的小孩，做事常常没经过大脑，对不起，给老师和那位徐同学添麻烦了。闻言，吴依光有了定见，王澄忆的父亲也认为自己的女儿有错，也就是说，没有人相信王澄忆的无辜。某种程度上，这个结果对吴依光有利，她可以预见谈判顺利进行。但，说不出理由，吴依光心头满溢着悲伤。

五点半，校长室外，站着提早到场的王澄忆父女。王定坤身材瘦小，肤色黝黑，多皱纹，外表比他的年纪还老了好几岁，他穿着明显过大也过时的灰蓝色西装外套，白衬衫，西装裤，脚上踩着运动鞋。吴依光一出现，父女俩像是池塘里被惊扰的鲤鱼，朝着相反的方向弹开。王定坤挤出微笑。吴依光点了点头，算是致意。

洪教官跟徐锦瑟父女一起现身。洪教官环视所有人，说，全员到齐，那我们进去吧。说完，洪教官、徐锦瑟父女陆续走进校长室。王澄忆杵在原地，一脸不情愿，王定坤折返，伸手重拍女儿的背，呵斥，这件事是你闯出来的，你要敢做敢当，王澄忆这才跨出一小步。吴依光走在最末，没忘记带上门。

校长室的会客桌两侧，各摆着一张三人座沙发，洪教官在徐锦瑟父女旁坐下，吴依光没有其他位置可选。她坐下时，王定坤挪动臀部，让出更多空间给她。

刘校长坐在独立的单人座沙发，问候徐锦瑟的伤势。徐锦瑟抚摸额头的纱布，说，谢谢校长，没有第一天那么痛了。徐远宁连忙加入一句，下礼拜得再回诊，医生说要保持观察。接下来，徐远宁的每一句话，吴依光事先都想过了。好比说，他接到电话时有多么焦急、他长期对其华女中的支持、他担任副家长会长的贡献等等。

刘校长安抚地说道，徐副会长，请您相信，令爱在学校受伤，我们也很心疼。今天我、洪教官、吴老师都在这儿，证明学校百分之百有善后的诚意。吴老师，你是徐同学跟王同学的班导，你怎么看这件事？

所有人的目光聚集在吴依光身上，她交出拟好的答案，徐同学说，王同学有伸手拉她，但王同学说她什么也没有做。我想我们至少得先……

徐远宁打断吴依光，说，这就是校方的诚意？我以为你们至少调查好真相了。

洪教官盯着王澄忆，接手询问，王同学，你没做，那徐同学怎么会摔倒呢？

王澄忆注视着自己的双手，没看向任何人，小声地说，我只是想要问徐锦瑟一些问题，是她突然往后退……踩到地上的水……就滑倒了。我没有伸手。

徐远宁握拳，厉声质问，王同学，你知道我女儿为什么要往后退吗？她怕你继续纠缠她。我女儿是哪里惹到你，你为什么这几个月都不肯放过她？要不是我女儿忍到现在出事了才告诉我，我早就叫学校把你转到其他班级。到现在，你还不肯承认自己做了什么，王同学，你这样太过分了。

刘校长凝视着吴依光，眼神透着不满，仿佛在说，洪教官不是警告过你了吗？

昨日，吴依光接到洪教官打来的电话，询问王澄忆是否已经认错。吴依光回，王澄忆坚持自己没有做。洪教官叹了一口气，失望地说，吴老师，这样明天会很难收尾，你就不能劝一下王同学吗？吴依光说，洪教官，如果王澄忆真的没有做，我要怎么劝？这不是在逼她吗？洪教官静默半晌，才语重心长地说，吴老师，那我就得提醒你一句不太中听的话，明天场面不会太好看。

王定坤终于出声，他看着女儿，问，王澄忆，你老实说你有没有推人、害人跌倒？

王澄忆抬起头，眼中满是悲楚，她的口吻接近哀求，爸，我说了没有，拜托相信我。

徐远宁双手一摊，说，这一切让我想到什么？叶永志[1]。

刘校长的神情掠过一抹惊恐，她坐直身子，似要发言，徐远宁又说了下去，这两件事不是很像吗？都是被同学纠缠，都是在教室以外的空间滑倒，今天，好在我女儿很幸运，没有伤到头，如果我女儿没这么幸运呢？谁可以负起责任？

刘校长脸色难看地注视着桌面。洪教官屏着呼吸，不敢喘一口大气。吴依光心跳加速。同样出身教育界的徐远宁，

---

[1] 原名葉永鋕。台湾屏东县高树国中三年级学生，因与众不同的性别气质而遭到部分同学霸凌，不敢在下课时间去上厕所。2000年4月20日，永志在上课时，提前离开教室去上厕所，后被发现重伤卧倒血泊中，送医不治死亡。此事件引起台湾社会对于性别教育的讨论，使得原《两性平等教育法》在2004年被修订为《性别平等教育法》，教育政策也从传统二元的两性教育延伸转化为更具普遍性的性别平等教育。

很清楚如何攥住学校的软肋。

王定坤一头雾水地看着众人,显然地,他不认识徐远宁所提出的人名。他只看到刘校长跟洪教官噤若寒蝉的反应。他吐出一口气,催促王澄忆,不管你有没有推人家,人家就是受伤了,道歉吧。王澄忆眼一红,双手紧抓着裤子,拒绝,我不要道歉,我没有做错事。爸,你怎么就是不相信我呢?

徐远宁呼吸一紧,嘴唇动了动,看似又要开口。

啪。

王定坤重重地打了王澄忆一巴掌。

仿佛有人调慢了时间,王定坤的动作在吴依光眼中裂解成好几小格,下一秒,她的心脏痛苦地挛缩。校长室的空气倏地稀薄,吴依光感到窒息。

王定坤面无表情,又一次催促,王澄忆,快跟人家道歉。他看向校长,说,不好意思,浪费大家这么多时间,徐同学看医生多少钱,我们也会负责。

王澄忆伸手掩着红肿的脸颊,吴依光在她脸上读到木然、死寂。

徐锦瑟眼中闪熠着细碎的、难以分说的光,吴依光正要瞧仔细时,徐锦瑟又低下头,不让人窥见她的情绪。

徐远宁清了清喉咙,众人熟悉的、和蔼可亲的徐副会长又回来了。他堆起久违的微笑,说,也没有花多少,都是小钱。我们没有特别追究,只是想要一个合理的说法。既然王同学也有在反省了,那就先这样,反正听我女儿说,高二就分班了,剩下两个礼拜好好相处吧。

洪教官看了吴依光一眼,凉凉地说,吴老师你也跟徐副会长好好道个歉吧,学生的关系弄成这样,你做班导的也有责任。

吴依光站起,朝徐远宁一鞠躬,说,会发生这样的事,代表我带班的方式需要检讨。辜负徐副会长对其华女中的期待,非常抱歉。

刘校长跟洪教官亲自护送徐远宁父女离开。他们一走,王澄忆站起身,往门外跑去,王定坤转头看了吴依光一眼,说,老师,抱歉,我的女儿不懂事,我回去再好好管教她。吴依光眨了眨眼,嘴唇动了动,她想说,不,不要这样,你女儿没有错。但她实际说出口的却是,王先生,再见。

稍晚,洪教官又打来电话,他说,吴老师,你真幸运,遇到王先生这么好说话的家长,要知道,若徐副会长一心要闹,学校也只能任他宰割了。

23

几天后，王澄忆送来休学申请表，如同之前的假单，上头已有王定坤的签名。按照流程，班导得和提出休学申请的学生访谈，王澄忆婉拒了。她说，为了说服父亲，她已用光最后一丝力气，不打算再应付任何一位大人的探究。吴依光又说，暑假过后，你们两个会被分到不同的班级，再撑一下下就没事了。

王澄忆定定地打量着吴依光，不带起伏地说，老师，我真的做不到。我现在只要一想到自己还要来上学，就觉得好痛苦、好想死。有些同学已经在用看着怪人的眼神看着我了。我休学对老师来说应该也是好事吧，至少班上的气氛不会这么糟了。

一时半刻，吴依光不知从何反驳。见状，王澄忆不动声色，仿佛一切在意料之内，也仿佛她在这几个月之间，学会了无动于衷。

夏天的长假，吴依光竭力反省自己做错了什么。母亲说，这是吴依光教学生涯的一大污点。假期尾声，吴依光想了一个日子可以过下去的说辞：女孩们的组合注定导致这样的结局，即使是何舒凡，也没有把握处理得更妥善。吴依光清楚自己绝不无辜，但她也不认为自己有罪。听说，把老鼠囚禁在一个窄仄的空间内，只给予它们微量的食物，老鼠就会自相残杀。校园不正是这样？什么资源都很有限，美是有限的，排名是有限的，自由是有限的，崇拜是有限的。伤害，是可以想见的。

即使吴依光打定主意这么认定，最后一次见到王澄忆，她那绝望的眼神仍一再勾起了她的愁绪。人有记忆悲伤的倾向，伤害你一次的往事，就会伤害你第二次、第三次。吴依光当年寻死不成，觉得梅姨是碰巧出现，直到自己也成了个大人，才迟迟领悟，在任何时刻，打消一个人的死欲都相当困难。

不是偶然。也不应该被定义为偶然。

她没有成为梅姨那样的大人。

有几个月，吴依光屡屡在夜半惊醒。一晚，她睁开眼睛，心跳飞快，背部湿透。床头柜的小灯亮着，她转过身，谢维哲坐在床沿，看着她，眼神平静，不起一丝波纹。谢维哲必然是在那个位置看着自己有一段时间了。吴依光坐起身，双脚放在地板上，寒气从脚底板往上蹿，她恢复清醒。谢维哲的低语从背后升起，他问，你梦见什么了？吴依光故作轻松地反问，你怎么知道我做梦了？谢维哲接下来说的话，让吴依光侥幸自己仍背对着他：你知道你一下哭，一下笑吗？我都分不清你是做噩梦还是怎么了。吴依光说，抱歉，吵到你睡觉了。我大概是睡觉前看太多影集，做了奇怪的梦。这当然是谎言，她相信谢维哲也知道自己没有诚实。谢维哲没有戳破，只是说，那你以后睡觉前不要再看那么多影集了。

梦中，好多人前来和她打招呼，父母，梦梦，王聪明，方于晴,王澄忆,何舒凡,她爱过的人也来了,老板和许立森。最后现身的是谢维哲,身后跟着他的父母。吴依光在梦中纳闷着,为什么每个人的表情都这么哀戚呢?她转身一看,竟是自己的葬礼,照片里的她,穿着高中制服。

苏明绚的告别式不收奠仪,签到簿上有洪教官的签名,吴依光却遍寻不着洪教官的身影,洪教官来过,也走了。会场布置得比吴依光想象得轻盈、温馨,暖橙色灯光,洁白的、盛放的花朵,悠扬慢拍的古典乐。吴依光抬头看着那张照片,苏明绚抿着嘴,似笑非笑,眉眼则合乎吴依光的印象,有些好奇,也有些羞赧,仿佛想看清楚这个世界,又想躲起来,不想被谁找着。

吴依光双手合十,鞠躬,李仪珊和苏振业回礼。

吴依光观察了一下前来的人们。王澄忆还没来。吴依光不自觉看向李仪珊,方才距离太近,她不敢过于明白地看着,但她的确想瞧仔细李仪珊的神情。十二岁那年,吕同学的母亲,头低垂一边,宛若负伤的形象仍烙印在她脑中,李仪珊某些角度看起来也像吕同学的母亲,只是李仪珊身材更瘦、也更高。

李仪珊和苏振业身后站着一名穿着西装,年纪约莫十六七岁的少年,他嘴唇掀了掀,不知道说了些什么,男人抡起拳头,朝着少年臂膀挥拳。少年被打得后退一步,他朝着男人投去一记混合着困惑与委屈的眼神,摇摇晃晃地往一旁走去。

会场的人多半垂头低泣,或者对着手机不知道在确认些什么。吴依光被这一瞬间的暴力给弄混淆了,她记得苏明绚不是独生女,少年或许是她的手足。为什么苏明绚的父亲这么做?脑中断续闪过梦露的言语,难不成苏明绚的家庭,的确存有外人不察的暗影?吴依光思索到一半,有人从背后叫她,她回头,是王澄忆。她比一年前丰腴了些,手上提着一只百货公司的纸袋。王澄忆指了指李仪珊的方向,示意自己得先去上香。李仪珊回礼时,王澄忆将纸袋交给了她,说了几句话。李仪珊掩着嘴,有些诧异的样子,王澄忆回吴依光身边,说,老师,走吧。

阳光自层层树叶的缝隙筛落,斑斑光点在王澄忆光滑的颧骨上跃动,即使有荫,初夏的日照仍在皮肤上啃出一些炽热的痒感。吴依光在几百米外的咖啡厅订了位。王澄忆说,她的姑姑一个小时后会来接她。

入座之后,吴依光看着王澄忆的双眼,乌黑,明亮,有神,要她形容的话,她会说王澄忆比从前健康、自在许多。王澄忆微微一笑,说,老师,你不要怕,我跟一年前的我不太一样了,我现在很正常。吴依光放下杯子,注视着王澄忆,考虑了会儿,才说,王澄忆,你以前也没有不正常。

王澄忆眯起眼,语气依然很爽朗,说,谢谢老师,可是不用安慰我,我这一年有在看咨商。我现在啊,分得清楚很多事。喔,对,咨商是我大姑姑建议的,她说,我迟早还是得回去其华女中,辛苦考上的,不能就这样放掉。所以我去看医生,把自己弄得正常一些,咨商很贵,好险我的大姑姑很会赚钱。

吴依光安静无语，她隐约感觉得到，现在这个王澄忆，的确如她言称的，要回到校园不成问题，但，似乎又缺少了什么。吴依光没有深思的余裕，她问，你说，你跟苏明绚这几个月有联络，你知不知道她为什么会做出这个决定？

王澄忆将垂落在眼前的头发轻轻钩回耳后，说，来的路上我就在想，老师会不会问我这个问题，我果然猜到了。我听说苏明绚没有留下遗书。不过，班上其他的同学呢？苏明绚在班上，我记得人缘很好，有一些时常说话的同学，她们也没说什么吗？

吴依光一再摇头。

王澄忆不发一语，似乎在整合这些信息，半晌，她才开口。我好像可以理解，我不是说苏明绚自杀这件事，而是没有人知道为什么。我一直觉得苏明绚很矛盾，她有时非常在意别人的看法，有时又一点也不在意，很难猜出她在想什么。就像我们高一根本没说过几句话，我休学之后，她却是最常来看我的人。

吴依光没有应声。她担心自己无论说什么，都会伤到王澄忆。

王澄忆似乎感觉到吴依光的保留，她苦笑，重申，老师，我说了，你不要那么小心翼翼，你这样会让我很紧张，以为自己是不是又做错了。

吴依光深呼吸，感觉胸腔慢慢满起，她说，王澄忆，你没有做错任何事，做错事的人是我。你跟徐锦瑟的事我很抱歉，从头到尾我都做得不够好。

王澄忆摇头，以纠正的语气说，老师，不是这样的，这部分我很清楚，无论老师当初做什么，我跟徐锦瑟，我们两个人就是会弄成那样子。

吴依光打了个哆嗦，不确定自己是否听错了。王澄忆说出她最想得到的答案。

王澄忆以吸管搅拌着杯中的柠檬片，啜了一口，说，这一年来，我爸常念我，大家都在往前，只有我在原地，什么事也没有做。其实我有做事，至少我比以前清楚自己是怎么了。医生说，这就是很大的进步。我喜欢跟医生在一起，大家都说，不快乐的事就不要去想了，医生不会管我，他说，可以想，但要换个方式。王澄忆的语速越来越快，仿佛她再不说，日后就没有机会。她说，那件事，我也有错，我只在意自己的感受，忘了徐锦瑟也有自己的想法。这么简单的事情，为什么当时我就是无法接受呢？我不是说徐锦瑟可以这样对我，但，王澄忆停下来，咽了咽口水，落寞地说，我也做了不好的事情。医生问，为什么徐锦瑟不理我，我的反应这么大？我曾经以为我是喜欢上徐锦瑟，不然我怎么会放不下？可是，跟医生谈了好久，我才慢慢发现，喔，不对，不是喜欢，是想要变成她。我很羡慕徐锦瑟有这么多人爱她，喜欢她。我觉得，跟她成为朋友，就能变得像她一样。

吴依光复述，想要变成徐锦瑟？

王澄忆点了点头，说，苏明绚也这样想。平常，我们聚在一起，苏明绚会刻意避开学校的事。那次，是我自己想谈。我说，我想变成徐锦瑟，苏明绚说，她也是，她对读大学没有兴趣，最想当的是偶像，徐锦瑟大概是我们身边最接近偶像的人了。

吴依光尝试不要让自己看起来太怀疑,但她失败了。王澄忆露出莞尔的神情,切下一小块吴依光建议的千层蛋糕,送进嘴里。吴依光喝了一些黑咖啡,但胃部的绞痛提醒她,这几天她摄取太少食物了。她伸手招来服务生,也点了一块蛋糕。

王澄忆说了下去,有那么难以想象吗?谁不想成为徐锦瑟?苏明绚说过,一样的年纪,一样的学校,徐锦瑟却像是活在另一个世界。每个人都在看她在做什么,用什么东西,去哪里玩。跟她比起来,我们好像不存在。

吴依光问,这都是苏明绚说的吗?

王澄忆点头,说,是啊,苏明绚真的好矛盾啊,在学校好安静,但在我面前,她其实是喜欢说话的。我问苏明绚,看不出来你在意这个。她说,她试过很多方法,只是都失败了,大家才会看不出来。她经营过社群,但她说,生活太普通了,长得又没有特别好看,写文字,发照片,都吸引不了别人的注意。对了,老师,你听过苏明绚唱歌吗?很好听哦,不只是声音,还有感情。

王澄忆是继梦露之后,第二位提到苏明绚歌声的人。

吴依光摇头,说,我只知道苏明绚高一是合唱团,高二转到热音社。

王澄忆微笑,想起了什么似的,摩挲着掌心。她说,对,苏明绚国小、国中都在合唱团,国中时她的学校还拿了全市第一名,网络上找得到影片。苏明绚是高音部的,站在倒数第二排,他们国中的蓝色格子裙很好看。

吴依光问,苏明绚高二怎么想要转到热音社呢?

王澄忆眼睛一亮，说，这就是我要跟老师说的事情。苏明绚说，合唱团每一秒都在听别人的声音，声音跟别人的融合在一起，不能让别人一听就知道你在哪里。她说她想了很久，不只是在合唱团，她很多时候都是这样，她想要改变。

吴依光考虑几秒，问，苏明绚有说过她在热音社的事情吗？

王澄忆回答，好像只有一次吧，她说，热音社跟她想的不一样，可能是外界对热音社，有社员都不爱读书的印象，弄得大家很有压力。苏明绚说过，她在热音社最常回答的问题，不是音乐，而是，数学去哪里补的？为什么英文没补习却考这么好？

吴依光问，你们两个在一起，都在做什么呢？

王澄忆说，没有做什么啊，就是聊天。我们之前没讲几句话，苏明绚第一次来，我姑姑也在场，想保护我吧。她问苏明绚怎么会想来看我？苏明绚说，同学一年，感觉要来看看。我姑姑看她人很有礼貌，态度也算真诚，就也不再管了。我休学之后，不是读自己的书，就是听音乐。有时，苏明绚来，我们也就是一起听音乐。苏明绚音感很好，也有语言天分，她的日文跟韩文，是自己用罗马拼音学起来的。她叫我一起唱，我说我的声音没有她好。苏明绚说，没关系，反正就我们两个。我问苏明绚，为什么那么喜欢唱歌？她说，不觉得唱歌很有趣吗？我们说的话，不代表实际上我们在想什么。唱歌不是这样，我们不会唱自己没有共鸣的歌，但，我们在唱歌时，很少人会觉得那是我们在想的事情。苏明绚说，唱歌很安全。

吴依光的喉咙随着王澄忆的每一句话而慢慢缩起，她必须使点力气才能正常呼吸。王澄忆指出了一个方向：苏明绚向往过的一切。吴依光内心浮起一不成熟的念头，生跟死，是否如莫比乌斯环般一体两面？沿着"生"的路径一直往前直行，在某个时间点，会陡然翻转至"死"的那一面？否则，为什么王澄忆告诉她的这些回忆，明明说的是苏明绚曾有的憧憬，吴依光却感觉到自己，比之前更靠近她的死亡。

吴依光只剩下一个疑问，苏明绚有说她为什么去看你吗？

王澄忆嗯哼了一声，爽快地点头。有，我问过，我太好奇了。跟苏明绚说话，比跟医生说话，更让我有信心，有一天可以回去上学。其实我们也没做什么，就只是聊天、唱歌跟乱叫。有一天，我们唱到一半，我累了，我不知道我是怎么了，医生说，人就像机器，只要有使用，偶尔就是会宕机，没什么特别的原因。我大概就是突然宕机了，我跟苏明绚说，你是同情我才来看我的吗？

吴依光跟王澄忆坐在窗边，阳光斜行，映照出王澄忆淡咖啡色的瞳孔，她拿起杯子，没有喝，又放了回去，似乎因短时间内召唤这么多回忆而有些疲倦。吴依光以为王澄忆打算到此为止，王澄忆竟又说了下去，苏明绚说，她来找我，是想跟我说一声，对不起。她很早就发现班上的气氛不对劲，她以为大家会适可而止。她说，很后悔自己没有早一点为我说话，她太懦弱了。听到这儿，我哭了。休学之前，我每天回到家都好难过，难过的不只是徐锦瑟这样子对我，也包括怎么没有人愿意救我。然后，我爸回来了，他平常不会在那个时间回来，但那天他临时要回家拿一些东西。看我哭成那样，我爸请苏明绚离开。老师，你也见过我爸，他就是那样的人。我们最后一次见面，苏明绚可以说是被我爸赶走的。过两天，她传了一封讯息给我，说，请我原谅她。我说，没事的。我爸说，暂时不要跟苏明绚来往吧，不然医生都白看了。我想也是，在我没有完全好起来之前，我好像不适合跟以前的同学说话。

托盘上的手机一亮，王澄忆拿起，查看，说，姑姑来了，老师，我得走了。

吴依光站起，往窗外看，一名上班族打扮，年纪约五十岁上下的女性，朝着王澄忆挥了挥手。吴依光再次向王澄忆致歉，也说感激王澄忆和她说了这些。

王澄忆苦涩地微笑，说，老师，我这几天一直在想，苏明绚怎么没有跟我说？可是，苏明绚就是这么的奇怪啊，那么努力地安慰我，却不让任何人知道自己不开心。我这几天偷偷在想，该走的人应该是我吧？医生说我不应该这样想，但我控制不了。别担心，我不会做一样的事，我姑姑这一年为了我，时常跟公司请假，做了很多牺牲，我不想让我姑姑伤心。我只是好想苏明绚，我想念跟苏明绚在我家一起耍废，聊一些有的没的。那时我们好像都很快乐。

吴依光陪王澄忆走到咖啡厅门口，王澄忆握着门把，转过头，想起什么似的，说，对了，老师，我一直没有问，你觉得，游泳课，我有推徐锦瑟吗？

24

吴依光曾经是学生，如今是老师，每一年，她都感受得到，老师吴依光，正在影响学生吴依光的认知。

好比说，学生吴依光不止一次思考，为什么她很少遇到会把"我也不知道"作为回答选项的老师？她感觉得到，有些老师在逞强，其实对自己的说法并没有把握。老师吴依光知道为什么。老师站到讲台，面对底下数十双眼睛，很难不感到彷徨、恐慌，怀疑自己并没有资格。而假装自己无所不知，是许多老师说服自己留在讲台上的方式，总不好选择让学生读出你的害怕。

好比说，学生吴依光最喜欢的空间是"间质"，这是她独创的名词，校园以内、教室以外的地带。以前的早自习，各科老师安排了大小不一的考试，吴依光过了三十岁仍做着重返校园的噩梦。梦里，她匆匆要赶赴一场考试。她后来读到一篇文章，才得知很多亚洲人和她一样，成年了仍在梦里提心吊胆地应试。吴依光能为自己做的事，就是好好待在"间质"里。她的"间质"位在通往顶楼的楼梯间，吴依光习惯七点二十到校，走到间质，躺着，感受时间流经。考国文默写，就待到七点四十，考英文单词，七点五十再回教室也来得及。每年有两个月跟梅姨一家共度，吴依光在英文一科向来游刃有余。至少有二十分钟，她不存在于任何人眼中和记忆，她似乎消失了，也似乎可以成为一切。时间一到，她悠悠走回教室，坐下，写题，八点钟响，把考卷传给后座同学，侧耳倾听对方笔尖的那颗圆球，在纸页上划出沙沙的声响。吴依光始终觉得，打钩的那一撇，物理上或精神上都非常动听。

老师吴依光不喜欢学生待在"间质"。近年，不知道为什么，有些学生会躲在"间质"里，她们来到学校，却不肯走进教室。教官跟学务主任日益频繁地巡逻校园各处的间质，以免有学生在那些无光的角落，熟练地伤害自己。学生吴依光，在"间质"里净想着什么呢？事后追忆，每一件事都乏善可陈，不小心剪丑了刘海、早餐吃太撑有些不舒服、指甲修得不够短、得去学务处完成服装仪容的复检等等。除了上述这些小小的心思，吴依光最常做的，是抬头望着眼前那被建筑物切割得有些畸零的一小片天空，没有任何想法，仿佛她是另一片天空。很多年后，她再次踏入其华女中，有学生问起，她从前是个怎样的学生，吴依光很想回答，是个会躲在学校一隅看着云朵发呆的人。但她从来没有这样说过。她不确定学生们知晓这个答案之后，会不会暗中比对两个时期的差异，学生吴依光有趣多了，老师吴依光是一个乏味且畏缩的大人。

25

苏明绚的家坐落于精华地段，约有二十几楼，跳岛式的阳台，充满绿意的植栽，吴依光也跟着母亲、谢维哲看过几间房子，她清楚这样的设计要价多么不菲。吴依光一表明来意，胸前别着"秘书"名牌的年轻女性从抽屉拉出一串钥匙，示意吴依光跟着她走。两人经过社区中庭，吴依光缓下脚步，池塘，流水，圆石，缅栀花，眼前所见在提醒她，苏明绚生于富裕之家。

两人在电梯前站定，秘书倾着头，问，你说你是苏明绚的老师？

吴依光点头。

秘书收回停在按钮上的右手，张望了一下四周，确定附近没有旁人，才轻声细语地问，老师，你知道为什么苏明绚要自杀吗？吴依光没有回答，她抬起头，注视着对方。秘书双手交握，含糊地说，我蛮喜欢苏明绚这个小女生的。会读书，又很有礼貌，每一次跟我们借东西，都会说谢谢。不像有些住户的小孩，只会对我们大呼小叫。这半年，她常在阅览室读书，礼拜天她可以从早上八点，读到我下班了，她还在读。我问她，这么认真，要考哪一所大学啊，她只是笑了一下，什么也没说。

吴依光含着歉意回答，对不起，但是我什么也不知道。

秘书叹了口气，脸上的遗憾一目了然，她说，当我知道她就这样走了，失眠了好几天，怎么会这样？每一天我看着她出门、回家，好好的不是吗？

电梯门打开，秘书走进电梯，钥匙扫过感应区，为吴依光按下楼层。她低头，依然含糊地说，很抱歉，占用你这么多时间，希望你跟李小姐都能走出来，李小姐这几天真的非常、非常地难过。她也是一个很好的人，温柔，客气。

电梯门再次关上，吴依光闭上双眼，感受吞咽口水时喉咙至耳膜的震颤。秘书的话语仍在她耳边回荡。苏明绚这几个礼拜仍规律地复习，为什么偏离了跑道？难道终点之后，那个驱动苏明绚不断提起脚步的事物消失了吗？

李仪珊一身宽松的淡绿色连身长裙，脸色苍白，嘴唇没有血色。吴依光多看了一眼，李仪珊没有上妆，口红也没有抹一点。她说，老师，你来了。这个称谓让吴依光呼吸一乱。前来的路上，内心不断升起扭头逃跑的欲望。吴依光预演了几次仍捉摸不定，她该要忏悔吗？又该忏悔到什么程度？

李仪珊指引吴依光换上室内拖鞋，坐在客厅的三人座沙发，她自己则是踩着浅浅的脚步行至厨房，回来时握着一只薄荷绿马克杯。吴依光被电视柜上的合照给吸引了，相片里，苏明绚穿着国小制服，旁边站着一位比她高上几公分的男孩，男孩目光羞怯低垂，像是不太乐意入镜。

这位男孩是否就是告别式上被苏振业挥打的少年？一时间吴依光难以判断，只凭那么一眼，实在太吃力了。李仪珊摆好杯垫，置上杯子，等她的动作告一段落，吴依光从提包内取出学生制作的卡片。这是方维维的主意，每个人写一段话给苏明绚。李仪珊身子前倾，接过卡片，摊开，眯眼细看，卡片约半张报纸尺寸，近四十位同学写得密密麻麻。没多久，李仪珊阖起，说，请帮我跟各位同学说谢谢，希望苏明绚的事不要影响到大家，大家要升高三了，要准备考试。吴依光谨慎地回答，说，大家跟苏明绚相处了这么久，受到影响也很自然，不是什么坏事。李仪珊注视着掌心，说，真的吗？我不知道。我不想要同学们没多久就把苏明绚给忘掉，继续过生活。可是，假如我这样说，大家会怎么想，啊，好自私的妈妈，对吧？吴依光抬起眼，果断地否认，不，不会的，这不是自私，如果是我，也会这么想。

李仪珊肿胀的双眼，凹陷的脸颊，无一不透露这段时间她所经受的折磨。李仪珊倒回椅背，低声问，老师，我记得你没有生小孩。吴依光摇头，说，我没有生，但我曾经有个小孩，只是在四个月的时候，心跳停了。去年的事，我本来打算确定请假时间再告诉学生，小孩却没有了，所以学生不知道这件事。吴依光好讶然，她就这样说了出来，在谢维哲、何舒凡面前，她都做不到此时的坦然。

李仪珊眼中闪过一丝错愕，旋即，又归于平淡，她说，老师，你一定很难过。吴依光再次没有保留地说，是，我很难过，婴儿床跟推车都买好了。

试纸上的两条线，初期的呕吐，都比不上第一次听见孩子急促的心跳声，更让她感觉到自己从此不同。咚咚，咚咚，听起来好着急。医生说，胚胎最早的发育就是么快，他们得

203

在十个月内，从肉眼看不见的小点，发展成复杂精致的婴儿。

拿出胚胎之后，当晚，吴依光取出阴道的纱布，不能自已地哭泣，谢维哲把婴儿床跟推车都收纳至吴依光看不到的地方，他说，有天会再拿出来的。

李仪珊倒向椅背，望向阳台，说，我先生希望我们不要再谈到我女儿，他的想法是，苏明绚做了很不孝的事情，他一时间无法谅解。他说，我们哪里对她不好？我不是不能理解我先生，可是，我又觉得这样说明绚，明绚好可怜。吴老师，你当明绚的班导两年，你知道为什么吗？明绚有没有说过什么，就算是家里的事，也请你不要顾忌，孩子都已经没有了，我要的是真相。

吴依光的思绪如被风吹动的书，每一页都是不同的故事。取消的成果发表、跟梦露的龃龉、在家中感到孤单、想要成为偶像的愿望、对自己的漠然而懊悔、跟王澄忆的分别……这么多的苏明绚，竟难以构成一个理所当然的为什么。

迷雾之后仍有更浓的迷雾。

吴依光摇头，说，对不起，但，还是不知道为什么。

李仪珊哎了一声，说，那这个小孩就是打算，要让所有人都不知道了。我先生说，她对我们，比哥哥对我们还要残忍。李仪珊指向相片，问，苏明绚在学校有说过，她有一个哥哥，以及她哥哥的状况吗？

吴依光再次摇头，眼神不自觉落在李仪珊背后的那张原木餐桌。三张餐椅规矩地收进桌下，一张则被拉出。桌上有只半透明的细颈花瓶，里头没有水，也没有花。花瓶旁散落着白色纸张和信封。吴依光想象苏明绚坐在其中一张椅子上，用餐、读书，或者发呆……苏明绚在家是个怎样的人？

李仪珊幽幽地开口，我儿子，苏明绚的哥哥，好像……有一些障碍。从幼儿园，就不止一位老师跟我说可能需要带他去看医生。他的情绪反应跟一般人不太一样。他国小，有天，跟同学玩到一半，吵架，我儿子竟然拿起石头往对方头上砸，再偏一点点就是眼睛了，我们家赔了三十几万，我先生气疯了，我只好带他去看医生。每个医生说的都不太一样，一下是情绪障碍，一下是躁郁症，小孩也会有躁郁症吗……我从以前就很害怕学校打来的电话，那天也是，我接起电话，教官问我是不是苏明绚的家人，我想说，又来了，但，下一秒，我想说，哦，是明绚，女儿的话，没什么好担心的。没想到苏明绚唯一一次出事，就是我这个当妈的，人生最心痛的一次……开车到医院的路上，我一直在想，一定是搞错了。可是，躺在那里的人的确是我的宝贝。

吴依光再次道歉，对不起，但，我不知道自己该说什么。

李仪珊静静地流下眼泪，说，那样也好。不知道说什么，就说不知道，这么简单的道理为什么大家都不懂呢？这几天，我受够了好多人跟我说，节哀，希望你不要太难过，早日走出来，听到最后我都好生气，我是母亲，女儿走了，我能够为她做的也只剩下哭泣，为什么叫我不要太难过，我可是死了女儿的人。

吴依光咬牙，勉为其难地问，请问，苏明绚跟家人……处得好吗？

李仪珊吸了吸鼻水，反问，很复杂，太复杂了，老师怎么想知道？

吴依光后脑勺一紧，仿佛有团血块淤积在那儿，她闭了闭双眼，赶在懊悔升起之前，连忙吐出，我觉得苏明绚的事，我也有责任。语落，许主任的训斥立即现形，吴老师，你这是在自毁前程。然而，她也想起梦露，想起那还没有经历太多风浪就已懂得忧愁的脸蛋，梦露尝试把苏明绚的死，朝着自己的生，拉得近一些，宛若某种亏欠跟偿还；她也想起王澄忆，把自己拼凑起，只为了指证两人营造的欢乐时光；最后，吴依光想到自己，想以死亡来抗拒成年的她，如今活到两倍的岁数。

听说，人一旦闭气，体内的二氧化碳浓度攀高，刺激颈动脉的受器释放讯号，中枢神经会促进人体重新呼吸。每个人都活在为了生存而设计的躯体，若要寻死，就得迎接生命本身的抵抗。梅姨说不定就是她的生命在冥冥之中召唤的抵抗。

李仪珊在等着她。

吴依光说了下去，这几天，我重新翻过苏明绚的周记，一个字，一个字，慢慢地看，哪怕是一点蛛丝马迹都好，我什么都没有找到。我又回想了一下，苏明绚有来找过我，跟我说什么吗？也没有。

李仪珊坦承，对，我想过，我女儿在学校的时间这么长。

吴依光喝了一口茶，说，也许你这几天会看到一些新闻，我不确定，有些事我想亲自告诉你。吴依光将王澄忆跟徐锦瑟的冲突，简约地讲述了一次，过程中，她的身体发热，她不得不跟李仪珊要了几张卫生纸，抹去额头的汗。

吴依光说出自己的结论：我这几天才知道苏明绚常去拜访王澄忆，这部分她也完全没说。这让我觉得，在苏明绚心中，我不是可以讨论事情的老师。对不起。

李仪珊直勾勾地注视着吴依光，说，我每一次问苏明绚，在学校过得好吗？她都说很好。老师，你说的每一句，也可以套用在我身上。在我女儿心中，我好像也不是可以讨论事情的妈妈。老师，你介意我喝点酒吗？

吴依光看着李仪珊，确认她不是在开玩笑，才点头说好。

琥珀色的酒液倒入杯中，李仪珊啜了一口，双眼紧闭，貌似受苦，但她小口吐气的嘴唇似乎又暗示了愉快。李仪珊睁开双眼，笑了，说，我先生看到，一定会非常生气，他最痛恨我喝酒，何况是在老师面前。吴依光什么话也没说，她好紧张，心脏扑通跳腾，耳膜肿胀，她不敢惊动李仪珊。

李仪珊又啜了一小口，含在嘴里，拆成数份吞下。她说，你当老师这么多年，有没有遇过一种学生，看起来很正常，不过，一跟他们说话，或者是相处久一点，就会感觉到有哪里不太对劲。苏明绚的哥哥就是这样，他控制不了情绪，不知道是基因，还是后天哪里出了问题。我的先生没耐心，教小孩直接用揍的，哥哥都高三了，有时发脾气，我先生也是二话不说，直接动手。他说我那套慢慢教的方式没有用。我只好安慰自己，好险我先生在外地工作，一个礼拜才回来一天。苏明绚走的前两天，我们三个人在家，吃完晚餐，哥哥去洗澡。苏明绚把盘子拿到厨房的时候，说了一句话，妈妈，虽然你有时候笨笨的，我还是爱你。我没有问她怎么突然说这句话，我不是那种一心多用的人，我一次只能顾好一件事。我跟我先生最近在冷战，我们很常冷战，几乎都是为了哥哥，我希望哥哥可以接受完整的治疗，吃药、咨商、运动，都可以试试看。我先生只接受运动，其他都反对，他说，吃药跟咨商是有问题的人在做的，哥哥如果去了，被别人知道怎么办？我先生说我很不用心，不懂得为小孩的前途打算，我这几个月满脑子都在想这件事，以至于苏明绚，她说爱我的时候，我没什么反应，我太累了，我真的太累了。

李仪珊又吞了一口酒，这次含在嘴里的秒数长了些。她露出哀愁的笑容，说，苏明绚讨厌我喝酒，她小时候会把酒藏起来，不让我找到。我说，妈妈只喝一些，她还会纠正说，你才不会只喝一些。李仪珊的手一颤，几滴酒液洒在桌面。长大以后，她才说，她不是讨厌我喝酒，是讨厌酒表示我心情不好。苏明绚读小六时，问过我，你跟爸爸为什么不离婚。我吓坏了，我告诉她，我跟爸爸没有感情不好，只是想事情的方法不一样；再来，大人的世界很复杂的，不可以只顾虑自己，也要顾虑你跟哥哥。说来好惭愧，孩子不在了，我才认真想她讲的每一句话。

吴依光做了一个自己都提心吊胆的举动：她在酒液再次洒出之前，压着李仪珊的手腕，然后她从李仪珊的手中摘起酒杯，放回桌面。

李仪珊哀戚地笑了笑，说，吴老师，我得先谢谢你，今天早上我差点打电话给你，取消这次的见面。我先生说，谈几次苏明绚都不会回来，那谈她有什么意义？可是，我觉得，为什么每一件事都要有意义，不能只是我想谈吗？哥哥从小到大，都让我很挫折，不知道该怎么办，苏明绚没有，她好乖、好懂事，我没有听过一位老师跟我打过她的小报告。我常跟别人说，女儿是老天给我的礼物，弥补儿子让我这么伤脑筋。没想到苏明绚唯一让我伤心的一次，就是最痛的一次。我在她的房间里拼命找，找了好久，没有找到一句留给我们的话。她什么话都不想说。平常她都在房间，很安静，我都想着她大概在读书。她的成绩一直很好，在其华女中也没有掉出前十名。偶尔我会听到吉他的声音，她跟一位老师学了四五年，升上高中才退掉，她说课业压力大，自己练习就可以了。我一直很骄傲，她从小就知道自己要什么，不需要我担心。等到她走了，我才发现我一点也不了解她。告别式，有同学给我一个纸袋，里头是随身碟跟一张卡片。随身碟里有五支影片，每一支都是苏明绚在唱歌，她一边唱，还会一边跳舞。我看过苏明绚在合唱团唱歌，但我没看过这样的她。她笑得好开心。我想不起来上一次她在我面前笑得这么开心是几年前的事了。

　　没有意外的话，等吴依光走出这个社区，她跟李仪珊再也不会见面了。梦露的直觉很准确，苏明绚在家里该是寂寞的。也不只她，吴依光从李仪珊的字句里，感觉到每一个人都很寂寞，哪怕是苏振业。他们住在这么美的房子，相聚时却不能彼此抚慰。吴依光也是从这样的家庭活过来的，坐在金子白银上，流下生锈的眼泪。但她很警醒，不能将自己和苏明绚混为一谈，这是苏明绚的死亡。吴依光犹豫了几秒，她伸手握住李仪珊的手，掌心清晰地感受到薄薄的皮肤底下的每块骨头的轮廓，以及仍然抑制不住的颤抖。她没有说话，就只是维持这个动作，而李仪珊的眼泪流个不停。

26

因为梅姨，吴依光一个不小心就长成了大人，她不得不参加大学入学考试。吴依光的分数只有模拟考七成多一些，有好几题她刻意跳过，没有作答。既然没死成，她也想要换个形式存在。她厌倦了只能把自己活得无比正确。

母亲瞪着成绩单良久，那眼神，吴依光相信，这一刻，母亲对她恨之入骨。母亲在职场的拿手本领是风险控管，她痛恨任何控管不了的事物。

母亲问，你是故意的吗？吴依光状似无辜地眨眼，说，这样子对我有什么好处？母亲立刻振作起来，说，你必须重考，补习班说他们也会负起责任。吴依光拒绝了。她刻意把中文系排在第一志愿，而母亲的底线是外文系。母亲祭出制裁：她不会出半毛的学费，吴依光不以为忤。她告诉自己，最极端的幽谷她都走过了。

吴依光出门那天，气温高得吓人，和她一样，预备申请助学贷款的学生与家属把走廊挤得寸步难行，空调输出的凉风也被摩肩接踵的人群稀释。吴依光等了近一个小时，终于轮到自己。承办人员是一位面貌慈蔼的妇人，见到吴依光，她左顾右盼，问，你的父母呢？贷款需要保证人。吴依光小声地问，没有通融的余地吗？我毕业之后，一定会还钱的。

妇人摇头，说，规定就是规定，你难道是孤儿吗？

　　吴依光嘴唇动了动，空气在齿间流动，她说不出半句话来。踏进这栋大楼之前，吴依光拟了一份说辞。她以为会有好心的大人，邀请她走入另一间更隐秘的包厢，递给她一杯果汁，倾听她的苦衷。现实却是，妇人说，请你再跑一趟吧，银行不可能借钱给小孩的。说完，妇人瞄了一眼等候的人群，暗示她等不及处理下一位。

　　吴依光收起资料，掉头就走，公交车卡的余额只能让她搭乘单趟，她回程索性用走的。艳阳高挂，赤热的阳光密密地咬着她的颧骨，胳肢窝渗汗，内裤也湿透。她走到家，打开门，沁凉的冷气袭来，母亲坐在沙发，双手环胸，端详着她。吴依光会意过来：母亲早已料准她此行的失败。稍晚，吴依光对吴家鹏说，她需要上大学的学费。吴家鹏摇头，说他不能这么做。他反过来游说女儿，你为什么就是不能体谅你妈对你的用心呢？你难道不知道，很多人的父母只把小孩生下来，没在管教吗？

　　没有人为吴依光说话。

　　吴依光不打算投降，她从超商买了履历。她拿出计算器，一周打工六天，一天八个小时，加上她的一些积蓄，足以凑到第一个学期的学杂费。吴依光的申请，接连被咖啡厅、冰店与便利超商拒绝，其中，咖啡厅的店长，一名年轻女人，她耐心地解释理由，训练员工也是有成本的，多数老板不会接受只待两个月的员工。

　　闻言，吴依光有些赧然，她太高估自己的劳动价值了。

　　吴依光就要放弃时，饮料店老板录用了她。老板说，暑假是旺季，多个人手也好。吴依光之前是饮料店的常客，老板常在她点的红茶冰里舀进几匙免费的珍珠。

上班第三天，吴依光已能一项不漏地背诵每个品项的成分，奶精糖水柠檬原汁的比例等等。不过，这份工作考验的是体力，久站整天，到了晚上双脚如灌满了铅，细瘦的手臂酸痛不堪，汗水在衣物纤维里结晶。吴依光抽不出更换卫生棉的时间，血块回沾阴部，混合了热汗的腥气令她反胃。回家第一件事，就是抓着衣物冲入浴室，洗掉整身的气味。劳动使她没有胃口，宁愿倒头就睡。吴依光的作息调整成，凌晨三四点起床，把冰箱里前一晚的饭菜送进微波炉，一边咀嚼着不是太烫、就是略冷的饭菜，一边翻阅着饮料店同事借给她的恐怖小说。

万籁俱寂，世人沉睡，吴依光之前罕有这样的时刻，跟多数人仿佛活在不同时区。思绪如涌浪，每一次回岸都在不同颗石头的纹路上回转。她想，我不曾这么累过，可是，我的内心却是前所未有的快乐。

一日，吴依光遇见其华女中的同学，对方惊喊她的名字，说，你怎么在这里工作？吴依光试图打发对方。对方的眼神不像被说服，倒是升起一抹同情。吴依光把两杯茶交给同学，同学仍杵在原地，目不转睛地看着她，直到吴依光躲进后场，埋首储冰槽，使劲打碎沾黏在一起的冰块，同学才提着饮料走远。想象那位女孩如何转述这场相遇，多少拧痛了吴依光的心，她命令自己回想每日清晨独处，那突如其来却无比真确的灵光，难道这些启发不足以让她释怀？晚上，她又一次筋疲力尽回到家，吴依光看着镜中的身体，结实平坦的腹部、束起的手臂肌肉与立体的锁骨，她也想起抽屉里的纸钞，她的薪水。她想，我必须原谅那位同学，她还不懂何谓为自己而活。我的世界，全由我的双手创造，独立、丰盈、完整、自由。

吴依光上手的速度令人惊艳，老板询问她，第二个月能否排几天的打烊班？一小时多五十元，但得洗刷那些巨大笨重的茶桶，以及被客人鞋底来回摩擦践踏的地板。吴依光告诉老板，她得考虑。翌日凌晨，吴依光坐在餐桌，咀嚼昨夜的饭菜，分心计算打烊班的薪水是否值得。吴家鹏自主卧室走出，看了一眼四周，走入客厅，拉开女儿对面的椅子，不快不慢地坐下。他眼神清醒，看来清醒已有一段时间。

吴家鹏看着女儿，叹了一口气，说，别玩了，看你脸颊都瘦到凹下去了。

吴依光反驳，我没有在玩，我很认真，我在赚自己的学费。

吴家鹏摇了摇头，说，你妈花了那么多心思栽培你，不是要让你去饮料店打工的，你再怎么叛逆，也不要这样对她。这很过分。

吴依光放下筷子，看着父亲，说，我没有拜托她这样栽培我，而且，她这么做也不是为了我，是为了她的虚荣。吴家鹏皱眉，瞅着女儿的眼神仿佛在看不请自来的陌生人。他提高音量，说，你何时变得这么不知感恩？

吴依光感觉到她跟父亲所伫立的地板，就像两个相背的板块，正在张裂、分离，形成一座大裂谷。她反问，我有哪里说错？我从小到大，她有哪一次赞美我。

吴家鹏答得果断，有，你考上其华女中的时候。

吴依光笑出声来，眼睛却滚出眼泪，她说，对，她有赞美我，可是你也有听到她之后说了什么，她说，考上资优班就更好了。

吴家鹏扯开一抹干笑，说，这是事实，不是吗？你没考上资优班，要不是你那时都跟一个男生混在一起，你应该就考上了。吴依光正要说些什么，一道冷冷的声音介入，说，不要再吵了。吴依光跟吴家鹏不约而同别过头。

母亲倚着门，肩上披着一件薄外套，她板着脸说，家鹏，不必说了，我们的女儿认为她现在可以靠自己了，我们的付出在她眼中都是多余的，我们就看着办吧。

中午，吴依光告诉老板，她愿意接受一个礼拜两天打烊班的安排。她可以想象，父母后续的制裁只会更苛刻，她必须未雨绸缪。

吴依光笃信，每个小孩自懂事起，就在撰写"父母使用手册"，有些父母也宣称自己在写"孩子使用手册"，看似相近，实则如云泥之别。孩子们埋首苦写是为了生存，至于父母，再怎么投入，充其量也是消遣。

孩子不理解父母的脾气个性，吃苦的是孩子；父母不理解孩子的脾气个性，吃苦的也是孩子。有人说，有些孩子是生来折磨父母的，然而，父母要折磨孩子容易多了，可以打，可以揍，可以嘲笑，可以跟孩子说，早知道就别生下你了，或者双手一摊，放着孩子不管，不给孩子食物和水，孩子就会静静地死去。

孩子再怎么可恶也做不到上述的一半程度。

吴依光的手册上注记得密密麻麻，她不认为她的父母有她一半的认真，如果有，他们理应调整，以更温和的方式跟她说话。挑一两件小事，肯定女儿还算优秀。或者，给她一个温暖的拥抱，说爱她。吴依光好渴望最后这个，渴望到骨头都痛了。

于是当老板亲吻她的时候，吴依光没有抗拒，小指头也没有颤抖。老板给她钱，也给了她爱。老板的嘴唇有死皮，齿间漫着烟味。吴依光脑中浮现小咪的脸、小咪细长的凤眼、厚唇与蜂蜜色的肌肤。小咪是老板的妻子，在父亲开设的会计事务所工作，小咪的职责就是骑着小五十[1]穿梭在大街小巷，找客户拿资料。

初见小咪，她靠着柜台，悠哉地喝茶，饮料杯没有封膜。见吴依光盯着自己，小咪也不自我介绍，而是转头问店内另一位员工，怎么这次找了个这么文静的。员工正在洗手，头也不抬地说，老板娘，人家是读其华女中的，九月就要上大学了。小咪再次看向吴依光，良久，像是满意了，才说，我得回去了。两人错身时，吴依光闻到淡淡的苹果香气，跟老板不一样，老板闻起来是薄荷与烟。吴依光的生活很少接触到烟，母亲认为那是慢性自杀。跟老板相处久了，吴依光反而从那气味之中闻出了熟悉和安慰。她偶尔会深深吸气，只为感受更多。

吴依光问过老板，为什么是小咪？她也问过吴家鹏，为什么是母亲？在她猜测母亲说不定是后母的时期。吴家鹏

---

1 指排量为 50cc 的小型摩托车。

说，两人是亲友介绍认识的，交往满半年，他的母亲，也就是吴依光要喊祖母的人，诊断出癌症末期。吴依光满月前一天，吴家鹏的母亲与世长辞。吴家鹏说，他很高兴自己完成了母亲的心愿。吴依光问，那你开心跟妈妈结婚吗？吴家鹏笑出声来，说，这不是开心不开心的问题，你妈是个优秀的人。吴依光不满意这个答案，又问，那你爱她吗？吴家鹏沉吟一会儿，说，爱不爱不重要，她把这个家打理得很好，要说有什么可惜的地方，就是不够小鸟依人吧。吴依光从中归纳出两个结论：一，她的父亲也渴望一位温柔、顺服的妻子。二，人并不一定会和一生挚爱走上红毯。这两个结论对她来说都非同小可，她就此延伸出一个心得：人真是擅长适应的生物。她不懂的是，适应的过程，人是否清楚自己丢失了什么。

因此，吴依光很好奇老板爱小咪吗？老板如默背口诀般，说出他跟小咪交往初期就谈妥的共识：不要尝试改变对方。吴依光问，为什么？老板说，爱就是给一个人自由。吴依光重新打量老板的面容，这张她看了数十次的脸，她读到之前未曾注意过的成分，性的成分。她太执着于这偶然的领悟，来不及收回眼神，下一秒钟，老板也回望着她，吴依光心虚地低头，老板凑近，像是对待易碎物品那般，小心地吻她。老板说，对不起，你太可爱了。

老板是母亲看不上眼的那种人，吴依光想，我也是母亲看不上眼的那种人，我跟老板靠得这么近，终究是注定。

吴依光对小咪感到罪恶。

小咪时不时出现在饮料店，从她缓缓抚过工作台的指尖，确认收款机零钱是否足够的小动作，吴依光看得出小咪关心她先生的事业。小咪不曾对吴依光投以任何猜忌的眼光，反而提出给吴依光加薪。她说，心疼吴依光得自己筹钱上大学。吴依光和老板有过一次深夜的谈判，老板同意配合假装那个吻不曾发生。他照旧讲着那些网络上流传多年的冷笑话，吴依光偶尔捧场，偶尔不。九月上旬，吴依光换下饮料店制服，小咪在餐厅内订了包厢，和所有员工一起举杯祝福吴依光在大学活得缤纷、精彩。吴依光笑到一半就哭了，她分不清楚有多少眼泪是为了老板而流。

离家求学，存款水位降得很快。洗衣精、冷气、三餐、水果、大众运输、影印讲义的钱、吴依光钱包的钞票一张张消失。和同学一同吃下午茶，吴依光看着同学们心安理得地花用父母按月汇来的零用钱，她却是交出假期打工的血汗钱。学期中，吴依光应征了校内快餐餐厅的打烊班，从此在课业与兼职间赶场。午夜梦回，吴依光不免自问，这是我要的生活吗？她安慰自己：反抗者必然得付出代价。骄傲与感伤两种情绪在吴依光的内心交错出现。寒假，她留在学校打工，请求店长给她密集的班次，她想延后回家的时程，也得存下学期的学费和生活费。

除夕夜前一天，吴依光拖着行李回到家中。走进房间，桌上摆着缴费凭单，母亲付清了全额。餐桌上，吴依光重申不会重考的立场，她喜欢现有的生活。母亲的眼光上下打量着她，说，你是去读书还是去糟蹋自己的？你现在打扮好像小姐。吴依光默不吭声，半工半读累积的倦怠，在她返家后，从体内深处翻涌而出。

更主要的理由是，她不晓得怎么向眼前的父母说明，她喜欢现在的自己。

旁人眼中吴依光"考差了"、不得已升上的大学，对她来说，是个新世界。比起成绩，她的同学更追求美。这群女孩高中也早起，不是贪求多背几个单词，而是为了调整刘海的卷度，确认底妆的服帖。

母亲讨厌这样的女人，她说，脑子不好使的人才会在外貌大费周章。然而，吴依光看着身边妆容无瑕、品味卓越的女孩，她相信，母亲低估了她们的成就。她们的美貌，对社会何尝不是深情的贡献。吴依光模仿她们，为了穿上短短的裤子，晚餐只啃一颗苹果，睡前敷片面膜锁住肌肤水分，她也学习化妆。存款的流失不完全是为了学费与三餐，也包括粉底液、眼影、腮红、唇膏、美白乳液和高跟鞋。

吴依光说，现在就流行这样打扮。母亲冷笑一声，吴依光难堪地察觉到，母亲的冷笑轻易地穿过她的武装，刺进她的肌肤。

母亲把话题拉回重考，说，你再拖延下去，就要比别人晚一年，甚至两年才毕业，想想看大家都穿着学士服，拍毕业照，而你才要升上大三，不是很丢脸吗？你现在的学校，科系，读了也只是浪费时间，出社会，没有公司会看上一眼。哪天后悔了，不要怪我没有提醒，我尽了我做母亲的责任，但你没有。

吴依光咬牙说，我有，我也有做到女儿的责任。母亲抬起左眉，刻意以夸张的口吻问，哦，你为我做了什么？我竟然不知道。吴依光几乎要脱口而出，**活着**。仅仅是在这个不属于我的人生选择活下去，就耗尽了我所有的所有。吴依光没有这么说，她能想见母亲的反应。她能想见自己被说得面目全非。吴依光抓起钥匙与手机，不等母亲反应，跑出家门，一路跑到五个街区外的便利超商才停下，弯下腰，喘气。

吴依光伸手往口袋一摸，竟忘了带上钱包。她坐在超商的用餐区，一边啃着指甲，一边思索下一步。半个小时后，她拨出电话，老板思索了几秒，答应和她见面。听见那久违的、略带痰声的低音，吴依光竟有点想哭。老板问，别约在饮料店，我们去旅馆好吗？我待会儿去接你。吴依光一愣，她没有蠢到听不出这个邀约的弦外之音。

过了一会儿，她说，好。待会儿见。

车子驶入汽车旅馆，留着平头的年轻男子从柜台窗口探出上半身，问，休息还是过夜？老板从皮夹里抽出一张纸，说，休息。柜台瞄了那张纸一眼，说，折价以后是六百八十元。找钱以后，柜台视线放回一旁的电视，仿佛某种默契，整个流程他都没有看坐在副驾驶座上的吴依光一眼。

房间的天花板有面镜子，仰躺的吴依光看得见自己的表情，羞赧，更多的是疏离，像是自己也迷失了，不明白为什么要在这儿。老板问她在大学过得好不好，跟室友聊得来吗。三个问题后，老板伸手轻抚吴依光的脖子，他的喘息没多久也落在同样的位置。吴依光闻到老板指缝跟嘴里那熟悉的气味。有一刹那，她怀疑自己即将铸下大错，却听见老板的叹气，你都不知道我多么想你，你来找我面试时，我就喜欢上你了。吴依光忐忑地问，你说的是真的吗？老板的手指在她的腹部流连，不时按压，仿佛在感受弹性，另一只手抚摸她的发丝，那么慢，那么温柔，老板的话渗入一丝鼓励，他说，当然，可爱又聪明，现在上大学，会打扮了，多了几分漂亮，我也不知道，我有资格说爱你吗？但我是真的爱你。吴依光闭上眼，泪水滴落，从来没有人把她形容得那么好，那么出色。不知不觉老板褪下了两人身上的衣物，吴依光看到老板臃肿的躯体跟他的器官。她没有嫌弃。她允许老板进入她。

事后，吴依光洗了一个细细密密的澡，想完全洗去血、汗、跟老板的气味。她的心神恍惚，暂且梳不清内心的感受。她低声祈祷，自己是快乐的。

车子从另一侧车道离去，柜台换成一位短发女孩，她递给老板一张纸，说，欢迎再次光临。就着昏暗的灯光，吴依光看了一眼上面的字，折价券。吴依光要求自己不要去猜上一张折价券是怎么来的。她要体谅这个爱她的男人。

吴依光请老板在两个街区外的路口放她下车。转动门锁时，已十二点半，她是九点出门的。母亲在客厅看电视，荧幕上是吴依光不陌生的谈话性节目，主持人是一男一女、合作经年的搭档。吴依光站定，等着母亲的反应。

母亲瞄了她一眼，问，你去哪儿了？吴依光摇晃着手上的可乐，说，麦当劳。她在回程路上买的，顺道给老板买了一份套餐。母亲又问，麦当劳这么好玩，值得你待这么久？吴依光沉着地回答，就想一些心事。过了一会儿，母亲说，那就这样吧。

吴依光没有松懈，她继续控制着表情，不要泄露任何想法。她曾经听母亲在电话中以轻蔑的口吻描述她如何拆穿一位工读生的谎言。她说,这个年轻人太笨了,我一说好,他还没有完全转身,嘴巴就在偷笑,我立刻确定他没说真话。

跟母亲共处而不要被击倒的原则之一就是记取每一次教训。

躺在床上,吴依光辗转反侧,冷静不下来。与老板上床,她有对不起小咪的罪恶感,但,她也感到痛快,她证明了一件事,只要她愿意,她能对自己为所欲为。

自此,每一次返家,吴依光必然抽出两个小时与老板私会。同一间汽车旅馆,同样等级的房间,同样的折价券,到了第五次,或者第六次,肉体的碰撞不再新奇,吴依光匀出一些心思看清这段关系。她要的是老板,老板要的似乎是性。仅有第一次,老板倾听她的烦恼,后来,老板说,工作太累了,两人在一起的时候,他想要吴依光多说一些有趣的事情。偏偏吴依光就不是个有趣的人。她也注意到老板阴暗的一面。一日,老板埋怨,他固定给房东送去三节礼盒,房东仍涨了房租。吴依光抱着枕头,自言自语似的说了一句,这就是资本主义。老板瞪大眼,问,你说什么?吴依光复述了一次。老板脸色难看地坐起身,说,我警告你,不要这样跟我说话,等你出社会,你就会认清,读这么多书没有用,到最后都是钱在说话。吴依光注视着眼前暴怒的情人,她几乎想辩解,你说的跟我说的其实是同一件事。但老板眼中的恨意教她明白,她最好闭嘴。吴依光看了一眼时间,讨好地说,我该去洗澡了。

这么多的领悟并没有阻拦吴依光一次又一次地说出我

爱你。

即使是自讨苦吃,至少这苦也是自己求来的。

升上大二的暑假,吴依光出席高中同学会,听着曾经的同侪热络地分享大学生活,吴依光暗生懊悔,她不应该来的,她对这样的话题没兴趣,唯一想见的方于晴又没有出席。这时,有人问吴依光,她过得怎样?吴依光摇了摇头,说,不怎么样。有人赞美吴依光的穿着,也有人询问她的唇膏、睫毛膏品牌,吴依光耐心地一一回答。

接着,有人问,你的入学考试怎么失常成这样?我记得你的成绩明明很不错。吴依光不慌不乱地说,就是考差了,考试难免会失常。

吴依光提早告辞,回到家。她坐在板凳上,褪掉鞋子,等不及倒在床上,闭上双眼,睡上几个钟头。母亲走出主卧室,说,你回来了。吴依光看着母亲,说,我有点累,有什么事等我……话才说到一半,母亲打断,问,听说你跟饮料店老板搞在一起?闻言,吴依光心跳错了一拍,她想,这到底是多漫长的一天。

她故作冷淡、不是很耐烦地说,你从哪儿听来的?你不要听别人乱说。

母亲又问,你们两个做了吗?吴依光闭了闭眼,她真痛恨母亲的语气,听起来好脏。若有第三者在场,应该能捕捉到吴依光脸上稍纵即逝的扭曲。

吴依光赌气地说,对,我跟老板做了。她以为母亲会盛怒,但她猜错了,母亲瞅着吴依光的眼神甚至可以用漠然形容。她说,你没有羞耻心吗?他那么老,还结婚了,人家的太太可以告你。还是说这是你想要的？二十岁就上法庭？吴依光说，她早就知道了，而且老板不只跟我，他也跟其他女生上床。

说完，吴依光按了按锁骨下方，好像这么做就能平复胸腔的尖锐刺痛。她也是近一两个礼拜才得知这件事。老板冲澡时，吴依光从床头柜捡起老板的手机，输入她偷看了几次，得出的密码。老板的生日，多么纯真的男人。

小咪是知情的。

她提醒丈夫，你再怎么爱玩也不要玩到大学生，小心人家父母追杀你。

吴依光眼前一黑，她感到晕眩。小咪没有见过她的父母，若有，她就会懂得这对优雅、体面的男女是不会砍人的，那太丑陋了。他们会重新打制一把漂亮的锁，把女儿关在更深的房间。吴依光在系上修了一门课"童话与神话"，教授语气暧昧地说，在白雪公主最初的手稿，试图加害白雪公主的并非继母，而是生母；糖果屋亦然，狠心出主意要把汉塞尔与葛丽特扔在森林，让兄妹俩自生自灭的，是生下兄妹俩的母亲。有些同学发出"怎么会这样"的惊呼，吴依光倒是很淡然，她何尝不是如此？把她囚禁在高塔的，不是邪恶的巫婆，而是口口声声珍爱她的父母。

除了小咪，吴依光意外掘到的秘密也包含：她不是唯一的"第三者"。那名女子的头像很眼熟，吴依光想了几秒，认出是一位常牵着两个孩子来买养乐多绿茶跟阿华田的客人。吴依光放下手机，拉起滑落到腰际的被单，倒回枕头，她使劲揉着脸颊，阻挠泪液的凝结。她跟老板又见了两次面，行程照旧。但在老板分开她的大腿时，吴依光喉头无缘无故泛起了苦腥。她没有质问老板任何问题，她说服自己，感情的样态有无数种，她选择了老板，选你所爱，爱你所选。

说来荒唐，母亲竟是她第一个坦白的对象。

母亲扫来一记恶心的眼神，说，你真是堕落到让我开了眼界。你们在一起多久了？吴依光装出无所谓的模样，说，我跟老板没有在一起，我们就是纯粹上床，这个年代上床不算什么。母亲拔高音量，问，你觉得这样子跟我说话很了不起？很得意？吴依光本来想还嘴，但她倏地止住，母亲太擅长这样的应答。

吴依光改成安静地注视着母亲，只有濡湿的掌心泄露了她的惶恐。母亲的眼神也警戒起来，她以宣判的口吻说，我不会再叫你重考了，还以为你大考只是失常，看来是我太高估你了，你的程度就是这样。不过，我建议你，下次要糟蹋自己，还是要慎选对象。那个卖饮料的，我只是问了几句，他就吓得什么都说出来了。

吴依光尖喊，你去找他？

母亲轻哼，我为什么不能去找他？是说，你知道人家怎么形容你吗？他说整件事都是你死缠烂打，他是看你可怜，小小年纪需要人陪。

吴依光身体晃了一下。她问，他真的这样说？

母亲眼中浮现得逞快意，她笑着说，吴依光，你不是说两人只是上床而已？那你何必这么在意？你以为你这样装模作样骗得了谁？跟那么丑、那么窝囊的人上床，作践自己有这么好玩？你应该要亲耳听他跟我说什么。他说，如果我坚持要赔偿,他可以给我一万元。一万元?我拿来做什么?你没跟他说我们家一台吸尘器就不止一万?

吴依光颈背湿凉,后脑勺如遭槌击,她感觉自己再多听几句,就要昏厥倒地。

胜负揭晓,老板不爱她。她输了。

吴依光再也没见过老板。她想过去跟老板对质,谁能保证那些言语不是母亲单方面的捏造?母亲如此聪明。但,吴依光也害怕,若真相确实如此,她如何安置自己的心?这次的经验给她的胸窝凿出一个窟窿,夜深人静,那窟窿就发出哀哀的空鸣。

她谈了一场不知所云的恋爱,通识课的同学追求她,吴依光没有多想就答应了,她需要一根浮木。岂料,交往未满一百天,浮木成了嚼久的口香糖,沁凉的味觉不再,只剩下制式的咀嚼。吴依光看着男同学为自己做的一切,没有感动,只有荒凉。

吴依光才想着要怎么吐掉嘴里的胶块,许立森出现了。每次和这位法律研究所一年级的学长说话,吴依光感觉得到心脏以极端的方式跳动,血液咻咻高速流经她的脸颊嘴唇耳朵和小指头,她什么也做不了,只能微醺、含苞待放。许立森赞美她的雀斑,形容是白皮肤女孩的专利,也说吴依光的眼神充满灵光,像个小女孩。吴依光不敢直视许立森的双眼,视线搁浅在他的嘴唇上方,那儿有柔软的、淡青色的胡髭。吴依光想象两人接吻时,细毛刷过她的脸。

吴依光眼也不眨地和男同学提了分手,丝毫不觉得自己残酷,她心意坚定,我不能因为闲杂人等而错过我的爱。

27

许立森长相清秀，眉眼一低一抬都是风景，某些角度看像是一位早逝的、人们固定在四月的一个节日缅怀的明星。许立森只要一开口，他的五官会组合出另一种神采，那是专属于他的魅力。许立森家中有三个小孩，他是幺子，哥哥大他十岁，姊姊大他八岁。许立森的出生不在他父母的计划之内，一位算命师安慰他的母亲，这个小孩会给家里招来富贵。这句话应验了。许立森出生不久，母亲的哥哥决定移民美国，询问妹妹、妹婿是否有意愿顶让他的火锅店，他可以分文不取。许立森的父母一接手，更改了菜单与调味，业绩竟翻了数倍。许立森一家从此锦衣玉食，有司机，有保姆，与一周来两次的帮佣。许立森的哥哥、姊姊，高职毕业后也进入火锅店，哥哥跟着父亲学习炒料、进货，姊姊则接手记账。至于许立森，他的父母对他另有规划，许立森的父亲说，三个小孩，至少有一个人是要拿笔、坐办公室、吹冷气的。

许立森没有辜负父母的栽培，他国小、国中都是资优班，高中考进了地区的第一志愿。许立森说，他在家里基本上像个少爷，所有人都惯着他，吴依光同意，年纪比许立森小的她，见到许立森，也忍不住想要呵护他，舍不得他有任何烦忧。

许立森和体弱多病的黄同学，是同一处境的小孩，路上的碎石绊倒了他们，他们的父母都会实时给予眷顾与安慰。至于吴依光，吴家鹏好一些，或许会问，你怎么这么不小心呢；母亲大概会痛斥她不长眼睛，并制止她的哭泣，说，哭有什么用呢。

吴依光对黄同学只有厌烦，但她对许立森却是一往情深。许立森学问渊博，在人群中，往往扮演那个澄清、解惑、释疑之人。许立森有时开口说话，吴依光仿佛看见空气中摩擦出电与火花，似乎有蜡烛被点燃，有灯被唤起。她常常和许立森谈到舍不得入睡，这时，许立森会拍拍她的手背，徐徐地说，睡吧，反正我们还有明天。

吴依光渐渐相信，数着一个又一个明天，总有一天是两人携手走上红毯。她要创造专属于她的家庭，她会是温柔的妻子，让孩子安心的母亲。

许立森的家庭，相当符合吴依光的理想。见面前，许立森提醒她两件事，一是务必和姊姊、姊姊的女朋友和谐相处，姊姊十八岁那年出柜，吃了不少苦头，家中最支持她的就是许立森；二是要用尽手段让波波喜爱上你。波波是一只杰克罗素㹴，许家父母这几年来的爱宠。吴依光说，你们家的规则好简单，我很有把握，我不会让你失望。许立森漾起微笑，反问，我什么时候去你家拜访？我对自己也是很有信心的。吴依光不动声色地转移这个话题，她理解母亲的品味，母亲不会喜欢许立森，他太轻佻，在教授面前也是嬉笑怒骂，百无禁忌，另一件事情是，母亲鄙视两人就读的学校，她必然介意，许立森硕士学历怎么"沦落"到这里。

一日，两人在电影院看了一支文艺片，许立森钟情的导演。剧情是两名青春正盛的美国女孩，在巴塞罗那消遣漫长的暑假。她们结识了一位艺术家，分别与艺术家发生关系，艺术家又与前妻藕断丝连。观影途中，吴依光心生不安，流转的画面在她眼中无端有了抑郁的沉淀，她怎么样也溶解不了。吴依光悄悄觑了许立森一眼，银幕的淡蓝色冷光给他的侧脸镶上银边，他看得全神贯注。等他们踏出戏院，末班公交车早已走远，许立森提议不然来散步吧。两人手牵着手走在深夜的巷弄，就着月光和街灯，吴依光想起什么似的，询问许立森考硕士时怎么了。就像人们好奇其华女中的吴依光，怎么会考上这所学校，吴依光有类似的困惑。许立森停下脚步，有一秒钟吴依光怀疑自己从许立森的脸上看到老板听闻资本主义时，那愠怒、受辱的神情，她再眨眼，那神情消失了，许立森摇头，笑出声来，他调皮地眨了眨眼，说，我大学玩疯了，这就是答案，但我不后悔，这样才能遇见你。

吴依光身体一弛，这句话舒缓了她所有的顾虑，她想，她的人生必定只能跟许立森结为连理。哪怕母亲不同意，她也要跟许立森白头偕老。

吴依光留在许立森租屋处的物件越来越多，教科书，手机充电线，面膜，防晒乳，唇膏。升上大四那年，许立森说，等你一毕业就搬来跟我住吧。吴依光抱着膝盖，脚跟抵着臀部，点头傻笑，她把同居拟想成婚姻的预习。稍晚，洗澡时，刻意把水量扳到极限，就着哗啦啦的水声，她扯着喉咙，细细地尖叫，叫声是欢乐的。

母亲告知梅姨要带着两个表妹返台，吴依光得全程陪同。梅姨上次造访，就是给吴依光庆生那次。之后，爱琳被诊断出体内有几颗小肿瘤，举家全心全意地伴同爱琳撑过手术与后续的疗养。梅姨殷勤地邀约吴依光飞过去找他们，说乔伊丝与爱琳很想念她，姊妹俩从来没有与吴依光分离这么久。吴依光以课业、打工为由婉拒，她知道许立森的魅力，她不敢轻易离开情人的身边。

吴依光把回家的车票订在梅姨回来的同一天，她计算得极好，才放下行李，就听到门外传来乔伊丝的嚷嚷，埋怨爱琳的汗水滴到自己的手背。梅姨告诫小女儿别那样大惊小怪，也提醒她接下来是中文模式，不能再有半句英文。吴依光打开大门，三人眼睛一亮，乔伊丝热情地抱着吴依光。几年不见，她抽高不少，如今比吴依光还多了几公分。吴依光招呼三人在客房安顿，乔伊丝从行李箱抽出衣裤，说她得洗一顿热水澡，她身上满是隔壁乘客的香水味。大病初愈的爱琳看起来有点虚弱，她打起精神，抓起一件长洋装跟内衣裤，跟上姊姊，姊妹俩习惯一起洗澡，过了青春期仍未变。

房间内只剩下梅姨与吴依光，冷气机徐徐送出沁凉的风，梅姨把精心包装的礼物一个接着一个按照只有她懂得的逻辑摆放。她要吴依光猜自己的礼物是哪一个。吴依光猜中了，墨绿色纸袋跟两只方形纸盒都是她的，三本原文小说、一件渐层湖水绿短袖长洋装、一件深蓝色小礼服，都是知名品牌。梅姨见吴依光一脸惊喜，难掩得意，她说，我猜你这几年读的书够多了，是时候该打扮一下，享受人生。你这几年看起来比以前外向多了，这样很好。

闻言，吴依光鼻子一酸，她猜母亲应该跟梅姨交代了一些自己近年的事迹，但梅姨似乎并不在意她读哪一间大学，或她跟怎样的人上床。吴依光褪下身上的衬衫、牛仔裤，换上那件小礼服，胸线略低，绑带束出腰部的线条，十分合身。

梅姨又说，尺寸不会错的，我问过我姊，她说你上大学之后瘦了几公斤，现在大概五十多一些。吴依光苦笑，即使相处短暂，母亲对她的变化仍是了如指掌。她向梅姨致谢，拎起纸袋跟纸盒，要走回自己的房间。梅姨拉住她的手，咳了两声，语气不太自然地说，她这次回台湾，背负着一项姊姊交予的任务。梅姨深呼吸，问，你有考虑申请美国的研究所吗？你妈本来就有打算让你去国外进修，她钱准备好了。

吴依光看着满脸为难的梅姨，有些同情，梅姨被迫卷入母女俩的战争之中。梅姨吞了吞口水，挤出一抹微笑，说，来美国读书不是坏事，你的两个小表妹会很高兴，就算挑东岸的学校，我们也会搭飞机去探望你。依光，你英文能力没有问题，再说了，你以前暑假来美国，不也玩得很开心吗？

吴依光沉默几秒，决定告诉梅姨，她不能去美国，她甚至打算考同一间大学的研究所，她有喜欢的人了，两人很有可能结婚。她认为梅姨会懂这份心情。

梅姨当年也做了差不多的事。

玄关传来门锁转动的声响，没多久，吴依光听见母亲以略尖的语气喊，梅，你回来了？梅姨向吴依光投以安抚的笑容，大喊，姊，我跟你女儿在客房聊天，来加入我们吧。母亲出现在门口，她的眼神跳过妹妹，直探坐在床上的女儿。她问，你有没有倒水给梅姨？人家搭十几个小时的飞机。吴依光利落地起身,说,我现在就去。梅姨的眼神在两人之间游走,尝试缓颊,她友善地说,没关系,我没那么渴。吴依光没有停下动作,她不想跟母亲过于靠近。吴依光走出门外,尚未走远,就听见梅姨的咳声叹气,姊,你对小孩有时候可不可以⋯⋯

母亲打断妹妹,不让她说下去,她说,不,梅,跟她这几年对我所做的事相比,我对她的态度可以说是仁慈了。

母亲控诉的语调让吴依光打了个寒战,母亲最记恨的事是哪一桩?入学考试的成绩?抗拒重考?跟已婚男子来往?或是这几年来母女俩形同陌路?

吴依光走向冰箱,吴家鹏坐在餐桌旁,他跟妻子一起返家。吴家鹏看着女儿,问,梅姨跟你说了吗?去美国读研究所的事。你妈很早就给你规划了一个账户,是你去美国读书的学费,你知不知道你有多幸运。吴依光并不领情,她气馁地问,你们为什么要打扰梅姨,而不是不直接和我讨论?吴家鹏瞪着吴依光,一脸古怪,仿佛听见了什么笑话。他纠正,这不是打扰,她是你母亲的妹妹。

晚餐是乔伊丝指定的小笼包名店。乔伊丝满足地啜吸入切成细丝的豆腐跟木耳,吞下,又着急地舀一汤匙塞进嘴里。爱琳抓着汤匙,大啖排骨炒饭。梅姨看着女儿们的吃相,说起半年前,她开车载着姊妹俩前往加州的分店,排队近两个小时才取得外带餐点。三人饿得头晕眼花,等不及到家,干脆在车上吃了起来。

母女三人的结论是,跟台湾的味道相去不远,要细究的话，台湾质量好一些。爱琳插话，嘴里满是嚼烂的饭粒，她说，台湾的排骨很嫩，美国的排骨有些柴。梅姨笑斥爱琳，要她确认嘴里没食物了才能发言。

吴依光以筷子挟起小笼包，熟练地以牙齿咬出破口，浮着油泽的汤汁流出，她小心地吃了起来，不忘暗中观察母亲。她祈祷母亲别在餐桌上重启研究所的话题，至少，别在乔伊丝跟爱琳面前。母亲总是能轻易地逼出她最难堪的一面，她不希望两个小表妹看到。爱琳却主动提了，她仍嚼着排骨，说，姊姊，我听阿姨说，你之后要来美国读书？爱琳的语气饱含兴奋，梅姨没有说错，这对小姊妹的确爱她。

吴依光将筷子搁在桌面，拿起茶杯，服务生添茶添得很勤，茶汤犹冒着白色雾气。她说得很慢，好让每个人都听得清楚，我不会去美国，我要留在台湾，我会报名我的学校的研究所。爱琳咦了一声，视线扫过每一位大人，年轻如她，仍嗅到风雨欲来的烟硝味。母亲冷冷地说，你可以台湾跟美国的都准备，反正托福对你来说不难。吴依光重复，我要待在台湾。梅姨苦笑，举手提议，我们再加点一份丝瓜口味的小笼包？她的企图失败了。没有人回答她的提问，小姊妹提心吊胆地放下筷子。母亲瞪着吴依光，语气多了威胁，你为什么非留在台湾不可？吴依光屏住呼吸，她预演过好几次，迟早她得让许立森见光，眼前不是最适合的场合，但她没有退路。吴依光放慢语速，放进几分感情，她说，我想陪我的男朋友，他是研究所的学长，法律系，现在硕三，我们交往两年了。

她的坦白非同小可，吴家鹏也放下碗筷，拉近身子。爱琳有些戏剧地哇了一声。母亲嗤笑，学长，你们学校的？我让你大学读那所学校，是很大的让步了，我没有打算让你继续混下去。吴依光垂眼，不敢去看梅姨一家的表情。指甲陷入大腿肉，她强迫自己振作，说，我之后会介绍你们认识，他是一位很优秀的人，读很好的大学，家里也不错。你跟爸见过他，说不定会改观。

话一出口，吴依光后悔了，她为什么要凸显许立森的大学跟家世？沉默笼罩着餐桌，半晌，母亲向梅姨伸手，说，梅，菜单给我吧，你不是说要加点吗？母亲终止了话题，乔伊丝眼珠滴溜溜地转，过了几秒，她仰头喝光碗里的汤。

深夜，吴依光莫名口渴，她踏出房门，要走去冰箱，给自己倒杯冰水。梅姨在客厅看电视，音量调至静音。乔伊丝跟爱琳也醒着，她们在厨房煮泡面，姊妹俩窃窃私语，商量蛋壳要丢到哪一只垃圾桶。见到吴依光，乔伊丝急忙澄清，绝对不是晚餐没喂饱姊妹俩，而是她们碍于时差，睡不着，又想念台湾的泡面。

吴依光走过去，接过爱琳手上附着少许蛋清的蛋壳，洗净之后，轻放在后阳台的盆栽土壤上。乔伊丝跟爱琳把泡面端到客厅，一放到桌上，姊妹俩跳上沙发，一左一右包围梅姨。爱琳自然地把头放在梅姨的肩膀上，乔伊丝把汤匙递给梅姨，她记得母亲爱喝泡面的汤。吴依光看着这一幕，羡慕与悲伤各自占据着她内心的某个角落，她喝掉手上那杯水，跟三人说晚安，回到自己房间。

翌日，吴依光起了个大早，提着行李，坐在玄关板凳，系紧鞋带。在她伸手要转动门锁时，身后传来一声冰冷的呼唤，是母亲，她问，你要回宿舍了？回来不到一天，就要这样一走了之？吴依光转过身，母亲穿着睡衣，光着脚，似乎来不及穿上拖鞋。吴依光盯着地板，说，对。母亲大步向前，抓住吴依光的手，恶狠狠说，我这次不会再纵容你，你以为二十二岁的感情可以多长久？

吴依光抽回自己的手，想尽办法压抑在她胸口骤然爆发的愤怒。她说，我的人生，非得每一件事都经过你的同意？母亲近乎愤恨地说，对，你的人生。我正在挽救你那可悲的人生，你难道看不出来？你大学可以填外文系，为了跟我唱反调，你故意填一个中文系，这个科系毕业出来可以做什么？你以为每个人都像你这么幸福，有我这样一个愿意再花几百万把你送出国的母亲？你唯一要做的就是搭上飞机，推荐函、申请我都可以找人处理，我为你着想这么多，你为什么这样糟蹋自己？

吴依光静默几秒，小声说，我只是不想要去美国读书而已，你没有必要把我说得这么十恶不赦。再说了，我也不想要你花这么多钱。

母亲问，为什么？吴依光凝视着母亲，踌躇着她可以说出百分之几的真心话，她跟母亲相处了二十多年，她的理解比谁都深刻，母亲今天为她所付的每一毛钱，都会在将来化为控制她的筹码。两人之间已有血缘的枷锁，她不想再增加金钱的亏欠，否则，终有一天，她对不起母亲的部分，将大于她全部的生命。

吴依光说，我觉得现在这样没什么不好，没有必要花大钱去改变。母亲问，那男生考上律师或司法官了吗？吴依光解释，他之前在考研究所，这几年在修课，我不觉得有必要这么着急。母亲细细问过许立森的家世背景，听到火锅店，她眉一抬，说，就算再多艺人、明星捧场，还不是做吃的？你知道你现在好像谁吗？像我的妹妹，她大学也是把自己弄得乱七八糟，我们千辛万苦把她送去美国，想让她冷静冷静，好好读书，谁知她随便找一个人嫁了。你以为她住在漂亮的大房子里很好命吗？她没有经济能力，做什么事都得看你姨丈脸色，你外公外婆后来的医药费，我出的数字是她的好几倍。你想过这种跟人伸手要钱的生活？

吴依光的眼神一偏，落在不知何时现身在客厅的梅姨。梅姨顶着蓬松的乱发，一脸迷惘，不晓得她听进了多少。吴依光低喊了句，梅姨，早安。母亲倒抽一口气，回头。梅姨哑声说，早安，我的身体以为自己还在美国，才睡一下下又醒来了。依光，你为什么拿着行李坐在那儿，你要回去宿舍了吗？

吴依光点头，说，我该回去读书了。我要考研究所。梅姨眨了眨眼，微笑，说，那你回去读书吧，不过，在我跟你的妹妹们回去美国之前，你至少空出一天再跟我们聚一聚。吴依光给予承诺，我会的，我一定会，梅姨，再见。

吴依光把握母亲失神的几秒钟，迈出门外，头也不回地走远。

28

再也没有人提起美国研究所的事情。

吴依光无从得知在她跳上客运之后,母亲和梅姨经历了什么。母亲那段话绝对能腐蚀一个人的心灵,但她不认为梅姨会朝母亲破口大骂,那不是梅姨的作风。

年纪越大,吴依光越能看出她跟梅姨的相似之处:比起动身抵抗,她们更情愿佯装自己未曾受伤。

吴依光报名的三间学校都录取了她。她所就读的大学,更是以榜首的成绩录取。若看学术排名,她应该选择前面两所,为了许立森,吴依光打算留在母校。考试成果让吴依光陶然、惊喜,她心有所悟,撇除起初的意气用事,四年下来,她的确发展出对这科系的认同和喜爱。

吴依光大二上跟着系上一位不到五十就满头白发,身材宽胖的教授读了三个学期的《红楼梦》,一学期四十回,一年半下来,把整部经典读完了。最后四十回,吴依光不知不觉看懂了些什么。曹雪芹不在世,大观园却成了永恒的景观。吴依光的期末报告拿了最高分,教授送了她几本书,赞美她,你小小年纪,竟能理解个中身不由己的哀愁。你的资质,此后走学术研究或者是创作,都是如鱼得水。那是吴依光成年以后听过最真诚的赞美。即使她还是不能回答母亲,学这个,未来能成为什么，但她对于"不能成为什么"竟也没那么害怕了。

许立森的论文进展缓慢，若有人问起，他有固定的说辞，法律系的论文难度不能与其他科系相比。吴依光有时听着许立森如此哄他那一无所知的双亲，无端地感伤起来。吴依光不解的是，每个星期二，许立森照样在学校后门的餐酒馆举办读书会。这是他行之有年的活动，成员们一边吞下啤酒，一边读太宰治、马克思、叔本华、福柯跟萨特。有时也读西蒙·波伏瓦与唐娜·哈拉维。共有八位固定成员，不定时有人旁听。女生的比例是男生的两倍，她们看着许立森的目光饱含痴迷与崇拜，就像吴依光。吴依光有时为了支援系里的研讨会，不得不缺席读书会，清点杯水跟餐盒数量的过程中，吴依光忍不住在脑中勾勒读书会的场景，是否有谁趁隙向许立森示爱？

许立森那么迷人、亮眼，有谁拒绝得了他？

吴依光升上硕三那年，她再也按捺不住，问许立森，究竟打算什么时候毕业？许立森抽出书柜上弗洛姆《爱的艺术》，扔到吴依光脚边。见吴依光吓得说不出话，许立森又说了一句话，仿佛把人踢倒在地上仍嫌不够，非得过去补踹一脚：吴依光，你知道你现在像谁？你妈。你不是最痛恨被控制？那你就得知道，你正在做一样的事。

吴依光脸上一阵惨红，她曾经借着酒意，和许立森倾诉自己郁郁寡欢的童年，对她来说，说出这些往事比在许立森面前脱得一丝不挂更裸裎，仿佛全身都变成透明的，再也掩藏不了秘密。另一方面，她更害怕许立森指控她说谎，世界上怎么有父母在经济上对孩子如此地阔绰，情感上却吝于给予一个拥抱？单单只是转述几句父母对她说过的话，吴依光就感觉到头顶有神祇朝她投来审判的一眼：你竟然这样说你的父母？

许立森必然是听进去，也信了，否则他无法轻易以母亲的名义来伤害她。吴依光揣测她的表情必然很难看，她宁愿许立森揍她，也好过这样说。

吴依光再也不过问许立森的规划，就像母亲几乎不再搭理她。只有吴家鹏偶尔会偷偷从皮夹内抽出几张大钞，递过，要她记得照顾身体。吴依光没有推辞，就像她也会接受许立森给她的钱。吴依光逐日领悟到金钱的另一层意涵，有时你需要它们来填补内心的空洞，不然你也不确定自己还能要求什么。

吴依光三年取得硕士学位，比多数同学早了一些。硕二那年，指导教授建议她修教育学程。教授的用语是，我知道你对教育没有兴趣，但老师的待遇不差，给自己留一条后路不吃亏。吴依光不认为自己适合担任老师。每每看着许立森从容地在读书会上交代主题、决定发言顺序，还得拨冗鼓舞不善言辞的成员，吴依光在目眩神迷之余，也替许立森感到疲累。很少人意识到，要让他人知道自己知道什么，绝非易事。即使如此，吴依光还是按照教授的建议去执行，就像教授说的，也不吃亏。谁能预想得到，此时的无心插柳，在多年后发展成树荫，吴依光成了一位老师。

吴依光踏入职场的那一年，许立森休学，以躲过修业年限。他温和的父母终于感到事有蹊跷。吴依光记得许立森的父母出现在租屋处门口的那天，时间接近傍晚，天色橘黄。许立森硬着头皮请父母进门。四个人在不到五坪的客厅你看我，我看你。许立森的父亲打破静默，要求许立森给出一个交代。他重重放下茶杯，力道大得吴依光一度以为桌子会应声坍塌。许立森收起笑脸，试图以真挚的游说推平父母眉间的皱褶。他承诺，两年内，学位跟律师执照一起到手。许立森的父亲摘下老花眼镜，以掌根按着眼窝，血丝在他略呈混浊的双眼漂浮，他看似失眠整夜。他点了点头，比了两根手指，说，好，就等你两年。他扶着桌子站起，说明天得开店，他们要回去了。

吴依光跟在许立森身后，陪两老走去牵车，许立森的母亲扯了扯她的衣角，示意她放缓脚步，等两人跟前方的父子拉出一段距离，许立森的母亲低声嘱托，不能再放任许立森蹉跎下去。见吴依光没有应声，她又补了一句，许立森的哥哥，在他的年纪早已结婚、生小孩了。你是女生，这样等都不紧张吗？

闻言，吴依光有些飘飘然。

交往第三年，许立森表明自己是不婚主义，他最向往的关系是萨特与西蒙·波伏瓦。他笃信婚姻这个制度是爱情最大的敌人。吴依光点了点头，忧悒在心中蔓延，她猜许立森没有读过西蒙·波伏瓦写给艾格林的书信，若有，他也许会修正自己的看法。

许立森母亲的这句话，唤醒了吴依光的旧梦，和许立森成家的旧梦。她想，说不定许立森的不婚主义，会因父母而妥协？他终究那么像个孩子。

白色奔驰休旅发动，移出停车格，在街口转弯，消失于两人视线。

许立森吐了一口气，说，搞定了。吴依光问，你说的两年，是认真的吗？许立森俯身轻吻吴依光的脸颊，说，嘿，就先饶过我吧，没看到我才逃过一劫吗？我爸妈无法明白我在追求什么，是我人生最大的遗憾之一，我也不可能叫他们去读切·格瓦拉或是保罗·科埃略。我已经尽力维持表面上的和平了。吴依光又问，我们的未来呢？有一天他们不再每个月汇三万元给你，我们该如何是好？我们根本租不起我们现在住的地方。

许立森收敛脸上的笑容，以指尖爬梳额前的头发，急躁地说，又来了。你要不要照照镜子，看你像谁？这是许立森第二次在对话中召唤母亲，这回他甚至不必说出那两个字。吴依光噤了声。这是个极有效的咒语——她哑了。

礼拜二，许立森又回去酒馆，摇晃杯中淡金色液体，大谈社会主义与新自由主义。吴依光前往一家出版社面试，与出版社总编相谈甚欢，当场确定待遇跟职务内容。

吴依光任职满一个月，仰慕已久的诗人造访出版社，商讨新书的宣传活动。吴依光险些把茶水打翻在对方身上，那位风姿绰约的诗人不以为意，仍是笑容可掬地为吴依光递上的绝版诗集签了名。

母亲询问吴依光工作月薪，吴依光没有撒谎，说出实际的数字。母亲注视着她，沉默，仿佛等着吴依光解释什么。吴依光回望母亲，一样，沉默。

母亲的白发多了，她染发的速度追赶不上白发增生的速度，嘴角的肌肉因缺少足够的支撑而下垂，吴依光想，母亲老了，她要六十了。纵然母亲在职场上仍旧活跃，思绪也还敏捷，但在某些面向，母亲多少泄露了迟暮的、力有未逮的气息。

母亲问，这就是你要的？我在你身上砸了这么多钱，你找了一个这样薪水的工作？吴依光咬着下唇，对自己很是失望，离家多年，母亲的言语还是能轻易控制她。

她几乎想把母亲对她说过的每一句话都原封不动地扔回去，好比说，你以为你是谁？你懂什么？吴依光嘴唇动了动，一个字都说不出口，失望转换成痛恨，她恨自己，也恨母亲。吴依光气弱地反问，我喜欢的工作，待遇就是这么普通，这么多年了，你还看不出来，我永远不会有符合你的标准的那一天吗？还是你想听我说对不起，对不起让你失望了？母亲眼中闪过一抹难解的幽光，像是这个答案她并不满意。她又问，你的男朋友还是同一个？那个家里卖吃的？他在当律师了吧？还是司法官？

吴依光说，他在写论文，有些文献是用德文写的，他需要时间。他的父母很支持他，没有催促。吴依光停顿几秒，又补充，他们家很开明，给小孩很多自由。母亲半睬着眼，说，别以为我听不出来你的意思，你别想拿我跟其他人做比较，那些人对小孩付出的心血才没有我的一半。你从十八岁到现在，做的事我没有一件看得懂，接下来你打算靠这一点薪水过活？继续浪费时间在你那个一事无成的男朋友？就为了这些，你当初宁愿放弃去美国？

吴依光闭了闭眼，恨意缓缓消散，她问，在你眼中，现在的我就这么差？

母亲没有立即回答，沉默回旋于两人之间，半响，母亲开口了，你明明可以更好的。你国小的时候每一次段考都是前三名。你考高中的分数还比其华女中的录取分数高了十分。为什么二十五岁的你只有这样？

吴依光摇头，那些日子我从来没有快乐过。她的语气可说是哀求了。即使有整整七年她躲着母亲，她的内心仍渴盼着母亲的认同与谅解。她仍想得到这个女人的爱。

母亲问，那些日子怎么会不快乐？你这么优秀。优秀的人不会不快乐。

吴依光笑了，她想，成语里的大势已去，说的无非如此。

她说，我该走了。我这两个月做的书都是重点书，我要回去加班了。

这是吴依光童年起就在练习、日益精熟的本领：你随时都能抽离。你不再在意。

吴依光没想过她这么享受编辑这份工作，看着一本书从抽象的灵感，到文章，最终付梓成具体的纸页，她深受打动。特别是在印刷厂看着纸页从器械里吐出，墨彩受热而有奇妙的气味飘逸，吴依光受不了诱惑，小口小口地嗅，呵呵傻笑。

她也怀念自己饮料店打工时锻炼出的结实臂膀，久坐改稿让她腹肉横生。

研究所毕业之后，吴依光从学生宿舍迁出，又租了一间不到五坪的小套房，为的是有一个空间给父母检查。她必须给许立森经营形象，父母不会喜欢婚前同居这个主意。吴依光厌弃仍试着迎合父母意志的自己。但她也是清醒的，就像医院提供美沙冬给戒毒者，偶尔你还是得走回头路，在熟悉的秩序里培养远走他方的能量。

随着吴依光的工作越来越吃重，她住在套房的天数增加了。许立森不喜欢她加班，他说，看到你这社畜的样子我就烦。吴依光想，自己的确造成了许立森的压力，她最好给许立森比以往还充裕的空间。

一日，吴依光拿着奖金请许立森吃鳗鱼饭，略带胶感的酱汁薄刷在香糯的米粒上，吴依光吃得双颊泛光。她拿起碗，喝了一口鳗肝汤，才要放下，许立森问她，你有没有考虑搬回去住？吴依光的手凝在半空中。她默不作声，等着情人说下去。许立森挠了挠头发，说，你上下班的作息干扰到我写论文跟准备考试，再这样下去我会被困住。吴依光没有挣扎，她说，就按照你说的去做吧。

许立森允许吴依光留下一套内衣裤、一件衬衫、一件长裤、一条裙子和一双塑胶室内拖鞋。他还弥补似的送了吴依光一组昂贵的淡绿色桦木衣柜，套房的衣柜发霉了，房东要吴依光将就，许立森说，人生很短，为什么要将就。吴依光不敢去想这句话是否也在暗示着许立森对这段感情的心得。

搬回套房的第一天，吴依光倒在床上，盯着天花板油漆剥落的位置，看久了，那斑驳竟像一只蝴蝶，不知道过了几个钟头，她慢吞吞起身，把地上那一摞摞书本按照她自定的顺序一一嵌进书柜。

吴依光没几天就适应了分居的生活。像是补偿似的，许立森对她又回到了交往初期的体贴跟呵护,她也能安心地把工作带回住处。吴依光暗想,许立森做了一个很好的决定,他们在一段爱情里重拾自由,不是每对恋人都能做到这件事。

两个月后,吴依光编辑的一本书,碰巧迎上最新时事,蝉联排行榜好几个月,斩获众多大奖。定居欧洲的作者嘱托吴依光代表上台领奖、朗读感言。吴依光收到好几家媒体的采访邀请,看着自己的脸孔出现在大荧幕上、报章杂志上,吴依光有些害羞,也很得意。总经理订了包厢,举行庆功宴。席间,觥筹交错,有人握着麦克风高歌,吴依光按着胸口不停吐气,她整个人轻飘飘的,踩不着地板。她想起那堂上了三个学期的《红楼梦》,想起林黛玉在某个场景所说的一句话:我为的是我的心。

我的心,以此刻来说,是为了吴依光这个人,为了这个人的成就,为了这个人的奋斗而搏动。下一秒,吴依光险些摔破酒杯,她的月经很久没来了。

29

许立森果然想也不想,说,这个孩子不能留下。他面红耳赤,双手在凌空挥舞。他说,你看看我们现在这样,我们承担不起这个生命。吴依光焦急地解释,我们可以回去跟家里讨论,我相信你父母不会什么也不做的。许立森指着吴依光,俊秀的五官竟浮现几分狰狞,他说,别再说了,你什么也不懂,你有没有想过后果?我们的父母以后可以理所当然地介入我们的生活,而我们什么也不能做,不能抗议、不能反驳,因为我们需要钱来养这个孩子。吴依光,你知道这样的话,孩子会变成什么吗?人质,我们的父母从此可以拿这个人质来控管、威胁我们。听到人质这个形容,吴依光胸口剧烈地抽痛起来,但她不打算退让,这不是她一个人的事情。吴依光咽下口水,把发抖的手勉强握成拳,撑起精神,还击,你的父母本来就在介入,你的硕士论文写几年了?要不是你父母每个月汇三万给你,你根本负担不起现在的生活。有谁像你一样,没有工作,照样买一杯两百五十元的手冲咖啡?穿一件四五千的名牌衬衫?还有那个读书会,你谈了这么多人跟他们的思想,但……

眼前闪过一道黑影,过了半秒,吴依光左脸烧起来似的又烫又辣。她伸手掩着脸,哭喊,许立森,你打人了?许立森盯着自己的掌心，一脸惊恐。他结巴地说，是你自己讲话太过分了。几秒后，许立森叹了口气，低头，脸埋入掌心，说，我们两个都冷静下来，好吗？你看，这个小孩连生命都算不上，我们就为了他吵成这个样子，我们以前不会这样的。吴依光，我现在诚实地告诉你，你也知道我在关系里有多么重视诚实，我们不能生下这个孩子，他绝对会成为我们的灾难。

吴依光问，难道就没有一个选项是，我把孩子生下，我们为了他而努力？许立森迅速否决，他斩钉截铁地说，没有这个选项。你为什么这么自私？非得用这个小孩来绑住我？所谓的为了他努力，不就是牺牲？我现在过得好好的，我不要牺牲。

许立森惨笑，又问，吴依光，你爱我吗？

吴依光流下眼泪，问，为什么你现在要问这件事？

许立森别过头，注视着墙上《爱在黎明破晓前》的海报，他最爱的电影之一。他说，吴依光，有时候我会想，你跟我在一起，放弃美国，放弃排名更前面的大学，是为了爱吗？对，我是虚伪，在读书会高谈阔论，时间一到还是乖乖跟父母伸手要钱。但，你好到哪里去？我至少是以自己的名义跟我父母要钱，不像你，一直拿我当挡箭牌。许立森越说越激动，我是给父母养没错，但我不在意他们。你呢，看似经济独立，生活自主，工作上，也得到很多肯定，但，我知道，我就是知道，你始终没有放下你爸妈对你说过的话，每一分，每一秒你都沉浸在全世界我最可怜、没人懂我的忧郁里，多么标准的、布尔乔亚的小鼻子小眼睛。

许立森每说一句，吴依光就越觉得眼前黑了一阶，她虚弱地抬手，说，我们都太激动了，说了一堆气话，先这样吧。许立森不领情，他狠狠地说，我是认真的，你必须拿掉孩子。有了孩子，接下来你是否会吵着要结婚？我父母会不会拿这件事，逼我快点离开学校？吴依光一愣，扯出痛苦的微笑，说，即使是这样，有很过分吗？许立森，你要逃避到几岁？许立森瞪大双眼，眼中的敌意仿佛看待一位仇人。他说，就算是要离开学校，我也不要以这种方式。吴依光，我说过了，人总是会越来越像自己讨厌的人，你现在是不是懂了你妈当初逼你去美国的心情？但她至少养了你十几年，你有为我付过一毛钱吗？没有的话，你凭什么这样控制我的人生？

30

　　手术前，吴依光走进一间香火鼎盛的庙宇。她没有特定信仰。吴家鹏早年上过教会，但没有持续，母亲则是无神论者，她说，她的意志足够坚定，不需要信神。穿着志工背心的妇人问吴依光要添油香吗？吴依光找出两百，递给对方，接过那沓沉沉的金纸与柱香。她跪在四方形的拜凳上，双手合十，抵着眉心，泪流满面。世界上有那么多信仰，祈祷的姿势竟如此相似。吴依光对着慈眉善目的神忏悔，她的确心存侥幸，以为许立森就这样退让，和她结婚。

　　许立森的母亲跟她约了见面，地点是一家连锁咖啡厅，寒暄几句，许立森的母亲从手提袋里掏出一只信封，要吴依光收下，里头是一沓蓝色大钞，整整有二十万。吴依光深呼吸，感觉受辱，她推回信封，说，我不能收。许立森的母亲静静地注视着吴依光，过了一会儿，她才轻声说，我们很抱歉，许立森也是，你不要看他那吊儿郎当的样子，他是所有责任都想过了才做出这决定。拿掉小孩对女生身体不好，这个我知道，许立森跟他姊姊中间，我也拿过一个小孩。你听阿姨的建议，拿这笔钱去买一些中药，或者是滴鸡精补补身体。

　　眼泪沿着吴依光的脸颊流下，她愣愣地问，然后呢？

许立森的母亲低头，细声说，吴小姐，你也不要怪他，人跟人的缘分就是这样，到最后不就是好聚好散？许立森也跟我们说过你家的状况，你父母那么优秀，应该也看不上许立森，快三十了，学位跟执照什么也没有。长痛不如短痛。是我们配不上。

吴依光踏出咖啡厅，手上握紧那信封。她仰头望着天空，希望自己就这样蒸发。

许立森没有回复讯息，他也搬离住了好几年的地址，似乎打定主意就这样消失。出版社的工读生陪吴依光去手术，女孩读大三，从头至尾，没有细问一句。她搀着吴依光爬上公寓三楼，给吴依光盖上被子，煮了一锅鸡汤，买了一些口味清淡的饭菜。她坐在房间唯一一张椅子上，写自己的报告，不时起身，确认吴依光无恙，晚上十一点，女孩才在吴依光的坚持下，叫了出租车回到宿舍。

吴依光请了两天假，第三天，她照常上班，照常开会，照常跟作者见面，她想，日子就这样凑合着过下去了。第十三天，吴依光从住处的电梯走出，正要掏出钥匙，母亲在梯间等她。吴依光问，你怎么没讲一声就来了？母亲冷着脸说，来看你是不是真的一个人住。不给吴依光反应的时间，母亲一把抓过钥匙，转开了门。房间内没有男人，但有更令母亲抓狂的事。桌上有术后休养的提醒，垃圾桶内有这几天喝掉的滴鸡精、生化汤包装袋。吴依光太憔悴了，没有力气提防母亲最喜欢的游戏：先让孩童误信自己可以随心所欲，再突袭检查。梦梦，王聪明，老板，没有一次幸免。

母亲像个舍监般巡视房间里里外外，神情凝重。她回到吴依光跟前，指尖捏着一只包装袋，问，你去拿小孩了？吴依光双手捂着脸，蹲下身子，放声悲泣。她恨母亲的直觉，恨自己的人生逃不过母亲的眼睛。她也恨许立森，留她独自收拾残局。但她最恨的莫过于，男人会以各种方式离她而去，母亲不会。

母亲摇头，把包装袋扔回垃圾桶，折回厨房，洗净双手。吴依光以为母亲会把握这完美的胜利，将她一举击溃。她失算了，母亲的胸脯上下起伏，双眼闪现悲伤，她呢喃低语，我该怎么说你？你口口声声说你很清楚自己要的是什么，但，看看你得到了什么？你把自己带到多么危险的地方？

母亲拎起扔在沙发的手提包，说，这里我一秒钟也待不下去，你好好反省吧。

母亲狠狠甩上门，留下仍蹲在原地，半句话也说不出的吴依光。窗外的天色既深且黑。吴依光环视着房间，眼前景象竟有些陌生，仿佛她无意之间闯入他人的房间。她倒在地毯上，蜷缩起身子，手指托着脚跟，内心成了一座死城。她就那样躺着，像是深谙死期将至的动物，不再挣扎，她睁着眼，躺到太阳再次升起。

又过了几天，深夜十一点，失联多天的许立森出现了，他沙哑地说，不要离开我。吴依光打开房门，许立森走进，踢掉拖鞋，摇晃地倒在沙发上，他扳着手指数，这几天他独自喝掉几瓶威士忌，接着，他央求吴依光坐在他身边。许立森发烫的指头摩挲着吴依光的脸颊，低声说出忏悔。吴依光注视着许立森，想起许立森的母亲。也想起自己的母亲，每一个人似乎都在受苦，她不懂为什么。她没有要伤害任何人。

许立森握住她的乳房时，吴依光闭上双眼，她只想记住这一刻。脑中升起一个久远的画面，交往一周年，两人出游，手牵手漫步于沙滩，双脚微陷，脚趾缝有沙，浪潮来回骚舔着他们的脚肚，海面上有一轮溶溶的明月，吴依光宛若受到魅惑，她松开许立森的手，一步步向前，水线上升膝盖，许立森抓住她的手腕，把她往后扯，嬉笑着说，不能再往前了，你想死在这里吗？

在那一秒钟，吴依光又想起死亡，她想修正十七岁的那句话，**世界太美了，就等他值得**。吴依光庆幸自己活了下来，得以见证心中再也不恨谁的时刻。

让她这么想的人，之后却在她的内心里，植入另一种恨。

吴依光倾身向前，轻吻许立森，许立森的手指擦过她的耳缘，没入她的发间。衣物一件件掉在地上，许立森抱着她，说，先这样，你才刚动完手术。吴依光的双手在许立森汗涔涔的后颈交握，她说，好，先这样。我们睡吧。没过太久，许立森发出规律的鼾声，他睡着时像个男孩，和平，不捣蛋。吴依光舍不得睡着，她泪光闪闪地看着许立森，瞬间，永久。再次睁开眼睛，吴依光听见水声，浴室的灯亮着。被单有汗与酒精的气息，她也睡出了一身热汗。许立森跨出浴室，坐在床沿擦拭头发。吴依光半眯着眼，偷觑许立森那几乎要刺穿皮肤的骨头，他一焦虑就会食不下咽，这段时日大概掉了几公斤。许立森转过身，吴依光闭上眼，许立森眼神行经之处都捎来一股热气，尤其是眼睛，好像有谁拿着一根羽毛抚刷她的睫毛。吴依光才要张眼，就听到一声叹息。许立森站起身，穿上衣服、长裤，他的动作很轻，没制造多少声音，在他压下把手时，吴依光心中浮现一个再也清澈不过的预感——她再也不会见到这个人了。吴依光唤住许立森，许立森转过身，问，你醒了？

吴依光问，你要去哪儿？

许立森迎向吴依光的注视，说，我可能先回家，再来看接下来该怎么办，我也许会暂时去我爸妈的火锅店帮忙，虽然我不知道我能做什么，这几天我想了很久，我的确不该一直躲在学校。吴依光又问，那我们呢？许立森沉吟半响，说，我很清楚我对你做了多过分的事，不止一次，就像现在，明明是我吵着要见面，天一亮又急着想逃走。我是个烂人，我猜你一直以来都知道我跟读书会的女生搞暧昧，但你总是假装什么事都没有发生。你知道吗，你这么卑微，卑微到我偶尔会怕。你的世界，是不是除了我以外，再也没有别人？跟你交往第一年，你说过，从以前到现在，你常常突然觉得人生很空虚，遇到我之后，这样的感觉才慢慢消失。我以前喜欢这些情话，后来不喜欢了，我只是个普通人，我承担不了这么重的责任。

说到后来，许立森几乎是泣不成声。

吴依光哽咽了一会儿才发出声音，她说，我很抱歉，我想，我们再也不要见面了。

隔天，吴依光的住处出现了意想不到的访客，吴家鹏。从猫眼望出去，吴家鹏的身影因镜面而显得滑稽。吴依光拉开门，对父亲的现身既是忐忑，也有困惑。吴家鹏不太自在地询问，我可以进去坐坐吗？

吴依光往后退一步，匀出空间给父亲。她提醒父亲，鞋子摆在地上就好了。

没有穿鞋椅，吴家鹏只好一手扶墙，一手扣着鞋跟，脱下皮鞋。房间只有一张椅子，吴家鹏坐在那张椅子上，肢体僵硬。水壶里的开水没了，吴依光从冰箱拿出罐装绿茶，倒入两只马克杯。吴家鹏双手接过那只本来专属许立森的杯子，说了声谢谢。他问起房租、房东的职业以及电费计算方法。吴依光考生似的一一回答。

吴家鹏低头喝了一小口绿茶，握着杯子，吞吐地表明来意。他说，这几年，只要你想做什么，爸爸很少管你。对吧？你是我跟你妈唯一的小孩，你妈对你有很多期许，我想说一个人逼你就够了，我的任务是保持中立。吴依光顿了一下，以她的经验，她分不出这和置身事外有什么差别。

吴依光什么也没说，耐心地等待父亲说下去。高中之后，父女俩很少像此刻这样，面对面谈一件事。即使是更早之前，母亲出差，家中只剩父女俩，他们的问候也停留在表面。吴依光想过，如果她是一位男孩，吴家鹏是否会更乐意分享他的人生？

有些故事，性别是一道门槛。就像有一次，吴依光接到远在波兰拜访客户的母亲的电话，交代她得将椅垫拆下，清洗。吴家鹏做不到敲女儿的房门，提醒她，她的卫生棉没有铺好，经血渗入餐桌的椅垫。他请妻子转告。

吴家鹏双手交握，说了下去。可是这一次，你实在是有些过头了。我年轻时也一天到晚想要反抗我的父母,想让他们知道我才是对的。不过,我实在看不懂你的反抗有什么意义。之前你跟饮料店老板弄成那样,我们很生气,最后不也是原谅你了?我们还是有在为你着想,想帮你导回正途,你以为美国的学费很便宜吗?你妈前几天有来找你,对吧,我不晓得你又做了什么,但她回到家以后,把自己关在房间,哭了很久,你也知道你妈不怎么哭的。我这次来找你,是想问,十八岁到现在,七八年有了吧,可不可以到此为止了?我们给你自由,你却把自己活成这样。

吴依光静默,只剩下紊乱的呼吸。

在她印象中,母亲不哭,也不喜欢见到别人哭。她说,哭是一种危险的自溺。与其哭泣,不如冷静思考如何脱离险境。这样的母亲,为她打破了规矩。

吴依光问,那我应该怎么做?她的语气很平淡,像是诚心的征询。吴家鹏眉头一舒,没有掩饰如释重负的心情,他说,回去问你妈,没有人比她更理解怎么做对你最好。你要知道,从你出生,你妈最重要的心思都在你身上,她不会害你。

吴依光送父亲下楼,吴家鹏说,到电梯就好了,不让吴依光再陪他多走一段。他似乎也被两人间浓稠的情绪给困扰,急着走避。

接下来一整天,吴依光再也无法从事任何事情,脑中走马灯似的展现她各个时期的遭遇。说不定她的确罪恶深重。每个孩子都是在母亲的剧痛中诞生,但她并未给母亲带来相对应的快乐与荣耀。

父亲前来，指出一项真理：有些人不适合拥有自己的人生。她错解了十七岁那年的机运，活着本身不是什么承诺，绝望时仍选择活着才是。她历经挣扎，却比启程时更一无所有。她想，也许回家并没有她想得那样差劲，至少那里有人真心地为我掉眼泪。

31

吴依光两年前曾走入辅导室，再次造访，看见将近全新的草绿色沙发，她不免疑惑，之前那张严重褪色的黑色皮沙发到哪儿去了？简均筑莞尔一笑，似乎猜出吴依光的问题，她说，争取到经费，就把之前的破沙发换掉了。

简均筑问，想来杯咖啡，还是柚子茶？我这里也有日本买回的白桃乌龙。吴依光说，除了咖啡，都好。简均筑移动到洗手台前，从旁边木柜整齐排列的瓶瓶罐罐中取出金色的茶罐，从中拣了两个茶包。过了一会儿，吴依光手中多了一杯热茶，暖意沁入掌心，又沿着血流扩散至手腕。吴依光说了声谢谢。

简均筑说，辅导主任就是要做这些事啊，泡茶，聊天，认真来说，我们的职业很像里长伯[1]呢。说完，她抽了一张卫生纸，擦拭满布落尘的桌面。

吴依光说出在意已久的问题：如果锺凉没有问，你还会说出学姊的故事吗？

简均筑耸肩，说，我不知道，也许会，也许不会。我说不定也想更严肃、更客观，不过，好难，那天不知道为什么，

---

[1] 台湾人对里长（即村长）的尊称。

我一直想到二十几年前的自己。要说学姊的死改变了我的人生也不为过。最早，我只是单纯地因为学姊选择自杀，觉得自己被伤害了。一年、两年过去，我渐渐觉得，不能好好聊这件事，也是很大的伤害。那个年代没有什么心理辅导的概念，人们常说，不要说伤心的事。我只能独自面对，看时间能不能冲淡一切。但伤口还是在那儿，放着不管，即使好了，也会有后遗症吧。我现在仍想不清楚，一个人身体受伤了，我们会希望他得到良好的治疗、照顾，会劝他复健，但为什么内心受的伤，我们只会建议那个人什么都不要做？最好假装没事？

吴依光把杯子放在一旁的边桌上。

若母亲在场，必然会反驳简均筑的说法。母亲认为，谁没有经历几件惨事呢？同情自己，一点用处也没有。她也说过，有些人之所以徘徊于伤痛，在于他们之后没有为自己创造、争取理想的回忆，好覆盖之前的苦楚。她就是这样克服的。

吴依光跟简均筑说明了自己和梦露、王澄忆和李仪珊等人谈话的过程。她坦承，自己并不能整合三个人的说法，才前来询问简均筑的意见。简均筑反问，那吴老师怎么想呢？你来找我，不只是想听我怎么想，应该有自己想说的吧。

闻言，吴依光在前来路上，跳得飞快的心，停止了躁动。她看着简均筑，深信对方身上必然有魔法，能够在几秒内营造出一种氛围，一个空间，或是一口树洞，阻绝外界的吵闹与窥探。吴依光被下咒似的说，简老师，我不知道自己该不该跟你说这个，不过，我在其华女中的最后一年，也打算做出跟苏明绚一样的事。

简均筑并没有露出吃惊的模样,她柔声问,那时,吴老师在想什么呢?

吴依光摇了摇头,说,决定前我想了非常多。我感觉自己对世界充满绝望,跟愤怒,这两种情绪占据了我的内心。奇怪的是,做出决定之后,我的内心恢复了平静,好像是觉得,所有的痛苦,终于,全部要结束了。那时,我觉得母亲是我痛苦的来源,我再怎么努力,在她眼中,就是不够好,她始终期待我能像她一样,各方面都很优秀,体面的工作,正常的家庭,还有纤细的身材。现在回去看,也不只是这样,更像是一种害怕、焦虑,我不喜欢我母亲的想法,但,如果她是对的呢?如果整个社会就是这样想的呢?我是谁,一点也不重要,重要的是我有没有长成某个样子。十七八岁,就好像昆虫结蛹,介于毛毛虫跟蝴蝶之间,我知道自己快成为蝴蝶了,但我看着身边的大人,觉得蝴蝶好丑,我宁愿在蛹里窒息。这只是我的想法,至于苏明绚是怎么想的,我无法揣测,即使想过一样的问题,不代表我可以理解她。

简均筑眼中泛起感伤,她说,没错,所以我也不能笃定地回答你,怎么想才好……听起来每个部分都有那么一些小问题,家庭、校园,包含全部的社会。我倒是可以说一下我在辅导室待了这么多年的经验,很多时候,我们见到的只是表象,并不能代表什么。以苏明绚来说,很多同学都说她看起来很好,没有异状,社群上的文章也都很正常。然而,谁可以保证那就是最真实的苏明绚?

吴依光点了点头,不敢喘一口大气,简老师说的每一句话都透着神秘的灵光,她想要全神贯注地感受这些灵光在她的脑中激起的火花。

简均筑又说,自杀的动机有很多种,我们最不敢去面对的是,所有动机都有一个共同的元素:结束痛苦。感受痛苦,是人类与生俱来的设计,但若生命只剩下痛苦,容不下其他的情绪和事物,那么,似乎也没有别的出路了。我相信我的学姊独自待在房间时,也是这样想的,痛苦主宰了她全部的感受,她能做的事就是停止感受。就像吴老师的譬喻,蛹,停在这儿,不确定会不会变好,至少不会更坏了。回到苏明绚,苏明绚看起来很好,不表示她内心也一样好,有时这才是最困难的部分,你有没有注意到,现在的学生,想法跟我们有很大的差异?

吴依光想了一会儿,坦承,我有时会这样想,但我不确定自己可不可以这样想。我读书时有些老师也会这样说,但他们的结论几乎都是我们没上一代好。

简均筑半眯起眼,笑了。她说,每一个世代,要说没有差异是不可能的。物质基础完全是不同的水平,精神感受怎么可能不受影响?现在的青少年很早就使用社群,习惯在非实体的空间分享一切。我注意到他们习惯把自己分得很多层。很多学生拥有不止一个社群账户,公开的,半公开的,只有少数几个朋友,或彻底匿名,不让任何人知道的。在不同的账户展现不同的自己,长期下来会有什么影响?现在的教育强调认识自己,但,什么是自己,公开的那个?半公开的那个?还是匿名的那个?如果这些自己,个性不太一样,又要认识哪一个呢?我们这代人认为"表里不一"是缺点,年轻人也这样想吗？说不定他们觉得"表里不一"才是最正常的。既然这样，也表示他们比我们还早就认清一件事情，每一刻都可以是表演，不代表本人的心声。我举个例子，我们都经历教师甄试，平心而论，那时候的我们究竟是在表现自己，还是在表现主考官想看见的模样？

闻言，吴依光笑了，她说，当然是后者。

简均筑点头，说，教甄、面试，不会天天发生，但社群他们天天都在使用，放学了，社群上的影响还在，没有一刻可以喘息。这几年看着来辅导室的学生，在我面前哭得惨兮兮的，在社群上又是另一种模样，又会读书、又会玩、还很会 social（社交）。然后，别忘了还有父母，我们的文化，始终赋予父母很大的权力，决定小孩的很多事。父母的期望、社群的看法，还有自己内在的声音，这些元素往往相互冲突，有时超过了内心承受的范围，人就突然消沉了、忧郁了，苏明绚说不定也是这样，只是她没有给任何人看见她哭得惨兮兮的那一面。

吴依光问，为什么她要这样做？

简均筑摇了摇头，我也没有答案，或许苏明绚本人也不知道。有无限多个排列组合，人就是这么复杂的生物。她决定隐藏自己的痛苦，在外人面前展现出完好无恙的那一面。再来是青少年的大脑千变万化，一个刺激就能让他们走向极端，苏明绚受到什么刺激？她在极端又看见了什么？没有人可以代表她。我只希望大家别轻易地说，青少年就是这样。这句话本身没有错，青少年是个特殊的阶段，正因为他们就是这样，我们这些成人不能只是这样，我们得做些什么。

学姊走了以后，很多人说她蠢，说她意气用事，我承认我也这样想过，但又觉得这样说学姊，对她很不公平。若学姊今天是因为生了重病而烧炭，这些声音应该会少很多吧。人一辈子的烦恼够多了，还要被区分成有意义的烦恼，没意义的烦恼，无论有没有意义，烦恼就是烦恼，对内心造成的伤害是分不出轻重的。如果现在可以跟学姊说一句话，我会说，学姊，我还是想念着你，每一天。

吴依光咬着下唇，看着简均筑，问，所以没有一个答案？

简均筑苦笑，是的，没有一个答案。我不认为谁可以完全地理解一个人，到最后我们可以回答的只有自己的人生。喔，对了，虽然很突然，但我想说另一件事，若不是学姊，我不会去考心理与咨商研究所，我大学是读化学系的，看不出来吧。

简均筑有些调皮地眨了眨眼。

吴依光难掩气馁地叹气，说，这种没有答案的感觉，不是很好受。

简均筑又笑了，她说，这是我们必须经历的。如果一句话，一个理由就能说明一切，实在太小看我们的心了。我的工作，有一项任务是提醒大家，知道的事情，就说知道，不知道的事情，就说不知道吧。

吴依光复述了最后一句话，不知道的事，就说不知道吧。

简均筑点头，吴老师，你现在有好一些了吗？

吴依光低头，不想看清简均筑是以怎样的表情倾听她接下来的话语。她说：怎么样才算是好一些？原本，我最想做的事情是证明苏明绚的死与我没有关系。简主任，你也看得出来吧，我对老师这个职业没什么热忱，就当成一份还算可以的工作。我知道自己是个无聊的老师，不过，我也不打算改变什么。我好像在某个年纪，就开始只用一半的精神活着，另一半在做什么？可能也没做什么。这几年我常常觉得混乱，工作不太顺利，我私生活也有不少状况，苏明绚的死好像成了压倒我的最后一根稻草，我觉得自己被彻底否定了。

说完，吴依光抬起眼，简均筑朝她微笑，眼神里没有任何审判的意图。

简均筑伸了个懒腰，再次起身，给两人的杯子注入一些热水。

简均筑说，吴老师，我相信一个人的死亡，势必会改变他身边其他人生命的轨迹。我自己认为，我在辅导室的每一天，都是对学姊的纪念，不是她，我现在人应该在某间药厂的实验室。苏明绚的自杀也可能在某个层面，改变了你的生命的轨迹。哎呀，跟你说着说着，我突然想回去找指导教授，讨论我以前想了一半的事。

吴依光吸了吸鼻子，问，我可以知道是什么事吗？

简均筑笑了，仿佛这个问题令她很愉快，她说，之后再跟你说。今天够了。

吴依光向出版社递出辞呈时，总经理特地慰留她，问，为什么，你做得很好。吴依光说，谢谢，我也过得很开心，但我必须要走了。

母亲只接受完整的臣服，她得把自己归零，抹除上头的使用痕迹，再把自己交还给母亲。逃家多年，盘缠用尽，启程时的目标已瓦解。纵然再也不能为自己的心而活，吴依光也愿意，她封缄了她的心。没人提醒过她自由的副作用，自由同时表示着为自己负责，快乐跟不快乐都是自找的，出了差错没有他人可以责怪，只有自己。

吴依光跟母亲说，从今以后，你叫我做什么，我就做什么。

工作跟婚姻就是这么来的。

结婚前几天，母亲把吴依光叫过去，要她许诺，永远地隐瞒谢维哲，许立森跟手术的事。吴依光同意。即使母亲这样迂回地说明，令她有些难堪，她也无所谓。

母亲够体贴了，她一直隐瞒着父亲。

她只有在偶然的时刻，会想起，曾经，她也是有心的。有时，下午喝了太多茶，或是学校的事惹她心烦，失眠缠了上来，吴依光会拉开棉被，走下床，移动至书房，扭开桌灯，读一些她从来读不完的小说，像是普鲁斯特的《追忆似水年华》。研究所同学以极低的价格出售，全七册，附书盒。这么多年来吴依光的进度始终停在第一册，绕不出斯万家，怎么样还是那一套热茶跟玛德莲。两次搬家她都没有扔弃这些书。每一次翻起，她依旧对作者长河般的叙事感到新颖、不可思议，有那么几秒，她会从一群说着法语的角色们抽身，回头凝思自己的人生。

她很难说母亲的规划哪里不好。其华女中是所好学校，谢维哲是个好人，老师，可以说是一份好工作。有时密集的人际往来令她感到吃力，但一年两次的假期，倒也允许她静静养回体力。吴依光想象五十岁的自己，过着差不多的生活，身边是同一个人，两个人都老了些，长出白发，走路拖泥带水，有一个孩子，或许两个。

吴依光至今厘不清人为什么要生小孩。婚礼结束没多久，母亲曾独自来找她，交给吴依光一本存折，一张提款卡，存折上头贴着一张写了密码的标签。里头有将近七位数的现金。吴依光问，为什么？她很清楚母亲分配金钱的谨慎，慷慨的赠予都附随着沉重的义务。母亲说，听说现代人要生孩子不容易，如果一年了肚子还是没有动静，就去找医生吧。吴依光又问，为什么非要孩子？母亲睨她一眼，说，为什么不？没有小孩，老了谁来照顾你？给你送终？

闻言，吴依光双臂生凉，冒出几粒疙瘩。她想，难道这就是父母设下这么多条件的原因，上半生，他们求的是体面，下半生，他们要的是忠诚。孩子为父母所造，难怪哪吒拆骨还父、割肉还母，"还"字不就象征此身非孩子所有？吴依光没有哪吒的本事，只能继续借用着这生命。母亲说，社会每个人都是这样想的，不然生小孩有什么好处。吴依光相信母亲是对的，更精确地说，错的人总是她。

流产之后，吴依光尝试再怀上一个。

百合的出现，令她有了动摇。百合口中的谢维哲，吴依光好陌生。苏明绚的自毁，也迫使吴依光陡然惊醒，她这才明白，自己浑浑噩噩好多年了。十七岁她渴望毁灭整个世界，如今，活了另一个十七岁，竟只剩下心如止水。若与十七岁的自己相见，她要如何赔罪，说，抱歉。我以为我活下来了。但我并没有。

32

吴依光把过程全无保留地告诉何舒凡,她跟每一个人的对话,以及那些纸条。何舒凡问,你认为纸条是谁写的?吴依光摇了摇头,下一秒,她点了点头。她说出一位学生的名字。何舒凡并未流露诧异的神情,相反地,她说,有一次,午休完那节下课,我看到她走进休息室,在你桌上放了一个东西。我没有想太多,她是你的小老师,大概是你有请她做事。不过,你为什么认为是她?

吴依光考虑了一会儿,说,我有时觉得她看我的眼神……有一股情绪。她母亲来学校找我之后,那股情绪比之前更明显。要我形容的话,我会说是失望……再来是,最近一张纸条,特地写到苏明绚,虽然苏明绚跟很多同学交情都不错,但热音社这样的细节,我认为需要更进一步,至少要到接近"挚友"的程度。

何舒凡双手交握,语带疑虑地问,你会去找她谈吗?

吴依光点头,说,以前我可能会假装没事,但我不想再这么做了。

何舒凡抿唇微笑,说,你好像振作起来了,我好担心这些事会压垮你。

吴依光嗯了一声,说,我可能差点要被压垮了,不过,看着梦露跟王澄忆，她们这么痛苦，还是站出来，承担她们能够承担的部分。我从她们身上学到很多。

何舒凡认同地点头，说，很多人说现在的小孩太敏感了，但有些事只有敏感的人才做得到。三人行必有我师焉，以师生比来说，我们从学生身上学到事情，比学生从我们身上学到事情，概率大多了。

说完，何舒凡低笑起来，说，我怎么可以想到这么天才的话。

吴依光心头一轻，她说，当你的学生，比当我的学生还幸福多了，你比我有趣多了。

何舒凡止住笑声，说，不，千万不要这么想，我们常说要尊重学生不同的特质，既然如此，他们身边的大人也应该要有各种样貌才是。

吴依光再次赞叹何舒凡的机智。

她知道如何安慰一个人，又不让对方若有所失。

何舒凡说了下去，即使制度没有改革，改变也早就开始了，现在的学生，距离知识有时候比我们还近。之后，衡量一个人适不适合当老师的标准，绝对跟现在不一样。整个教育的环境也会不一样。班级人数最好少一半，教室的设计也要打掉重来。还有班导，这项工作应该是专职，就像麦田捕手，这些人的工作就是在悬崖边守望，如果有学生朝着悬崖狂奔，这个人就负责冲出来，把学生一把抓住。我相信现在的学生比以前更有理由朝着悬崖狂奔，更需要有人把他们抓住，跟他们说，哎呀，你怎么了，要不要聊聊。老实说，我不想当麦田捕手，我知道，在很多人眼中我可能已经在当这个角色，但我不想。我很擅长，但我不喜欢。

吴依光吐了口长气，眨了眨眼睛，说，你从来没有跟我谈过这些。

何舒凡抓了抓头发，苦笑，她说，这个环境，待得再久，交情再好，还是不确定什么能说，什么不能说。不过，你都跟我讲纸条的事了。哎，除了美食跟团购，我偶尔也是会想正经事的。像是，当老师第一年，我告诉自己，不要成为小时候那种只会教学生画线、必考重点打三颗星星的老师。我鼓励学生在课堂多发表意见，不过，每一年，总有几个学生埋怨这样的风格，还有父母打给我，说我把上课的义务扔给学生，造成小孩很大的压力。很长一段时间，我很迷惘，想说给你们这么多空间，你们为什么不珍惜？难道你们要回去那个填鸭式的教育？

吴依光没想过何舒凡有这样的挣扎。

在她眼中，何舒凡作为老师，向来是游刃有余、深受学生喜爱的。

何舒凡顿了顿，才慢慢地说，我后来是在游泳池想清楚整件事。我每一次经过学校的游泳池，都会停下来看，我喜欢看人游泳，那是个好奇妙的状态，听觉、视觉、触觉都跟平常不太一样。我也喜欢看学生游到尽头，转身、蹬墙，有些人一蹬就游好远。一天，我想到为什么要蹬墙？为了那个反作用力对吧。突然我释怀了。少了那道墙，前进是很困难的。我直接移走了学生的那道墙，希望他们感恩，却忽略了他们也失去了一个具体的目标。以前我们不自由、不幸福是理所当然的，那道墙阻止我们游下去，框架制约了我们，现在呢？我们跟学生说，你是自由的。这句话暗示什么？如果你没有活得很精彩，抱歉，那就是你的问题了。那天起，我不再觉得现在的小孩好命了，每个时代都需要一道可以抵制的墙，如果墙不在了，动力怎么来呢？那些不喜欢我教书风格的学生，再也不会让我觉得困扰了，他们至少表达了自己不喜欢什么。我担心的是那些假装一切都很好的学生。

33

我们需要谈谈。吴依光一说完这句话,谢维哲立刻从餐盘里抬起头。吴依光选在星期五的晚上,如此一来,无论他们是否形成共识,都有周末两天收拾凌乱的情绪。

谢维哲冷静地说,你要谈什么?他的神情带着点戒慎,吴依光不禁猜想,谢维哲说不定已从她连日的疏离拼凑出她要谈的事情。她说,我最近在考虑离婚。

谢维哲眉头轻轻一抬,手悄悄握成拳,问,我可以知道原因吗?

百合两个字,就像噎在喉咙的糖果,只要吴依光身子稍微前倾就滚出嘴巴。但,她琢磨了好几天,百合不是原因,而是结果。她说,我们两个当初好像只是觉得应该要结婚,就结婚了,生小孩也是。

谢维哲蹙眉,说,我以为这是我们都想要的结果,我们那时也不年轻了。他的语气很中性,没有控诉。

吴依光说,对,但我现在不这样想了。

谢维哲顿了顿,问,你有喜欢的人了?

吴依光摇头,反问,你呢?

谢维哲一愣,抓了抓头发,说,我怎么可能。

吴依光没有戳破这个谎言,她抛出另一个问题,虽然我们是介绍认识的，不过，你会答应结婚，应该表示我在你心中至少有及格吧。我可以问，及格的部分在哪里吗？

谢维哲欲言又止，他似乎没想过这个问题。过了好一会儿，他说，你是一个很好的对象，各方面都没有什么问题，工作，家庭，个性。我那时觉得，要跟你共度一生，似乎没有很困难。

吴依光又问，那，你爱我吗？

谢维哲身子一僵，有些紧张地说，那你呢？你爱我吗？我不觉得你对我有什么感情，但，那重要吗？我们不也这样走过来好多年了？我以为，一段婚姻，最重要的应该是，两个人能否相互扶持。吴依光，我们是同类人，第一次见面，我就看出来了。谢维哲的语气有些急了，吴依光很少听他一口气说这么多话。

吴依光摇了摇头，说，我本来也以为是这样，但其实不是。

谢维哲举起双手，做出投降的姿态，说，你要这样说，我也无能为力，但，有必要离婚吗？这几年我们相处没有出什么问题。

吴依光轻轻地纠正，那是因为我们基本上相处的时间很少。

谢维哲说，那是因为我们都要工作。

吴依光定定地看着谢维哲，说，你明明知道工作不是最主要的原因。真正的原因在于，我们都很清楚这段婚姻或多或少有跟家里交差的用意，就像一起完成项目的同事，所以我们不敢认真地相处，怕跨过了同事的那条线。好比说，你知道我跟父母的关系不对劲,这么多年来你也没问,我们怎么会变成这样。

谢维哲为自己喊冤,他说,我以为不问才是对的。像你说的,我们是介绍认识的,跟其他夫妻比起来,没有太多恋爱的过程,半年就快转到结婚。我不确定自己有什么立场过问你的事。

吴依光说,就算你不是先生,是普通朋友,你都可以问。

谢维哲仓促地改口,如果你想要我问,我以后就会问,先别急着跳到离婚好吗?这段关系没有这么不值得吧?还是说你其实不想生小孩?

一股热气自腹部飘升,吴依光感觉得到血液倏地涌入脸颊,鼻子,和眼周。看着谢维哲满头大汗地询问和辩解,吴依光感到荒谬,太儿戏了,两人到了这一刻他们才像是正常的恋人,眼神交会,尝试厘清对方的感受,确认对于未来的规划是否一致。四十岁多一些的谢维哲,脸上浮现被扔弃的神情。几个月前,这样的神情应该可以打动吴依光,令她回心转意,决定把整出戏演下去,或,至少,别成为那个让人伤心的人;但此时季节不知不觉地变换,刮起陌生但温暖潮湿的风,吴依光尚不清楚自己要往哪里去,但她至少知道她不能再蹉跎下去。时间有限,时间向来有限。

吴依光说,跟小孩没有关系,而是我想要被爱。你了解吗?我想要这样的东西。

语落,谢维哲生硬地别过头,他的肢体动作指出了答案,他做不到。

见状,吴依光骨头里经年累月的郁闷都消失了,这一秒她成了无限轻盈之物。这是百合教会她的事。过去几个月，她跟百合见了几次面，百合时而歇斯底里地哀求，时而清醒地说，她得停止自欺欺人，她在谢维哲心中，虽然特别，但不重要。

吴依光起初以为谢维哲爱上了百合的年轻，这里的年轻并非纯粹指涉身体，也包含心灵的焕然。吴依光终日给青春的少女围绕，不止一次从她们的举止、谈吐，感觉春光再次拂照，思想重回到有一些忐忑、不确定的心境。就像她年轻时。但，看了百合数次，吴依光有了新的假设：谢维哲爱上百合，说不定答案很简单，那就是百合非常爱他。百合爱谢维哲，这点毋庸置疑，从她的错乱、不一致，与挣扎，吴依光不至于分辨不了。谢维哲是当事人，应该知情更深，否则他不会向百合说起版画。那不是一个可以说给任何人听的普通故事，就像小孩也只允许少数人走进他的房间，欣赏他珍贵的收藏。吴依光眼睁睁看着百合抹掉眼泪，无比自厌，又戒除不了，内心竟翻滚出奇怪的念头，她又羡又妒，她跟谢维哲之所以成婚，有一部分建立在没有人爱他们，如今谢维哲有人爱了，吴依光却依然活在和许立森说再见的那个清晨。

她后来看着百合，心境却已不同，有些人以冤家的角色登场，但走到最后一幕，你才后知后觉，他们以私己的人生，向你展示了语言难以捕捉的至理。

谢维哲叹了口气，说，我们都不年轻了，你确定要这样？

吴依光说，我知道，但若以平均寿命八十几岁来说，我连一半都不到。从现在起，我想要尽可能地对自己诚实，等到五十岁,我可以告诉自己,我已经对自己诚实十五年了。再到八十岁,我可以说,我这辈子对自己诚实的时间,比不诚实还要长。

吴依光说出了百合的名字。

谢维哲错愕地睁大眼,下一秒,他羞愧地道歉,说,我可以解释,我跟她的关系很早就结束了,我知道我必须对这段婚姻忠诚。

吴依光制止谢维哲说下去,她说,没有关系了,我之所以说出来,不是为了怪罪,而是希望你也对自己诚实。我们不是因为误解而在一起,而是那时我们相信自己只能、也必须这么做。我相信婚礼时我们的微笑是真的,至少我那时想着,我解脱了。有些事,我应该跟你说的,但我从没说过。十七岁,我非常想死,我那时相信,这是我唯一决定自己人生的方法。但我没死成。十八岁,我跟一位大我十几岁的老男人在一起,他甚至听不懂资本主义,我不在意,我只想要有人爱我。除了那个人,没有人对我这样说。二十岁,我跟一位学长在一起,六年后,我拿掉他的小孩,陪我去动手术的人不是学长,他躲起来了。你说,我跟你是同类,不,不是的,我曾经希望我是,但现在我不想再假装了。我受够了。我很孤单,但我假装没事,我知道你也是。在这部分我们才是同类。

34

母亲在餐桌上宣布,梅姨即将要独自返回台湾,并且住上半年。闻言,吴家鹏歪着头,说,听起来不太对劲,小梅有跟你说她要处理什么事情吗?母亲耸了耸肩,说,不知道,她在电话里神秘兮兮,说什么回来再面对面告诉我。我猜,不是生病,就是跟威廉怎么了。吴家鹏眉头一耸,看似不很认同,他说,六十岁,还能怎么了。母亲还嘴,怎么不能?别忘了他们在美国,美国人的字典里没有容忍两个字。吴家鹏闷哼了声,拿起手机,看了一眼,仿佛他仍跟过去一样得处理公司要务。

吴依光看得出吴家鹏动作背后有几分表演的意味。三年前,母亲被提拔为亚洲区的负责人,底下管理两百多人,父亲则被调离了公司决策团队。

母亲继续说道,如果小梅跟威廉吵着要离婚,只能说好险爸妈不在了,这件事会给他们带来多大的打击。吴依光参与了话题,她说,这个时代,离婚没有那么严重了,我身边有些朋友也离婚了。吴家鹏使了一个眼色,示意吴依光别再说下去,但,母亲听见了,她轻哼,说,我们讲的事没有冲突,离婚的人再多,也不会改变一件事,这是件家丑,难道你那些离婚的朋友很骄傲?

吴依光回，他们不觉得骄傲，但也不至于觉得丢脸，就是一个过程。

母亲挑起一边的眉头，说，这就是你那些朋友的问题了，他们应该要觉得丢脸。

吴家鹏制止母女俩再说下去，他转移话题，说不定小梅只是回来度假，我们何必在这里乱猜呢？对了，谢维哲呢？他今天怎么没跟你一起回来？

吴依光脸不红、气不喘地说，他今天跟同事聚餐，很久以前约好的。

吴依光没说谎，但也没有说出完整的详情。她跟谢维哲离婚。前往户政事务所的那天，天空万里无云。谢维哲展示了风度，他说，在吴依光找到新的落脚处之前，他不介意让出主卧室，他自己先住书房。少了夫妻的身份之后，不仅是吴依光，谢维哲也散发出某种清爽的气息。谢维哲打了电话，告诉父母两人的决定，谢维哲没有转述父亲埋怨了什么；芳的反应倒是意味深长，她告诉谢维哲，自己很早就有这样的预感。芳安慰儿子，来日方长，她这几年也慢慢领略儿孙自有儿孙福的道理。

和父母告别，吴依光返回家中，书房门缝底下流溢黄色灯光，吴依光想敲门，跟谢维哲倾诉她对梅姨的担忧。手指即将轻敲门板时，她缩了手。

她还不确定，不是"夫妻"之后，她跟谢维哲是什么。

八岁到十七岁，每年吴依光都会前往美国，跟梅姨一家共度暑假。

母亲交予的任务是"英文得练到梦话也是用英文说的"。她跟梅姨都对于下一代的语言抱持着某种野心。母亲一再重复她对吴依光的规划,包括送到美国读硕士,若吴依光对学术有兴趣,想读到博士,她也愿意资助。梅姨则认为未来美国的就业市场,双语是基本条件。多数日子梅姨像是姊妹俩的陪玩姊姊,只要一聊到中文教育,她就会摇身一变,成为严格的母亲。梅姨一度试过自己教,但效率低落,索性改请昂贵的家教,训练她们读写中文。梅姨数度打电话跟姊姊诉苦,说,没想过中文字这么难,以前我们到底是怎么记得那些笔画跟顺序。母亲说,还记得我们国小每天至少得花一个小时写字跟订正吧。吴依光的房间有一沓姊妹俩写给她的信,字迹奇丑,据说是在家教老师的监督下写成。对方是一位二十岁的女孩,在距离梅姨家约二十公里的大学读书,移民第二代,父母在一家华人超市工作。梅姨说,这位家教加深了她的信念,乔伊丝跟爱琳日后的竞争力怎能不赢过只看得懂自己中文名字的华裔美国人?

吴依光对美国的理解是,平房住宅、车库、后院、分量大得惊人的餐点、体形大得惊人的狗狗、各种口味的冰激凌、由意大利人送上餐桌的意大利料理。至于抽象,不可视的部分,吴依光会说,美国人随时随地都在发表意见、制造声音。店员会在结账时赞美你的洋装真是美极了,她的两个表妹随时随地都在哼歌,跟着节奏摇摆肢体。吴依光每一次抵达美国,都得花上几天适应。

她跟乔伊丝聊过这件事,乔伊丝说,姊姊,我也有注意到你好像不太喜欢讲话。吴依光不认同地说,不,明明是你们太喜欢讲话了。她隐隐意识到,在美国,人们讲话时并不会反问自己,他们的意见值得吗?他们直接说了。

升高二的暑假,吴依光抚着满是软肉的小腹,心中满是罪恶感。她盘算接下来几天都得狠狠地饿昏自己。母亲在电话里叮咛梅姨,不要让吴依光吃太多冰激凌,去年她跟吴家鹏去接机,险些认不出自己的女儿。母亲骂了一句,胖死了。

然而,跟梅姨一家站在一起,吴依光是最瘦的。

吴依光有其他证人。

一次,她和乔伊丝的朋友,包含她们两个共十一个人,约好一起出门看电影。到了现场,只有一台喜美跟一台福特。吴依光想,塞入所有人的话,轮胎八成会爆掉,她拉了拉乔伊丝的衬衫,以中文低语,我回家,你跟他们好好玩吧。乔伊丝不过十一岁,谈吐已有美国人的自信,她按着吴依光的手,以英文安抚,不要紧张,我们等着看。这时,一名蜂蜜色微卷短发,乔伊丝唤作戈登的男孩,以淡绿色眼珠上下打量吴依光,耸了耸肩,说,你可以的,你瘦得要命。一行人在戈登的指挥下,陆续挤进车厢。爱琳紧贴着椅背,吴依光几乎是半个身子坐在爱琳的腿上。戈登坐副驾驶座,吴依光看见他脖子上的细柔的,也是蜂蜜色的汗毛。

电影没有字幕,吴依光听懂了八成,剩下两成她从画面的线索去拼凑。她听到湿润的咂嘴声,有人在黑暗中亲吻。吴依光瞄了旁边的戈登一眼,两人手臂间隔只有几公分。她几乎想主动去牵戈登的手,无涉情爱,就只是感激。母亲说,美国人的问题都与过量脱离不了关系,过量的冰激凌,过量的枪支,与过量的自信心。即使那句"你瘦得要命"或许含有几分浮夸，吴依光仍珍视这句话带来的安慰。

回到台湾她还是得节食，但她知道，这世界上有人不觉得她胖得无可救药。

另一个深刻的美国经验，是吴依光读其华女中的第一年暑假，主角是梅姨。那天，吴依光扶着楼梯把手一阶一阶往下走，乔伊丝跟爱琳在二楼的房间沉睡，她们在任何时刻都能睡着，有一部分是她们的作业跟考试，少得让吴依光困惑不已，她们难道不需要争取自己的未来吗？吴依光试图唤醒她们，乔伊丝半睁开眼，咕哝了句，你去厨房陪我妈吧，我好困。吴依光无所事事，只得采取这个建议。少了两位玩伴，吴依光观察到一些她过往不会放在心上的细节：她所居住的这栋房子，有好多灰尘啊。

梅姨老是意兴阑珊地操作着吸尘器，吸两下，视线又回去黏着电视。也只有吴依光会在吹完头发后捡起满地的发丝。梅姨一度借题发挥，要女儿们效法，她说，看看你们的依光姊姊多么爱干净。不过，梅姨只是虚晃一招，她自己也没做到。

母亲偶尔也会飞来美国，待上几天，再跟吴依光一起飞回去。那期间梅姨不太好受，梅姨频频检查地板跟窗户是否够干净，她吼乔伊丝跟爱琳的次数也增加了。

吴依光是独生女，无法体会母亲和梅姨之间，始终隐含奇特张力的感情。

她偶尔也会想，说不定乔伊丝跟爱琳长大以后，也会变得像这样。

吴依光踢掉拖鞋，赤脚踩上阶梯，脚底密布的微小皱褶立刻咬进灰尘。她走了几步，单脚站立，另一只抬起，吴依光抓着扶手，端详她的脚底，好脏。她放下那只脚，往前，一步，两步，那些灰尘仿佛化成蚂蚁钻进她的脚底板，沿着小腿的血管一路爬上去，心脏冷飕飕的，大腿内侧有条筋跳了一下。

吴依光想，原来弄脏，不过就是这样。她来到厨房，梅姨从满篮的西红柿抬起头，问，你怎么没有穿鞋子？吴依光扯了个谎，说，我起床找不到，就懒得穿了。梅姨继续拣选西红柿，悠哉地说，我们家跟你们家不一样，你没有穿鞋，脚会脏。吴依光说，我知道。她的心情已恢复原有的温度，可能是适应，也可能是相近的感受。吴依光想，在这样的环境长大，难怪乔伊丝跟爱琳不像她那么神经质。

吴依光提议，蔬菜交给她清洗，梅姨专心顾着炉火。梅姨让出她的位置，爽快地说，我从来就不喜欢煮饭，特别是备料，麻烦死了。吴依光一愣，说，可是你看起来很快乐。梅姨以筷子翻动炉里熟软的洋葱，说，你姨丈不相信外面的食物，他说，我们不能保证那些原料是干净的。吴依光洗好了西红柿，梅姨抽出砧板，说，切成薄片吧，要做色拉。吴依光好奇地问，只有一个砧板？梅姨摸摸鼻子，说，对，我们切菜跟切肉的都是同一个，我很懒惰，你妈在这儿的时候我才会放两个砧板，天啊，你不要告诉她。吴依光切到一半，抬头凝视着梅姨，从她走进厨房，梅姨没有一句话是说英文。吴依光倾向解读为对她的体贴。一这么想，吴依光的手脚勤快起来，她片好西红柿，从冰箱取出莴苣，拆开叶子，

279

就着水流细细地清洗。吴依光倾听厨房里的声响,胡椒罐转动喀拉喀拉、烤箱风扇嗡嗡轰鸣、汤匙敲击锅缘,她想了想,问,你那么在意乔伊丝跟爱琳的中文,等她们读完大学,叫她们申请台湾的研究所吧。

吴依光等了好久,二十秒,或者更久,梅姨才迟迟回复,依旧是中文,非常慢,像是她一边说,一边也在思考,我不能把她们送到台湾去。吴依光转身,梅姨不知何时也面向着她,悲伤的暗影笼罩着她略胖的圆脸。吴依光问,为什么?梅姨的视线在吴依光的肩上停驻了片刻,绕过,下一秒,表情跟语言欢快起来。她说,我的小睡美人,你终于醒了。爱琳揉着微凸的小腹,打开冰箱,倒了杯柳橙汁,咕噜喝下,她深深闭上眼睛,赞叹,我不是才吃了蛋糕?为什么我现在又饿了?爱琳顿然不察,她的出现中断了吴依光跟梅姨的对话,她两三步凑近吴依光,狐疑地盯着吴依光的赤脚,说,我就知道,楼梯上的拖鞋是姊姊的,在这里你得穿着鞋子!我妈不像阿姨,她很懒惰,我们家很脏乱。爱琳询问晚餐的内容,半眯起眼,对着梅姨的答复一一点头,仿佛她拥有同意的权限,她的手伸进裤子,挠了挠屁股,下一秒,她紧闭双眼,打了个长长的呵欠。爱琳宣布她的新计划:她要上楼再睡一会儿,晚餐好了再起床。

吴依光来回看着爱琳跟梅姨,分不清这是个人特质,还是这个文明的一部分——小孩可以这样说话。她几乎想代替爱琳跟梅姨道歉,说,对不起,我不应该这样跟你说话。梅姨握着锅铲,说,好,那待会儿我再请姊姊去叫你们起床。爱琳嗯了一声,踩着慵懒的脚步上了楼。

吴依光跟梅姨继续手上未完成的动作，没人提起之前的话题。半小时后，梅姨提议接下来交给她，吴依光也去陪表妹们小憩。吴依光认为这是个好主意。在她即将要跨出厨房的刹那，耳边响起梅姨的声音，有些突兀，但语气温柔，她说，依光宝贝，等你读完高中，大学也可以，你就申请美国的学校吧。吴依光屏气，静默伫立，以为自己会得到充分的解释，但梅姨再也没说话。

这时，她又转换回另一个文化：含蓄，迂回，暧昧。母亲说，美国人的言语也是过量的。他们太爱说话了。

吴依光弯腰拎起拖鞋，在二楼的浴室搓洗她的脚底。在台湾，母亲一旦说起梅姨的事，基本上都能导向两个结论，梅姨不是分不清楚事情的轻重缓急，就是紧要关头做出错误的决定，有时，两个结论都符合了。母亲的意思很明显，她这个妹妹是个好人，可惜少了点智慧。然而，在这个下午，梅姨向吴依光展示了她性格的另一面，当忧悒的暗影在她眼中浮动，梅姨看起来相当睿智，仿佛她洞见了某些多数人终其一生也领悟不了的真理。吴依光轻手轻脚回到房间，乔伊丝翻了个身，她睁开眼，半梦半醒地瞅着吴依光，咕哝了句，姊姊，几点了。乔伊丝的肥大腿因躺平而扩散，她的脸上满是粉刺跟青春痘，但看起来远比瘦得要命的吴依光还自在、安逸。

35

母亲烧了一桌菜招待梅姨。

梅姨放下叉子,以纸巾抹掉嘴角的肉汁,她赞美姊姊烤的羊小排美味极了。接着她问,谢维哲怎么没有出席。吴依光交出事先编好的理由,梅姨没有追问,和蔼地说,请提醒谢维哲注意身体健康,年纪大了,就知道健康的身体多么可贵。

一片沉默,只剩下餐具碰撞声与节制的咀嚼,吴依光怀念起谢维哲,这样的场合,他就会开启一些无聊但安全的话题,像是通货膨胀、人工智能与全球暖化,吴家鹏则会自然而然地加入。想到谢维哲,吴依光胸口一热,她尚未习惯"前夫"这个词,太时尚了,宛若明星的花边新闻。

梅姨神情自若,认真品尝每一口食物,见状,吴依光松了口气,梅姨八成只是想回台湾度假。乔伊丝不久前接受男朋友的求婚。至于爱琳,多年单身,但她经营了一个游戏社群,吸引了一大批同好,据说一到假日爱琳就忙得找不到人。两个女儿长大了,梅姨是该喘口气,找几位少女时期的旧识,享享所谓的清福。

吴依光读过一篇文章,几十年前,人类在犯罪现场采集到加害者的血液,却必须等到DNA检测技术出现,才能查明真凶身份。她模糊地想，人生何尝不是如此，我们只能在我们无法理解的当下，懵懂、不明所以地采集任何看起来像是迹证的事物。以她而言，她现在三十五岁，比她首度独自飞往美国时，梅姨的岁数还要大上一些，再次回望，吴依光看出了梅姨的孤独，她的日子绕着乔伊丝跟爱琳。暑假，即使吴依光也陪姊妹俩游戏，倒没有减轻多少梅姨的负担。母亲给梅姨一张清单，写满她认为吴依光在美国应有的体验，再怎么样，吴依光更需要梅姨的照顾。

有几次吴依光看见梅姨就着窗边采光，读不知道哪里弄来的言情小说，梅姨不时阖上书，咻咻地笑，有时掉着眼泪。旁边的矮桌摆着一只马克杯，梅姨喝得很急促，啜一小口，匆匆放下，赶着翻页。茶包浸在水里，吴依光好心地问，要不要她从厨房抽屉拿一只小碟给梅姨置放茶包。梅姨说，噢，亲爱的，这样喝起来的确有点苦，但无所谓，反正是我自己要喝的。吴依光不曾见过梅姨的朋友，威廉姨丈倒是邀请过几次他的同事与妻小前来用餐。梅姨接连几日心神不宁，她得确认访客人数，小孩岁数，是否挑食，又对哪些食物过敏。早上九点梅姨就浸在厨房，与外界断绝联系。即使爱琳嗑掉一包洋芋片，或是拿冰激凌当午餐，梅姨也不在乎。她说，那天是例外，要做什么事都可以，不要去打扰她就好。

访客一走，梅姨脸上的微笑立即消失，她瘫倒在沙发，手背贴着额头，仿佛发起了高烧。她会再次命令，不要问我任何问题，我要一个人静静。吴依光会识相地撑着塞满食物的肚子，牵着两个表妹上楼，延续派对上的欢乐气氛，玩纸牌游戏，或是聊天聊到睡着。至于威廉姨丈，他简单盥洗后，即上楼呼呼大睡。

翌日清晨，吴依光再次下楼，杯盘狼藉的餐桌恢复原状，洗碗机规律运作，分类且打包好的垃圾搁置于角落，仿佛有魔法经过。梅姨会问，女孩们，要不要去附近的小餐馆吃午餐？女孩们欢声尖叫，即使梅姨厨艺一绝，孩子们总是更喜欢餐厅，餐厅的气氛是无可取代的。

往事满是线索，梅姨从来不若母亲形容得那样悠哉、无所事事。

吴依光满心浸润于回忆，以至于梅姨亲口说出那两个字的第一时间，她错过了。她是从母亲放下叉子，震惊地复述，才明白梅姨交代了什么——她跟威廉姨丈离婚了。

母亲说，别开玩笑了，你都要六十岁了，有什么好离婚的？梅姨深吸一口气，挤出微笑，缓慢、清晰地说，都谈好了，律师也在处理了。母亲说，为什么？威廉没有亏待你，这几年你还不必出去工作。梅姨安抚地说，姊，你说的这些，我也知道，可是这么多年我也受够了。我活得好像一个用人。

母亲扔出另一个问题，乔伊丝要跟乔治结婚了不是吗？我看讯息，她说两人打算明年举办婚礼。乔治是乔伊丝的男朋友，爱尔兰裔美国人，两人是大学同学。乔伊丝踏上爱尔兰两次，探望乔治的祖父母，乔治也跟着乔伊丝来台湾一次，两人住在母亲跟梅姨共同持有的公寓。二十几年前，外公、外婆接连去世，留下一间公寓，中间有十来年，出租给一对夫妻，他们有一个和吴依光同年出生的儿子。大约吴依光读研究所那几年，他们买了房子，搬了出去，从此，公寓一直空着。

母亲每个月会过去巡视一两次，进行简单的打扫，检查水电和清空信箱。乔伊丝跟乔治住在公寓的那一个月，母亲固定前去补充生活用品，并且找人换了一台新冷气。

母亲喜欢乔治，她说，乔治是一位幽默又聪明的青年。

梅姨点头，说，对，他们正在寻找适合的场地。母亲很快地还嘴，那你就不应该在乔伊丝的婚礼前做出这样的事。梅姨停了两秒，说，美国人不在意这个，我参加过一个婚礼，新人的父母都再婚了，带着他们的新伴侣，没有人说什么。

母亲说，你以为在美国生活三十几年，就可以把自己当成美国人了？这个年纪离婚有什么意义，你一个人怎么过生活？梅姨小声解释，我以前除了要照顾小孩，还要照顾威廉，现在我只要照顾自己。姊，威廉很好，但他太习惯把我所有的付出都视为理所当然。我很累，我不想要人生最后的几年还是在做我不喜欢的事。

母亲的语气软化了，她说，很多人羡慕你，你很幸福。

梅姨叹气，说，我不需要那么幸福，我只要过得自在就好了。

母亲再次游说，你应该跟威廉坐下来，好好地谈如何处理，而不是选择这么懦弱的方法。爸如果还在，一定也会赞成我的想法。我们家不允许离婚这件事。

吴依光终于找到自己说话的场合，她说，真的吗？

三人一致地看着他，吴依光享受了几秒被注目的感觉。吴家鹏以唇语传达，不要乱说话。吴依光不打算服从，她说，我跟谢维哲离婚了。

吴家鹏眉心折痕一深，他闭上眼。梅姨的眉毛轻轻抬起，倏地又放下。母亲先是愕然，再来，吴依光从她的五官读到了盛怒。

母亲要吴依光再说一次。吴依光照办，她强调，这不是玩笑，她跟谢维哲的确离婚了，两人在法律上已毫无关系。母亲指控，你竟不跟我们商量，就跑去离婚？

梅姨担心地问，那你没事吧？到底是怎么了呢？

吴依光率先回答母亲的问题，我跟谢维哲不需要和任何人商量，我们几岁了。

母亲问，因为你生不出来？

吴依光倒抽一口凉气，不得不攥紧拳头，否则她担心自己下一秒抓起桌上的水杯，往墙上狠砸。她能想象一旦她这么做，将获得多么极致的欢愉跟满足。她说，噢，不，难道就不能饶过我一次？别把任何问题都推到我身上？我才是那个想离婚的人。

母亲冷冷地问，好，那你为什么想离婚？

吴依光注视着母亲的眼神，过往，每一次母亲出现这样的眼神，必然跟着让她痛彻心扉的字句，像是：让我看看你的本事。你就非得毁掉自己。你根本什么也不懂。以及，吴依光最不知从何招架的——你以为你是谁？这句话刻在她体内深处，若她死后，身体风化成骨骸，人们说不定会在她的骨头上读到这句拷问的沉淀。

母亲就是有这个能耐，轻易地让她觉得自己的行为像个白痴，没有任何意义。她以仅存的力气，控制表情跟语气，让自己看似无动于衷。她说，我不想解释，我没必要解释，我只是要告诉你，即使这个家不允许离婚这件事。我还是做了。

梅姨发出一声低泣，她说，依光，你一定很不好受。

梅姨的哭声是讯号，吴依光认为自己得抽身了，继续待下去，她没把握自己不会蓦地哭泣起来。她端起盘子，站起身，走到厨房，把剩下一两口分量的奶油焗白菜倒入垃圾桶，草草刷了一下盘子，放入洗碗槽。她感觉得到三个人的视线紧跟着自己的一举一动。她拎起挂在椅背的背包，大步迈向玄关。在她弯腰，正要套上鞋子，耳后传来母亲的声音，我就知道，即使给你打理得好好的，你就是会搞砸。

这就是母亲，她不会纵容任何人这样对她，她非得瞄准吴依光的背影冷冷放出一箭，就算对方企图一走了之，也得带着流血的伤口。吴依光转过身，餐桌上三个人神情各异，远远看站位仿佛西洋画构图。吴依光说，妈，谢谢你，总是不厌其烦地提醒我，我有多么差劲，什么事都做不好。相信我，我也跟你一样，知道自己会搞砸，我哪一次没搞砸？

吴依光打开门，走出她的家。

36

吴依光以为，最长不到一个礼拜，吴家鹏就会再次出现，就像多年以前，他如何规劝女儿回家，这一次他更有理由这么做。

时间让她看懂了梅姨，也让她看不懂吴家鹏。父亲究竟是赞成母亲的吗？他不曾疑惑，妻子对女儿的态度是否过于严苛？他难道没有看到女儿眼中的惊惶？

年岁渐长，吴依光辨识出有一种伤害，来自袖手旁观。吴家鹏知情一切，但他采取的作为，一再加深了一个信念：这些发生在吴依光的事是正常的。这一次吴家鹏若再故技重施，吴依光会说，父亲，我对你很失望。你从来没有，担任好你的角色。

所以，当梅姨一身绿色碎花洋装，露出白皙膝盖和小腿肚，站在门口，吴依光以为自己眼花了。梅姨说，这里的地址是你爸给的，你不要怪他，我坚持要来找你。等梅姨换上拖鞋的同时，吴依光不忘致歉，说，抱歉，我毁了你回台湾的第一顿晚餐。梅姨停下脚步，看着客厅堆栈的纸箱，问，你在打包？吴依光点头，说，我这几天找到租屋处，跟房东签约了，预计后天搬过去。

梅姨依照吴依光的指示，在沙发坐下，她说，我这几天才知道你这阵子的事。我说的不只是你跟谢维哲……梅姨调整了一下呼吸，我参加同学会，有一位同学正好是其华女中的退休老师。她跟我说了一些事情，你还好吗？

吴依光抿了抿嘴，交代，第一个礼拜是最辛苦的，已经撑过去，学生的心情也慢慢调整过来了。我们学校的辅导主任做了不少安排，我很感谢她。

梅姨问，那你呢？学生可以找辅导主任，你有找到可以谈这件事的人吗？

吴依光没有说话，只是凝视着梅姨，梅姨瘦了不少，她跟母亲如今几乎像对双胞胎，这让此刻的对话产生幻觉般的作用：宛若母亲正在安慰她。吴依光含了一口温开水，慢慢地咽下。她说，有。谢谢梅姨。我想再过几个月，或许几年，会好一些。

梅姨说，那就好。对了，你妈有说过吗？我们养过狗。

吴依光咦了一声，不明白梅姨怎么会开启这个话题。她犹豫了几秒，点头，说，有，我妈说过，那只狗是外婆从邻居家抱来的，外公不喜欢狗，一直叫外婆把狗还回去。梅姨点了点头，把话接了下去，你外婆很聪明，用拖的，几天后，你外公看我们这么喜欢那只狗，我跟你妈又拼命地哀求，只好让步了。狗的名字是我取的，小点点。你外公买了一个笼子，说狗要养在院子里，我当然没有遵守规则，一天到晚把小点点抱到屋子内。你妈有没有说，小点点后来不见了？吴依光摇头，说，这倒是没有。梅姨叹了口气，说，这不像她会做的事。简单来说，有一天，我放学回家，打开笼子，要把小点点放出来，小点点却从大门冲到外面去，我追出去，却怎么找也找不到小点点。没多久，你妈放学回来，发现小点点不见了，她也立刻跑出去找。我不知道该怎么办，坐在家里一直哭。那天晚上，你妈按了附近几乎所有人的门铃，问有没有人看到小点点。没有人看到。你妈又去书局买纸，说要做失踪公告。都五十多年前的事了，我还记得你妈在纸上写了什么，她先把小点点画上去，写了小点点的特征，最后，她请有看到的人打电话到家里，或是外公的公司。那年代没有复印机，你妈一个人写了几十张，你外婆陪她把那些公告贴在路边的电线杆或墙壁。等了好几天，没有人打电话。你妈不肯放弃，每天去检查那些公告，不见了她就再贴一张。后来你外婆也累了，她说，不要再找了，小点点应该是被人捡走了，在别人家过着幸福快乐的生活。你妈转头对着我说，小梅，你知道吗？这都是你的错，你害我们失去了小点点。

梅姨喉咙发出痰声，她问吴依光能不能再给她倒一杯温开水。吴依光拿着梅姨的杯子，起身走到厨房。梅姨环视了四周，眼神停留在阳台，她说，我喜欢那盆栽，那是什么植物。吴依光回，我朋友送的白水木。

吴依光数着茶包泡开的秒数，默默看着梅姨，她的脸上有某种怅然的迷惘。

梅姨喝了几口茶，又停了一会儿，才说下去。有好几年，无论我犯了什么错，你妈就会搬出小点点的事。我高二时弄丢了三四千块的班费，到现在还是不知道谁偷走了那笔钱。班导叫我回家跟爸妈商量，她跟我们家各出一半。我们家只有你外公一个小主管的薪水，一两千块，不是一笔小钱。你妈那时骂了我一句，梅就是特别会弄丢重要的东西。我不是笨蛋，我听得出她想什么。

吴依光苦笑，说，我可以想象她的语气。

梅姨露出有些同情的笑容，说，我那时在叛逆期，内心又委屈，又生气，就对着你妈大吼，不然我去死好了。然后，你外公打了你妈一巴掌。你外公很常打小孩，你外婆说，那是因为我跟你妈太顽皮了。不过，我长大以后，觉得应该是你外公那时被做生意的朋友骗走了百万，把小孩当成出气筒。你妈被打得很惨，比我惨多了，她是长女，脾气又硬，不像我还会跟你外公撒娇、装可怜。等你妈考上第一志愿，你外公就很少打人了，大概是觉得这个女儿让他很有面子吧。总之，那次外公突然又打了你妈，大家都吓到了。你外公说，谁再提起那只畜生的事，我就打谁。

吴依光问，然后呢。

梅姨叹了口气，说，你妈脾气也上来了，她根本不管你外公多生气，继续说，都是梅的错，她如果爱小点点，当年就不会让小点点从家里跑走。一想到这句话，我的心还是好痛。但，你妈也不算乱说，换成是她，小点点绝对还在我们家里，不至于走丢。而且，小点点跑了之后，你妈做了这么多事情，我除了哭，还做了什么？

吴依光抽了两张卫生纸递给梅姨，梅姨擦干眼泪，擤出鼻水。

等梅姨调匀了呼吸，吴依光抛出深埋心中许久的问题，你之后为什么会跑去美国，在那里待下来，跟我妈有关系吗？

梅姨投来激赏的目光，说，你好聪明，让我猜看看，你妈是怎么跟你说的？她是不是说我当年在台湾功课很差，又乱交男朋友，让外公外婆很头痛？

吴依光尴尬地说，对，大致是这样。

梅姨眼中闪逝一抹伤楚。她低喃，姊，离开台湾，不一定是为了威廉，你怎么都没有想过，要当你的妹妹是一件多么不容易的事。她多抽了两张卫生纸，接着说，你妈妈很聪明，不只是考试那种聪明。她是我见过最会分析的人。你外公本来很介意他没有儿子，但你妈妈的出路很好，出差都会买名牌手表、衬衫送你外公。你外公最后几年常说一句话，女儿不比儿子差。我知道这里的女儿说的是你妈，不包括我。说回去我怎么决定留在美国。反正，我那时谈恋爱，谈到差点被退学，是你外婆去学校求情，我才拿到五专的毕业证书。为了拆散我跟那个男生，你外公想到一个方法，把我送到美国张叔叔家。张叔叔是你外公的高中同学，三十几岁以后移民到美国。

吴依光问，所以梅姨就到美国了？

梅姨点了点头，说，你外公说，不去的话，要断绝父女关系，我只好去了，想说才一个月，去美国玩也好。谁知道我在美国爱上了威廉。我回台湾之后，想尽办法申请到他家附近的大学，花了家里不少钱，有一部分是你妈的钱，她那时开始工作了，每个月的薪水她都交给你外婆，只留一点生活费。你妈是个好女儿。我跟威廉交往四年，他终于跟我求婚，我打电话跟你外婆说的那一天，你妈直接把电话抢过去，问了我一连串问题。她说，威廉大我那么多岁，又想着要把爸妈接到美国去住，我最好想清楚，不要沦为他们家的用人。

我气得要命，挂断了电话。不过，等我带着威廉姨丈来台湾提亲，你妈又表现得很正常。你妈虽然反对我跟威廉结婚，但婚礼她也帮了我很多忙，我的婚礼可以说是完美无瑕。我们后来才知道那时她肚子里有你了。

吴依光指着自己，说，我？

梅姨笑了笑，说，对，所以你也算参加了我跟你姨丈的婚礼。然后，你妈说对了，结婚没多久，威廉姨丈就把他父母跟祖母接来美国。虽然他给我请了一位帮佣，我还是很累，怀乔伊丝的时候，我有好几次累到坐在马桶上睡着。我打电话跟你外婆诉苦。过了几个月，我跟你姨丈抱着乔伊丝回台湾，你妈送给乔伊丝好多礼物。接着，她说想跟你姨丈聊一些事，我好紧张，以为你妈要说我以前的糗事。但你妈却跟威廉姨丈说，我妹妹一个人在美国，最亲的家人就是你。我们很珍惜她，希望你也是。请你对她好一点。不要让她一个人得照顾这么多人。

吴依光问，威廉姨丈怎么说？

梅姨做出一个目瞪口呆的神情，说，他吓坏了。你也知道，你妈摆起脸色的样子有多可怕。不要看你姨丈一副很开明的模样，他骨子里还是认为女人不应该有意见。之后有好一些，但我还是很累，爱琳出生，你姨丈的家人劝我再生一个，他们想要一个儿子。我拒绝了，我没有多余的时间跟力气。

梅姨吞了吞口水，乔伊丝五岁、爱琳两岁的时候，我的精神崩溃了，我觉得自己被困住了，每天睁开眼睛，得安排那么多人的生活。你姨丈拉我去看医生，医生说我是忧郁症，要定时服药。那时你姨丈的祖母已经走了。你姨丈的妹妹没有结婚,住在隔壁州。你姨丈给了他妹妹一笔钱,请她把爸妈接过去住。你有印象吗?你从八九岁开始,暑假过来美国住,就是因为那两个人搬走了。我宁愿照顾你而不是他们。

吴依光眨了眨眼,她习以为常的安排,背后有这么多曲折。

梅姨双手交握,说,这还没完,乔伊丝上高中的时候,你姨丈卷入一桩金融诈骗,我无法说太多细节,总之,如果不是你妈借给我们一大笔钱,乔伊丝跟爱琳差点就读不了大学,我们住的房子也保不住了。她们不知道这件事,我把她们保护得很好。三四年前,你姨丈才还清那笔钱。你姨丈说,你妈真了不起。我跟你姨丈结婚三十年,为他生两个女儿,照顾他的家人,招待他的同事,他可没这样赞美我。

梅姨抬起头,直视着吴依光,说,亲爱的。我要说的是,你妈就是这样的人,她的爱总是使尽全力、没有保留,她会用尽办法,确认她爱的人走在正确的道路上,不要犯下任何错,对我这样,对你也是这样。我五专时的男朋友不是什么好人,但我一天到晚想着要跟他私奔,我受不了跟你妈一起生活。她太优秀了,所有的光环都在她身上,相比之下我又笨又不认真。你妈以前会问我,小梅,为什么读书这么简单的事,你却做不好?我只是妹妹,你是她的女儿。神都不一定能做到,爱一个人却不要对他有任何期待。你妈的期待的确让人不太好受,但,假设事情出了差错,我可以发誓,她会是最先跳出来抢救的那个人。

吴依光没再吭声,她所有的感官都失灵了。梅姨坐下来不到一个小时，就改变了她的世界。这就是她的DNA检测技术。她可以拿着这些话去重新比对家族的每一幕往事。母亲，梅姨，吴家鹏，威廉姨丈，乔伊丝，爱琳。梅姨绝不懒散、憨傻或优柔寡断，她也挣扎过，试图逃避姊姊的阴影，她选择了威廉姨丈。

差别在于许立森没有选择吴依光。

梅姨似乎很高兴自己说出来了，神情不再如几分钟前谨慎，揉进几许从容。她说，如果有下辈子，我还是想遇见她，但我下辈子要当她的同事、合伙人，或者上司，不要是家人，当她的家人太难了。在你读高中的时候，我忘记高一还是高二，你问我有没有考虑送乔伊丝跟爱琳来台湾读书？

吴依光回答，有。她没想到梅姨也记得这件事。

梅姨看了她一眼，低头说，这样说有点冒犯，先跟你说对不起。每一次看着你，我很难不想到我自己。所以我不能把乔伊丝跟爱琳送到台湾，我害怕她们经历我，甚至是你经历的一切。我爱乔伊丝跟爱琳，但我必须承认，她们好普通，我有时候看着她们也会难过。我以为她们长大会成为了不起的人，结果没有。乔伊丝大学毕业之后，找工作一直不太顺利，要不是乔治，她可能还在领失业救济金；爱琳好一些，她的收入一直很稳定，但她把自己吃到九十公斤。

吴依光注意到梅姨说母语时，似乎是另一个人格，比说英语的她更犹疑不定，更自卑也更脆弱。仿佛还停留在十几岁，需要看别人脸色，讨别人开心的岁月。

梅姨揉了揉眼睛，语速越来越慢，我去美国的第一年，好喜欢他们的一句话，这是个自由的国家。我相信只要待在美国，我就得到自由。但这只是个美好的幻觉，不要说其他事，跟你姨丈的婚姻就让我觉得自己在坐牢。两年前，我去咨商，我以前很排斥咨商，我觉得花钱让别人听我讲心事，太愚蠢了。但我一个朋友去了，说很有用，那个咨商师是日本人，她懂我们在说什么。我告诉咨商师，全都是威廉的错，我那时才出社会没多久，哪懂婚姻是什么。有一天，咨商师问我，接下来你打算为自己做什么？这句话点醒了我，我不能继续祈祷有谁来拯救我了，我已经不再是那个一无所有的小女孩，我不再需要白马王子，我可以自己走掉。

吴依光问，你有一天会跟乔伊丝跟爱琳聊这些吗？

梅姨眉头锁起，迅速否认，不，我不会说的。每个父母都希望他在小孩面前是完美无缺的，我希望乔伊丝跟爱琳看到我跟威廉，心中只有爱与尊重。你有一个充满缺点的阿姨，跟你有一个充满缺点的妈妈，是两回事。

梅姨看了眼时钟，惊呼，天啊，我待这么久了？依光，我想我该告诉你最重要的事了，我今天来最想讲的一句话是，你做得很好。我以前一直在忍耐，你才三十几岁就决定不要再忍耐了。在我们的文化里，忍耐是美德，不，忍耐是毒，它让一个人在内心慢慢杀死自己。我很高兴我们都没有继续下去。当初，给你取名字时，你妈说，她希望你能够依着有光的方向，你做到了，I'm so proud of you[1]。

吴依光摇了摇头，双眼泛泪，她是这样说的？她从来没跟我说过。吴依光跟梅姨互望一眼，同时咧嘴微笑，一

---

1 英文，意为"我为你骄傲"。

部分是为着此刻深深触动她们、绝美的亲昵，另一部分是她们都心领神会，为什么梅姨语末要转换成英文。不是每个字都能理所当然地经过翻译，有些意义会在翻译过程中变形，就像植物，换了个环境它也许能活，但果实的风味必然不同。吴依光想，有时我们只能以最原本的面貌去认识一件道理。她对自己说，吴依光，I'm so proud of you。

37

吴依光问眼前的少女,为什么要传这些纸条呢?

少女不答反问,为什么这么晚才来找我呢?调监视器一下子就能抓到是我做的了。吴依光说,所以你想被抓到吗?少女不假思索地点头,说,是啊,我的确想被老师抓到。吴依光问,为什么对我有这么大的恶意呢?我并没有做什么伤害你的事情。少女摇了摇头,眨眼,把玩着发尾,说,如果我就是看老师不顺眼,老师可以接受这样的答案吗?老师,你以为我们那么笨,什么都看不出来吗?你上课的时候只顾着讲课,根本不在乎我们的反应。王澄忆跟徐锦瑟的事情也是这样,大家都知道事情有多严重,你却躲起来,假装什么事也没有。

吴依光严肃地说,我没有躲起来,这件事主要发生在社群媒体上,我很难及时介入。少女噢了一声,说,那我的事情呢?你跟我妈妈聊过,知道我在吃药,也看得出我对自己做了什么吧,为什么你什么也没做。

吴依光按了按太阳穴,解释,我有问过辅导室,他们说有位老师会定期追踪你的近况。少女又问,为什么你从来没有亲自来问我?吴依光看着少女,问,你想要我问你吗?我也不知道,有时我看着你,不确定怎么做才是好的。想说你想讲的话，自己会讲吧。那么，你到底是怎么了呢？

少女身子一僵，没多久，她哭了起来，咬牙说，我恨死了这个世界，我恨每个人都那么虚伪，我恨我自己，都快要撑不下去了，还是假装很正常，坐在这跟大家一起准备考试。我也恨苏明绚，在吃药的是我，为什么走的是她呢？

吴依光问，最后一张纸条，是苏明绚跟你说了什么吗？少女点头，又摇了摇头，说，我之所以那样写，是想看事情可不可以闹大，我好怕大家没过几天就忘了这件事，变回去以前那样，开口闭口都是考试剩几天，怎么做才可以让自己的申请资料好看一点。我的家人就是这样，我也恨死他们了，表面上一脸关心我的样子，实际上只想着我能不能快点振作，考上好大学。吴依光又问，所以苏明绚没有说她在热音社怎么了？少女回答，其实是有的，但只有一次。苏明绚跟我说，社团好像决定退出这一届的成果发表。我问她，会很难过吗？她说，不知道，只是想到没有成果发表就要去考大学了，好像跳过了一个阶段就要变成大人，有点悲伤。

吴依光默默地记住了这句话。

等少女停止了哭泣，吴依光直视少女的双眼，请求少女也看着自己。她深呼吸，说，如果你希望我听你说话，像现在这样，我以后会好好听你说的。但，不要再用这样的方式了，会伤害到人的，那些纸条就让我受伤了。老师知道你很不好受，才会选择用这种方式。我以前这样伤害过人，也这样被人伤害，因为无法直接承认，说出我受伤了，于是选择用这样的方式伤害别人。你说，你恨每个人都这么虚伪，虚伪就是这样来的，虚伪造成的伤害，就是这样来的。

第三次定期考落幕了，吴依光跟学生约定好，请同学在座位上等候。她一站上讲台，想起自己首度站上讲台，粉笔吸干掌心的水分，语不成句。七年多了，看着台下一张张年轻的脸，她还是会惶恐，害怕学生发现她其实胆怯，害怕学生发现她的人生过于单薄，不敷应付课业以外的问题；害怕学生过问她如何跟父母、情人说话，大学科系要选自己喜欢的，还是父母钟意的？

这几年吴依光学到很多说话方式，不能说残障，要说身心障碍。不能说很番[1]，要说固执。不能形容一个人很娘，那可能构成性别歧视。人们越来越不放过彼此的语言，仿佛透过名词的校正，内心也会一点一滴趋近完美，世界亦然。

吴依光曾在一个研讨会，分享自己建议学生，如果感到忧郁，可以去辅导室。会后，一位老师叫住了她，指出这句话的瑕疵，辅导室不应该与忧郁画上等号。这位老师以婉转的口吻劝说，若调整成，对自己的生活有一些疑问，可以去辅导室，就更妥善了，学生前往辅导室，也会更自在。

吴依光表面上点头称是，然而，若能为自己辩解，她会说，请原谅我说出了可能误导学生的话。在我成长的时代，孩童，青少年，常被描述成是无心的生物，无心不仅说的是大人不必对他们的言行严肃以对，也包括人们认为他们的情绪是不完整的、次级的。心是多么独特的存在，我们却时常在重要的场合，否认它的在场。说，他是无心的。在我跟这

---

[1] 台湾方言，形容听不进去别人的话。因为"番"在过去常指代外族人，该词也被一些人认为带有种族歧视意味。

些学生一样的年纪,假设我对大人说,我忧郁,没有人会把我的话视为一回事,他们只会认定这是某种儿戏的模仿,我懂什么忧郁。以至于我跟学生说,如果感到忧郁那句话,我也认为自己在模仿,我模仿着那些相信青少年也会忧郁的专家。我几乎是耗尽了我的感性跟想象力,就像魔术,重点不在真实,而在人是否愿意如此相信。若你懂得,我对学生付出了我不曾被给予过的,你还会舍得抓着这些瑕疵不放吗?

吴依光站定,几次深呼吸,她说,很快地就要放暑假了,你们就要升上高三,高三会有很多考试,你们也得花时间去准备升大学的资料。我想跟你们道歉。

女孩们纷纷抬起头,注视着讲台上的吴依光。

她放了一台录音机在桌上,说,我接受的教育是,重要的事,一定要亲自说,别人才会认为你有诚意。不过,我从你们身上学到不同的观念。你们都不太喜欢讲电话,更喜欢传讯息,原因很多,讲电话反应时间太短、说错话收不回来、不知道怎么处理突然的沉默。我也这样认为,所以我用录音的。先祝你们假期愉快。吴依光按下播放键,她刻意置入三十秒的空白,好让自己有充分的时间走出教室。

各位同学好,我是你们的班导,吴依光。有没有人记得高一下学期,段考结束,你们不想上新进度,起哄每个老师要讲一个小故事。听说,你们最喜欢何舒凡老师跟爸爸吵架,离家出走的故事。轮到我的课堂,我拿着麦克风,一句话也说不出来,我说,还是上课吧。我看得出来你们的失望。每年教师节,学生写卡片给我,你们的学姊会写,希望吴老师多笑，希望吴老师看起来开心一些。希望吴老师更热情。到后来我不看那些卡片了。我想说我是来教书的，我的任务就是让你们这三年累积一些国文科的知识。不过，现在科技那么发达，很多知识你们在网络上也搜寻得到，这几年，我一直在想，可以给你们什么呢？你们从家里来到学校，除了学习，还有什么是我可以陪你们一起完成的？我没有很认真地想这个问题，我之所以成为老师，有很大一部分不是因为我想要，而是我必须。这样的心情，你们应该很能体会。我有一段时间只想着得过且过。这两年，三班发生了一些事，有些事，我如果早一点处理，也许结果会不一样。我不能保证那些事绝对不会发生，但我希望事情会变好一点。我读其华女中时，很容易感到寂寞，很希望有一个大人走过来，问我在意什么、喜欢什么，未来想要过怎样的生活，或者，什么也不要问，只要告诉我，这么悲伤的日子终究会过去的。只要有这样一句话就够了，是善意的谎言也无所谓。等我成为大人以后，我却没有对任何一个学生这样说。我在十七八岁，时常在想为什么大部分的大人看起来都有一种讨人厌的样子，没想到，长大之后，我好像也变成这样。这两年，我们读了很多篇文章，我却从来没有好好跟你们聊过，从苏东坡到安妮日记，如果国文课要学到一点东西，究竟是什么呢？我的答案是，无论遇到什么逆境，都不要轻易丢掉你的感觉。受伤了却不知道，不在意，有什么事比这还危险的呢？我给自己设下一个目标，过完暑假，我们再次见面，我要问你们，在意什么，喜欢什么，未来想要过怎样的生活，或者，什么也不要问，只跟你们说，这么悲伤的日子终究会过去的。

38

吴依光往下望了一眼，诚实地说，没想象中可怕。她跟总务主任借来了钥匙，说自己学期末想要上顶楼，给苏同学献花。总务主任拉开抽屉，在成堆的钥匙翻找，不经意问了一句，吴老师，你没事吧。现在，老师难为啊，学生太脆弱了。

吴依光文文地笑了笑，接过钥匙，收入口袋，几乎没什么重量。路上，吴依光默想，真的是太脆弱了吗？与其说我们这一代的人很坚强，不如说，我们很早就没收了自己的心。我们从小就被教导，隐藏想法是好的、对的、有礼貌的。快乐的时候也会被警告，小心乐极生悲喔。好像绿野仙踪里那个锡樵夫，原本是人，却在成长的过程中一点一滴地失去了那颗心。我们这一代的人，长大都在找自己的心。书店里卖得最好的书，也在谈要上哪里去寻回自己的心。可是，这一代的学生不一样，他们的心还在，部分是他们的日子的确更富裕，没有逃难，没有挨饿；部分是我们的观念变了，不再迷信威权，也羡慕西方人那样自我。我们没有收走他们的心，或者，至少让他们保留了半颗。可是，"有心"的人，并不好照顾，两千多年前的寓言就说了，什么感觉都有了，就不久寿了，现在的声色刺激又如此沉重。

吴依光来到顶楼，弯腰，将一朵小白花放在苏明绚站过的位置上。她双手合十,闭上眼睛,在心中默默致上哀悼。

苏明绚,尽管这几个月来,我还是没有找出为什么,为什么你就这样丧失了活下去的欲望。在试着理解你的过程中,我唯一理解的人竟然只有自己。我猜,也许人类注定无法相互理解,每一次我们互相说"我理解你的感受",我们并非在叙述事实,而是在许愿。我也终于明白了,生命的独特也在于,我穷尽一切,也无法理解你,只能接近。我十七岁想象的死亡,跟你看见的死亡,也许有几分相像,但必然不同。就像树上的小鸟,我们看着这只,说,鸟,看着那只,也说鸟,被人们以一样的名词归类,但每只鸟都有自己的样态,生命与生命也是如此吧。如此简单的事,我却想了这么多年才略知一二。苏明绚,非常对不起,最后一天没有多看你一眼,无论结局是否相同,我都认为自己应该要更认真地看着你。也想告诉你,我现在跟以前不一样了,我决定再次好好地活着,哪怕是跌跌撞撞,我都不要再违背自己的感觉了。这是我身为一个老师,缅怀你跟纪念你的方式。愿你安息。

39

青没有告诉任何人,那天她目睹了什么。

她躺在通往顶楼的楼梯间,底下铺着几张报纸,报纸是她从总务处的回收箱捡来的。青想,都什么年代了,竟然还有人订阅实体报纸,多么落后啊。

这是青的"洞穴",现在是放学时间,她躲着,孤身一人,她还不想回家。

青所有的好运似乎都押在两年多前的考试,她以极高的分数录取这所学校。第一次段考,父亲为了青仅考了十五名而有些落寞,说,你不应该只有这样的啊。下学期,父亲反而怀念起那个名次,青再也没考过比十五名更优秀的名次了。父亲警告青,再这样下去,我要比照国三那年,给你安排密集的家教课了。青拒绝,下一次考试名次又滑落了几名。父亲说,再这样下去我就不管你了。这句话的弦外之音是,不爱你了。父亲最常说,我爱你才管你。若非P则非Q,这点青是懂的。青不是小孩了,她明白爱跟治理,在她身处的文化里是被绑在一起的。你不能只要爱却不要治理。如今,青也要毕业了,她从仰躺转为侧身,伸手触碰墙壁上那些铅笔写的小字,她碰了一下就收手,不想磨掉薄薄的碳粉。这些字的位置就像是地面无端冒出的蕈菇,那么小,一晃眼就错过。来到洞穴第三个礼拜,青注意到这一串信息。她想,原来之前也有人和她一样,躺在这个隐秘的角落,那个人甚至还带上了笔。多怪啊,既想抒发,又不想被看见。其中有一行写着,今天考差了,心情烂烂烂。另一行是,要毕业了,好伤心,再也看不到你了,我对你的感情很深。从注记的日子判断,是比青大上两岁的学姊,青闭上眼,感受文字里的多情。这些留言一再抚慰了青,在她之前有人来过,每个人都有不能为他人倾吐的烦恼,青并没有格外脆弱。

父亲常问,你考这样不丢脸啊。青认为父亲搞错了状况,有排在丢脸前面,更需要青去感受的情绪,她到底要前往哪里?青很早就认清,她此生再怎么努力,都抵达不了父亲的一半,甚至四分之一。父亲这样数落青:你都不知道你有多幸运,我小时候根本没有这些享受,第一次搭飞机,还是二十八岁出差。青想,这句话没有说错,但也不完全正确,她很幸运,但就是太幸运了,任何事都有个阈值,一旦过了头,接下来就朝着相反的方向推进。就像青写过的作文题目,过犹不及。青讨厌课本里的那些古人,他们每次登场似乎只为了说教,她不信,古人就不说废话?不过,这一次,青同意这句话值得流传。过犹不及,太多幸运,跟不幸没两样。虽然青这么想,但她深谙说出来只会得到耻笑。什么?你说你太多幸运了?青,你果然是不知民间疾苦的大小姐啊。不过,就算这些人是正确的,也阻止不了青继续这样想。

教室的黑板写着入学考试的倒数日期,过去一年,青再怎么不情愿,也还是把自己押到书桌前,点亮桌灯,拿起荧光笔涂重点。父亲说,出社会,大家最关切的就是大学读哪一间，你再怎么样，至少十七岁要把自己打理成最优秀的学生。

青抬起手，眯眼，张开手指，测试着指头可以分得多开，她的下巴因用力而略抬，嘴唇被牵动而轻轻张开，她太无聊了，只好跟自己这么玩着，她不曾在这儿碰见任何人，青没有顾忌，也不在意她的举止远看是否很荒唐。

再过一个小时数学家教就要按下她家的门铃了，那位满脸痘疤的大学生很珍惜这份工作，父亲给薪不会吝啬。神游到一半，青听见脚步声，缓慢沉着，一阶一阶地踩。青撑着坐起，还来不及站，那个人就扶着把手绕了个半圆，与青打了照面。见对方也穿着制服，青不自禁笑出声来，换作是老师、教官，青好像就有义务解释自己在此游荡的缘由。青打量着女孩的外表，直觉地评估，清秀，五官淡淡的，顺眼。两人就这么你看看我，我看看你，对方似乎也有些意外，这个时间点竟然有人在这儿。

几秒钟的光景，青事后回想，仿佛有谁把这段插曲给拉冗的幻觉。青打了声招呼，嗨，她站起，瞧仔细对方制服上绣的学号，学妹啊，三班的。对方点了点头，眼神绕过青，望向上方的阶梯。

青好奇地问，你要上去吗？对方这次开口了，她说，对，我要上去，声音比青预想得好听。青歪着头，思索，她也去过顶楼两次，那堵灰绿色铁门有时会锁起，有时则不。青那次在顶楼的平台看到几只塑胶水瓶，饮料铝罐，免洗筷，大概是维修水塔的工人信手扔弃的，不过，也不能排除是其他学生把午餐带到这里吃。青左顾右盼，脑中闪过一出影集的画面，资优生与不良少年在顶楼相遇，青想，如今，太多事发散了我们，青春再也凝聚不了那企图改变社会，堪比大爆炸的能量。

对方经过了青，以来时的节奏，一阶一阶规律地踏阶，绕过另一个半圆，青看不见她了。她伫立着，羡慕对方纤细的背影。入学考试是一面哈哈镜，有人被照胖了，有人经过变得好瘦，昨天，青在餐桌站起，身子横过桌面，想多舀一碗海鲜巧达浓汤。父亲挥打青的手背，说，分数都快救不了了，好歹顾一下身材吧。

青收起报纸，差不多得回去上家教课了。大人们不停地喊着教育的改革。班导说，升上大学就自由了。青的朋友低头传了一行讯息到小群组里，班导又在说干话[1]了，在自由之前，我们会先累死好吗！青也回了一句，真的，会，死，欸。另一个朋友说，适者生存，不适者淘汰，我想要被淘汰。青又回，少来，你这一次模拟考英文全班最高。对方回，英文全班最高有什么用，很快就要被人工智能取代了啦。只有钱是不会被取代的好吗？Money is Money。

青叫的车来了，是一台特斯拉，青兴奋地坐了进去，自拍，套了个滤镜，上传到社群媒体，有近两千多个人追踪青。青宁愿在社群媒体竞逐他人的爱与认同，而不是学校。她的照片里，最多人"喜欢"的一张照片，青没有入镜，她拍了母亲的衣帽间，有十来只爱马仕包，那是母亲多年的苦心收藏，三千多个人按赞，底下有很多陌生人留言，朝圣。

1　台湾方言，指垃圾话、废话。

青一方面想，这神圣吗，不就钱堆出来的，这些人没看过钱？另一方面，青想起曾在母亲身上找着的神秘瘀青，每一次问起，母亲会说，我自己碰到的，没事，我好得很呢。青时常质疑，她眼前所经历的所有，究竟是特例，还是人生的常态，人为什么常为了身外之物而放弃自己？

数学老师来了，青的思绪深深浅浅地搔刮着这些没完没了又没有用处的问题，数学老师重重地放下笔，提醒，等你上大学多的是时间可以胡思乱想，现在，写这题平面矢量。青扁了扁嘴，握着自动铅笔，在纸面上沙沙地运算起来。数学课一结束，数学老师一口喝光母亲特调的绿拿铁，青跳上沙发打开手机，特斯拉的照片有四百多个人按赞，比她期望得少，青安慰自己，平日晚上本来就会少一些。小群组倒是累积了数十则讯息，青点开，哇，有人从顶楼跳下来了。青点进去新闻，读完，然后她跳出页面，回了讯息，好可怕……跳楼……有多痛啊。

青没有跟任何人交代。

她不想被追问，你怎么会在那里呢？她想，我怎么启齿，要不是她打断，我就要拿出美工刀，往自己的大腿划。只为了模拟考好差，只为了我没有爱马仕包更值得被喜欢，只为了我不想在夜里听见母亲在浴室就着流水声偷哭。我跟那位学妹的距离只有一条线。我活下来，乖乖去考试，承受自己的命运，我注定让爱我的人失望。他们砸了那么多钱跟爱，我却这么平庸。

很多年后，青在一个寻常无奇的日子，想起那个午后，哭了。

40

吴依光把书柜固定好，往后站了几步，确认每一块层板是水平的，她看着全套的《追忆似水年华》，发誓，这一年内我要看完这一套书。

门铃声响起，她想，大概是梅姨，她只告诉了梅姨租屋处的地址。吴依光拔下手套，移动到玄关，就着猫眼往外望，竟然是母亲。

吴依光不自觉地含着呼吸，没有应门。母亲在窄窄的走廊里来回踱步，头发梳得一丝不苟，穿着一如既往地得体。这个人，就不能忍受一时的松懈和狼狈吗？

吴依光换了双脚的重心，再次站定。母亲同时停下脚步，回到阶梯，坐下，双手托腮，整个人驼背，很是无精打采。吴依光想，天啊，她要来做什么呢？我好恨这个人，她是我与生俱来的考验。但，她也想起梅姨的告知，也是这样的一个人，抓紧一切，不肯放开。没来由地，吴依光想起一件往事，那么多年，且那么深刻，她却是第一次想起。吴依光读国小时，小四，或者小五，她生了一场病，发了好久的高烧，在医院检查之后，白细胞数量异常，原因不明。吴依光对那几天的记忆很模糊，睡睡醒醒，意识昏沉。有一刹那，她睁开眼睛，眼前是母亲，面朝下，趴在床沿。吴依光张嘴想喊，妈妈,但她嘴巴太干了,发不出声音。心电感应似的,母亲抬起头,说,你醒来了啊。母亲拿毛巾,打了一些水,擦了擦她的额际,接着,她扶着吴依光起身,让她就着吸管喝水。吴依光终于能说话了,她说,妈妈,谢谢你。母亲挑眉,说,有什么好谢?这是应该的,我就只有你一个孩子了。

吴依光想,跟梅姨一样,她下辈子也想遇见母亲。不只如此,下下辈子,她也想遇见母亲。除了女儿之外,任何身份都好。她想遇见这样的人。

吴依光不打算给母亲进门,她就只是看着,猜想是谁会先放弃,时间答答溜转,五分钟,十分钟,屋外的太阳,不知不觉落下。

夜晚来临,一个时代结束了。

曾经这世界有她

十七岁,她从枕头底下摸出手机,确认时间,凌晨两点,她睡不着。她干脆直起身,走到书桌前,打算做掉一个章节的数学题目。补习班老师说,按照她目前的表现,大学第一志愿不是问题。她竭尽所能地找出每一个未知数的身份,对自己都没有这么用心。再次抬头,她喉咙渴得发痛,她前往客厅,打算倒杯水。出乎意料地,母亲坐在餐桌,问,你怎么起床了?她诚实交代自己失眠了。母亲别有深意地望着她,问,你还好吗?对不起,最近很少关心你。她摇了摇头,说只是下午跟晚上各自喝了一杯绿茶,摄取太多咖啡因而已。她在这几年逐渐认清一件事:有时候我们只能这样保护自己所爱之人——别告诉他们是什么伤害了你,让你变得软弱,且不堪一击。

十六岁,左边数来第四排,第三列的同学打了个小小的盹。她一时半刻被这位同学的表情给吸引。老师出声提醒她注意时间,她才想起自己正在讲堂上发表,她跟组员一起写的报告。结束之后,英文老师走过来,拍了拍她的肩膀,说,你的表达真是优秀。她噢了一声,脑中仍记得同学闭眼深睡的脸孔。她想,真好啊,就这样睡着了。

十五岁,她问那个世界上,唯一跟她留着相似血液的人,你为什么要这样?你知道你把这个家弄得不得安宁吗?那人望了她一眼,说,你不懂,你什么都不懂。不过,如果可以让大家好过,我不介意彻底消失在这个世界上。她哭了,说对不起,我不知道自己为什么要说那些话。那人说,我原谅你。我永远会原谅你。

十三岁,她跟朋友大吵一架。两人十天没说话,第十一天,她从抽屉拉出课本,翻到老师指定的页数,课本里掉出一封信。读完之后,她再也听不进老师的讲课。下课钟响,她走到朋友的桌前,伸直手臂,说,我们和好吧。

十岁,坐在她前面的男孩,颤抖着双手,递给她一盒巧克力。她瞪大眼,呆立原地,不知如何应对。男孩坦承自己暗恋了她半年。她其实喜欢男孩的好友。即使如此,她还是真诚地跟男孩道谢,被人喜欢的感觉太好了。

九岁,她历经无数次惨摔,终于学会骑脚踏车,她兴致勃勃,尝试征服陡斜的下坡。冲到平地时她很兴奋,用力按住刹车,没想到突然锁死的前轮把她抛飞了出去,她撞上柏油路,膝盖手肘与手指被磨掉一层皮。从此她的食指多了一个小小的、月牙形状的疤痕。不知道为什么,她喜欢这个疤痕,像是命运赏赐的印记。

七岁，她嘴巴里有一颗牙齿不停地摇晃，她把手伸进嘴巴里，反复掏挖，即使母亲警告她这样子会引进很多细菌，她就是忍不住。后来母亲交给她半颗苹果，另外半颗给家中另一个孩子。她一口咬下，牙齿滚出嘴巴，咚的一声掉在地上。母亲捡起，摸了摸她的头说，你好棒，你长大了。她以卫生纸将那颗小小黄黄的牙包起，溜到房间，放进她从书局买来的玻璃罐。母亲说，她的牙齿会一颗接着一颗掉落，换成更美丽也更强壮的恒齿，等到玻璃罐再也装不下她的牙齿，她的梦想就能实现。

三岁，她一屁股跌坐在地，好心的女人跑到她面前，撑着她的腋窝，扶她站起。女人嘴巴动了动，发出一段声音，她想，那是什么？她也模仿女人发出一样的声音，每一次她这么做，女人就会笑得格外好看。她也知道只要女人发出另一种声音，没多久她就有暖呼呼的什么可以喝。所以，肚子饿的时候，她偶尔也会发出那个声音。不过，女人最近反复发出的声音让她困惑，她等了好久，什么也没有出现，只知女人说话时，双眼停在自己的脸上。她试着走了几步，摊开左手，掌心有一朵小白花，她就是为了摘下小白花而摔倒的。可惜的是，小白花被她捏得生病了，她戳了戳小白花，嘴巴轻轻吹一气，她受伤时，女人也这样照顾她。她往前走了几步，又听到女人发出那个声音，她蹲下，东张西望，脚边有一小摊水，水里有一个人……莫非……啊，那一刻，她的世界宛若绽裂一小道裂缝，无以名状的光温柔地洒溅，她微微一笑，双手挥舞，对着那个人说，嗨，你好，早安啊。

谢辞（代后记）

首先，我要感谢"少女们"，谢谢你们在过去三年，不厌其烦地回答我一堆问题，为了你们，我有更认真地使用Instagram（但最近又荒废了）。我不能保证，我比之前更理解你们，但，不理解的部分似乎是少了那么一些。

再来，谢谢黄老师与高老师，没有你们翔实、耐心地介绍跟解释，书中的校园世界必然会失色许多。

陈育萱，你给予了不能够再更珍贵的意见，认识你，是我的荣幸。

孙中文，你对这个故事的回响与喜欢，支撑了我无数个寂寞的日子，我很感激这本书的编辑是你。

颜一立，十年了，你还在我身边，除了"奇迹"还有什么可以形容？

张晁铭，你在我怀疑自己时，以一张明信片把我唤了回来，说不定你才是那个文字有魔力的人。

蒋亚妮，杨隶亚，谢谢你们在写作与写作之外，都支持着我，我对你们的爱难以言喻。

谢谢裴伟跟董成瑜，伯乐比千里马更难得，这件事我始终不曾忘记。

最后，谢谢我的母亲，以及我的伴侣，你们从来不吝让我知道，我仅仅只是存在，就足以让你们感到幸福与快乐。如果没有这件事，我绝对写不出这样的一本书。

也对所有的"你们"献上祝福与感谢。

图书在版编目（CIP）数据

那些少女没有抵达 / 吴晓乐著 . -- 北京：北京联合出版公司，2024.6
ISBN 978-7-5596-7563-7

Ⅰ . ①那… Ⅱ . ①吴… Ⅲ . ①长篇小说—中国—当代 Ⅳ . ① I247.5

中国国家版本馆 CIP 数据核字 (2024) 第 074913 号

北京市版权局著作权合同登记 图字：01-2024-2736

那些少女没有抵达

作　　者：吴晓乐
出 品 人：赵红仕
策划机构：雅众文化
策划编辑：赵行健
特约编辑：赵行健
责任编辑：管　文
装帧设计：方　为
封面设计：吴晓乐　颜一立　Midjourney

北京联合出版公司出版
（北京市西城区德外大街83号楼9层　100088）
北京联合天畅文化传播公司发行
山东临沂新华印刷物流集团有限责任公司印刷　新华书店经销
字数200千字　787毫米×1092毫米　1/32　10印张
2024年6月第1版　2024年6月第1次印刷
ISBN 978-7-5596-7563-7
定价：58.00元

版权所有，侵权必究
未经书面许可，不得以任何方式转载、复制、翻印本书部分或全部内容。
本书若有质量问题，请与本公司图书销售中心联系调换。
电话：（010）64258472-800

原著作名：那些少女沒有抵達
作者：吳曉樂
著作權人/原出版社：鏡文學股份有限公司
本书由镜文学股份有限公司正式授权，
由上海雅众文化传播有限公司出版中文简体字版本。
非经书面同意，不得以任何形式任意重制、转载。

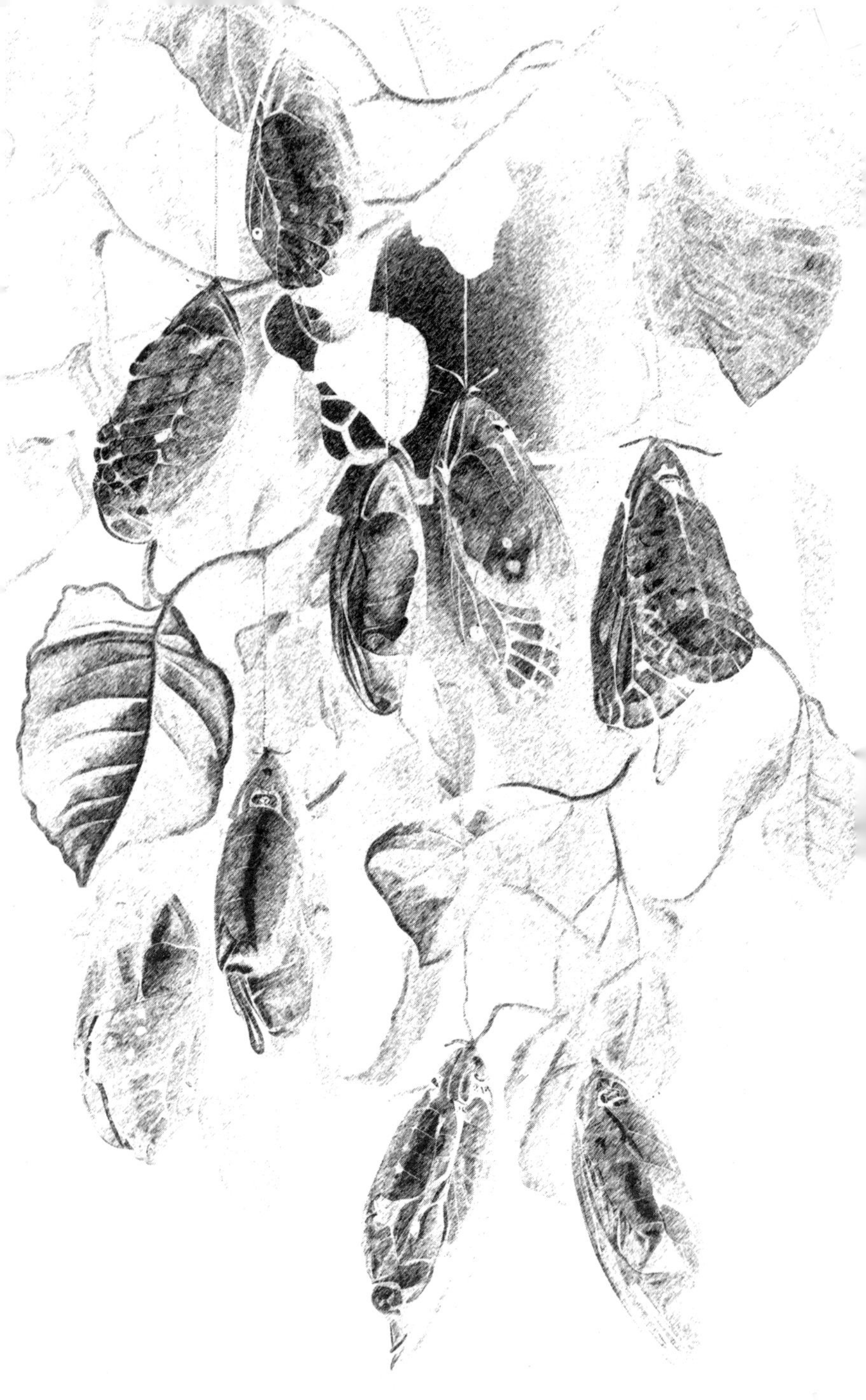